HAJO BLUM

DIE FARBE DER ZUKUNFT

Auflage 1: 7. April 2023

Verlag und Druck: s. letzte Seite
Kontaktadresse: Hajo Blum,
Christoph-Ruden-Str. 7, 12349 Berlin
oder: hajoblum@hotmail.de

ISBN-13:9798390499986

Hinweise

Die in diesem Roman verwendeten Ortsbezeichnungen sind nicht identisch mit existierenden Orten gleichen Namens. Die Geschichte und die Personen sind frei erfunden. Eventuelle Gemeinsamkeiten mit existierenden Personen sind nicht beabsichtigt und wären rein zufällig.

Hajo Blum

1

John hätte heute besser im Bett bleiben sollen. Aber er konnte ja die Geschehnisse an diesem 27. Juli nicht vorhersehen.
Eigentlich war alles wie immer. Der angenehm frische Morgenwind war in diesen heißen Sommertagen eine Wohltat für den Briefträger aus Silvercreak. Er nutzte die frühen Morgenstunden, wenn die Luft noch die frische Nachtkühle in den Straßen gefangen hielt. Wenn dann zur Mittagszeit die heiße Sommerluft das Arbeiten zur Qual werden ließ, wollte John Costinsky sein Tagespensum erledigt haben und bei einem Erfrischungstrunk im alten Postamt die noch notwendigen Schreibarbeiten erledigen.
Gerade heute hatte John aber auch die Sonderausgabe der örtlichen Tageszeitung mit den üblichen Werbeschriften im Gepäck. Schon beim Anblick der Zeitungsstapel wurden Johns

Beine zu Blei und der Gedanke an die glühende Sonne vertrieben jegliche Arbeitslust.

Der Briefträger war von hagerer Gestalt. Seine Gesichtsknochen traten unter der gebräunten Lederhaut scharfkantig hervor. Seine Hände schienen unter der dunkelbraunen Schutzschicht kein Gramm Fleisch aufzuweisen.

Seine Kleidung hing schlaff an ihm herunter und wenn man nicht gewusst hätte, dass John seine Arbeit tagtäglich gewissenhaft erfüllte, hätte man vermuten können, dass er kraftlos und kränklich sei. Dies war er nicht. John war schon seit ewigen Zeiten nicht mehr krank. Er war sehnig, zäh und ausdauernd. Aber sein nicht alltägliches abgemagertes Erscheinungsbild hatte ihm den hässlichen Beinamen „Gespenst von Dachau“ aufgedrückt.

Nein, John war ein lebensfroher Mensch, aufgeschlossen, freundlich und wenn er lachte, funkelten seine hellen Augen in den tiefliegenden Höhlen.

Wie immer ging John zuerst den unbequemen steilen Weg der Westroad hinauf, dann entlang der Hauserkette mit den kleinen Vorgärten, wo er gerne bei einigen Leuten zu einem kurzen Plausch

stehenblieb, ehe er dann seine Tagespost hinüber zum Industrieviertel brachte, wo seine Adressen sehr weit auseinander lagen.
Niemand wäre heute dem Gedanken verfallen, dass etwas anders sei als sonst.
John pfiff wohlgelaunt den Schlager, den er heute Morgen zuletzt im Radio gehört hatte, bevor er seine Wohnung verließ. Die stechende Hitze war noch nicht spürbar.
John hatte seine Postsendungen in den Briefkästen der ersten Häuser der Westroad abgelegt, als ihm die frisch geschnittene Ligusterhecke von Herrn Malik ins Auge fiel. Nicht weil John ein besonderes Interesse an geschnittenen Hecken oder einer ordentlichen Garteneinfassung gehabt hätte, nein, diese frisch geschnittene Hecke hatte heute etwas Außergewöhnliches. John kannte seine Kundschaft und er kannte auch Herrn Jiri Malik, der vor acht Jahren aus Prag nach Silvercreak gezogen war und sich mit seiner aus dieser Gegend stammenden Gattin hier ein Haus gekauft hatte. Jiri Malik war Künstler. Er war in der Gegend besonders bekannt wegen seiner Zeichnungen und Karikaturen, die oft in den

Zeitungen der Regionalpresse veröffentlicht wurden.
Jiri Malik wartete schon an seiner Haustüre.
„Guten Morgen, Jiri! Du hast ja wieder ein schönes Kunstwerk produziert“, sagte John, und machte dabei eine vielsagende Kopfbewegung in Richtung der Ligusterhecke.
„Was meinst du, John! Da drüben habe ich kein Kunstwerk geschaffen“, antwortete Herr Malik und schüttelte verneinend den Kopf.
„Na ja, als Künstler kannst du ja deine Hecke auch etwas eigenwilliger so schneiden. Aber ich dachte es ist moderne Kunst!“
„John, ich habe meine Hecke nicht geschnitten! Das muss ich mir doch gleich mal ansehen.“
Von der Hausseite aus konnte man den neuen Heckenschnitt nicht erkennen. Nur von der Straßenseite her war an der Hecke gearbeitet worden.
„Da hat sich irgendjemand einen bösen Scherz erlaubt! Von mir ist das nicht und von Mary auch nicht. Aber es muss noch nicht lange her sein, denn hier liegen noch alle Blätter frisch auf dem Boden und der Wind hat sie noch nicht verweht.“

„Aber Jiri, du musst zugeben, dass es schon wie moderne Kunst aussieht!“
„Vielleicht mag das so sein, John, aber ich mag lieber eine gerade Hecke!“
„Na ja, Jiri, mach´s gut! Ich muss weiter Post austragen. Ich frag dich morgen, wer es denn gewesen ist!“
Jiri Malik stand noch eine Weile vor seiner Hecke, betrachtete sie ratlos und ging dann kopfschüttelnd in sein Haus zurück. John lief weiter die Westroad hinauf und stellte seine Briefe zu.
Es war gegen 8.30 Uhr als es plötzlich geschah. John war ganz allein auf der Straße. Niemand außer ihm hörte es. Keiner der Anwohner hatte es gesehen.
Leicht knisternd und raschelnd, etwa in der Straßenmitte und nur wenige Zentimeter über der Asphaltdecke schwebte ein silbernes Band mit leichten Wellenbewegungen der Straße entlang. Vom Sonnenlicht angestrahlt bewegte es sich im Tempo eines Fußgängers vorwärts. Es war mit etwa zwei Metern Länge nicht besonders auffallend und glich den Bändern, die Johns Mutter immer verwendete um

Geburtstagsgeschenke einzupacken, daumenbreit und an den Rändern metallisch glänzend.
Der Briefträger nahm das Schlängeln mit Verwunderung wahr. Er dachte dabei an nichts Böses oder gar Übernatürliches. Eher an einen Scherz, einen guten Trick oder einen lustigen Zufall, ausgelöst durch Luftbewegung über dem warmen Straßenbelag.
Der Dackel von Mrs. Clark hatte das Band auch wahrgenommen, kam über die Vorgartenwiese gerannt, sprang auf die Straße und verfolgte das schwebende Band. Da es nicht sehr schnell war erreichte er es auch.
Doch dann geschah es. Der Biss in das Bandende war verhängnisvoll. John Costinsky stockte der Atem. Er ließ seine Posttasche zu Boden sinken.
Blitzschnell, wie ein zurückschnellender Gummi, schnürte sich das Band um den kleinen Vierbeiner, wickelte ihn fast vollständig ein und zog sich straff. Die Zugkraft des Bandes war enorm. Nur zweimal noch konnte der Dackel bellen.
Es ging alles sehr schnell. Das Band hatte den kleinen Hund nicht nur mit großer Kraft gewürgt, sondern ihn auch mit der Schärfe eines Messers

regelrecht zerlegt, zerhackt und in viele Teile zerschnitten.
Das Band flatterte weiter, als wäre nichts geschehen.
John Costinsky stand wie angewurzelt. Er konnte nicht glauben, was er gerade gesehen hatte. Dann holte er mehrmals tief Luft und bewegte sich ganz langsam auf die Stelle zu, an der gerade noch Mrs. Clarks Dackel dem flatternden Band nacheilte.
Blut, Eingeweide und Knochen, die teilweise nur noch durch Fellreste und Sehnen verbunden waren, lagen verteilt auf der leeren Straße. Ein schrecklicher Anblick. John dachte sofort an jenen Autounfall mit einem Reh, den sein Vater vor vielen Jahren einmal verursachte, als die ganze Familie auf einer Urlaubsreise war. Dieser Anblick war John bis heute nicht aus dem Gedächtnis gewichen.
Der Postbote schaute sich den grausamen Ort genau an. Er wollte der Ursache auf den Grund gehen. Kopfschüttelnd schaute er sich die herumliegenden blutverschmierten Teile des Hündchens an. Niemand hätte die wahre Ursache dieses Vorfalls auch nur ansatzweise vermuten können. Nur ein kleiner Rest des Bandes hing

noch am Gebiss oder besser gesagt, an dem Eckzahn eines Kieferteils.
Der Briefträger von Silvercreak war einziger Zeuge dieses mysteriösen Geschehens. Fassungslos betrachtete er den Tatort. Er konnte nicht begreifen, was sich da gerade vor seinen Augen abgespielt hatte. Mehrmals noch spielte sich der Vorgang in Sekundenschnelle immer wieder in Johns Kopf ab. Diese heftige Szene konnte er nicht mehr aus seinem Kopf vertreiben.
Er schloss für einen Moment seine Augen, schüttelte den Kopf. Es war Realität. Er hatte sich das nicht eingebildet und betrunken war er auch nicht. Aber was war das? Wo kam das Band her? Warum musste der kleine Hund so grausam sterben? Fragen über Fragen gingen dem Briefträger durch den Kopf.
John hatte einfach keine Erklärung. Aber damit konnte er sich nicht zufrieden geben. Nein, er wollte wissen, was da geschehen war. Schließlich bückte er sich, holte sein Taschentuch heraus und, ohne sich zu besudeln, nahm er das kleine Stückchen des Bandes in Verwahrung. Er wickelte es sorgfältig ein, nahm einen seiner Briefumschläge, die er immer in der Posttasche

mitführte, steckte das Tuch hinein, faltete den Umschlag noch einmal und verwahrte das kleine Päckchen in seiner Hosentasche.
„Micco! Micco! Miccolein!“ Frau Clark rief nach ihrem Hund. „Haben sie nicht meinen kleinen Micco gesehen?“ rief sie fragend hinüber zu John Costinsky, der immer noch nachdenklich am Tatort stand.
John wollte der noch unwissenden Frau Clark das Übel möglichst schonend beibringen. Um nicht über die Straße schreien zu müssen, ging er auf die Frau zu, nahm sie fest am Arm und sagte ihr dann in ruhigem Ton, dass sie jetzt stark sein müsse.
„Ihr kleiner Micco ist gerade verunglückt, er lebt nicht mehr.“
Jetzt sah Frau Clark die blutigen Reste des Tieres und die verschmierte Straße. Heftig atmend, schreiend und am ganzen Körper zitternd lief sie den Tatort ab. Die restlichen Knochen sammelte sie auf, legte sie sorgfältig an den Straßenrand.
„Wer hat das getan? Wer war das? Wo ist dieser Mörder?
John stand wortlos und achselzuckend da. Er konnte die Fragen nicht beantworten.

Frau Clark brach in Tränen aus. „Ich gehe zur Polizei! Ich zeige den Mörder an!"
John blieb noch so lange am Straßenrand stehen, bis Frau Clark aus ihrem Haus eine kleine Kiste geholt hatte, um die Überreste ihres geliebten Haustiers aufzusammeln.
Der Briefträger setzte heute sehr nachdenklich seinen Arbeitsgang fort. Gegen Mittag hatte er sein Tagespensum erfüllt und kam zurück ins Postamt. Das kühle Getränk nach getaner Arbeit konnte seine wirre Gedankenwelt aber auch nicht zurechtrücken. Frau Clark hatte er die Geschichte nicht erzählt, denn sie hätte ihm nicht geglaubt. Lächerlich wollte er sich auch nicht machen. Natürlich war er sehr interessiert an seinem kleinen Beweisstück. Er wollte wissen, was es denn damit auf sich hatte und ging deshalb heute etwas früher nach Hause um den kleinen Rest des Bandes genauer zu betrachten.
Inzwischen war Frau Clark zur Polizeiwache in Silvercreak gelaufen um eine Anzeige gegen unbekannt zu stellen. Die beiden diensthabenden Beamten hörten sich zuerst die Geschichte von Frau Clark an und stellten dann der aufgeregten alten Dame einige ergänzende Fragen.

„Können sie uns die genaue Uhrzeit des Vorfalls sagen? Warum konnte denn der Hund auf die Straße rennen? War das Grundstück denn nicht abgesichert? Ist denn zu der besagten Zeit ein Fahrzeug vorbeigefahren? Gibt es Zeugen für den schrecklichen Vorfall? Wo haben sie denn die Überreste ihres Hundes hingelegt? Sind vielleicht noch Lackspuren vom Auto zu erkennen?"
Frau Clark beantwortete die Fragen der Polizisten nach bestem Wissen. Alles wurde protokolliert.
„Nun müssen wir uns aber auch den Tatort noch genau ansehen. Vielleicht gibt es da eine Spur oder einen Hinweis, der uns zum Täter führen kann", sagte der eine Beamte.
Wenig später waren die beiden Polizeibeamten und Frau Clark am Ort des Geschehens eingetroffen. Die Dame zeigte auf die Stelle, an der sie die Knochen ihres kleinen Hundes eingesammelt hatte. Auf Bitten der Polizei ging sie in ihr Haus und holte die Kiste mit den blutigen Überresten des Vierbeiners.
„Wir werden die Tierknochen und das was in der Kiste liegt im Labor untersuchen lassen", sagte der Beamte. „Das werden wir sofort veranlassen.

Anschließend werden wir ihren Briefträger aufsuchen, um ihn zu befragen."
Die Beamten packten die Kiste in ihren Polizeiwagen, verabschiedeten sich von der alten Dame.
„Wir werden den Mörder von ihrem Miccolein suchen und finden. Wenn wir mehr in Erfahrung gebracht haben, melden wir uns bei ihnen."
Nachdem die Kiste mit dem toten Hund in dem städtischen Labor für kriminologische Untersuchungen übergeben war, fuhren die beiden Polizeibeamten sofort weiter zum Postamt, um dort mit John Costinsky zu sprechen.
„John ist nicht mehr hier. Er ist heute früher fertig gewesen und muss schon zu Hause sein", sagte einer seiner Kollegen im Postamt. Die beiden Polizisten fuhren in ihre Dienststelle zurück.
„Wir schreiben jetzt erst unser Protokoll. Dann rufen wir bei Herrn Costinsky an und vereinbaren einen Termin."
John Costinsky war zu Hause angekommen. Er legte schnell seine Arbeitsklamotten ab, ging zu seinem Küchentisch, fasste in die Hosentasche um das Taschentuch mit dem Bandrest herauszuholen. Erst jetzt bemerkte er, was er

zuvor nicht wahrgenommen hatte. In den vergangenen Minuten oder Stunden musste etwas geschehen sein, denn seine Hand fühlte in der Tasche nicht das, was sie dort vermutete. John trat ganz nah zu seinem Küchentisch, denn das, was er in seiner Hosentasche vermutete, war wohl mit einem Griff nicht richtig herauszuholen. An der Tischkante stehend kehrte er den gesamten Tascheninhalt nach außen und ließ ihn auf die Tischplatte fallen.

Sein Taschentuch war in hunderte kleine Fetzen zerrissen oder zerfallen. Auch seine Hoseninnentasche hatte kleinere Löcher bekommen. Das kleine Stückchen Band bemerkte er zuerst nicht. Es musste sich irgendwo zwischen den Krümeln befinden. John konnte sich nicht erklären, warum sein Taschentuch unbemerkt in so viele Teile zerfallen war.

Gut, es war ein Papiertaschentuch. Schon mehrfach hatte John Taschentücher verbraucht, die nach getaner Arbeit entsorgt werden mussten. Oft hatte der Schweiß, den er an heißen Tagen von seiner Stirn wischen musste, die kleinen Tücher großen Belastungstests ausgesetzt. Aber nie zuvor war eines davon in Stücke und Krümel zerfallen. Auch niemals hatte er bemerkt, dass nach seiner Arbeit die Hoseninnentasche angegriffen war oder Löcher aufwies. Es war ja seine strapazierfähige Diensthose.

John wollte der Sache auf den Grund gehen. Aus der Schublade im Küchenschrank entnahm er ein kleines Messer und eine Gabel, stellte sich dazu noch einen Teller auf den Tisch, rückte sich einen Stuhl zurecht, setzte sich, wie zu einer Mahlzeit an seinen Essplatz und begann den Krümelhaufen genauer anzusehen. Er suchte den kleinen Rest des Bandes, den er in sein Taschentuch eingewickelt hatte. Er wunderte sich nicht, denn der Rest war ja so klein, dass man ihn schon hätte übersehen können.

Krümel für Krümel legte John auf den Teller. Er bemerkte nichts. Er hatte fast schon alle Teile auf seinen Teller gelegt, als er meinte, einer der Krümel bewege sich. Bei genauerem Hinsehen fand er den Bandrest. Das kleine Stückchen, das John noch am Vormittag eingewickelt hatte, steckte in einem kleinen Klümpchen, zusammengefaltet, kaum sichtbar.

Der Briefträger hielt den Taschentuchfetzen mit der Gabel fest und mit dem Messer in der

anderen Hand begann er das Bandstückchen aus den Taschentuchresten zu isolieren. Mit der Messerspitze zog er das kleine Bandstückchen auf den Tellerrand.
John schaute das Stückchen genau an. Er hatte den Eindruck, dass er vom Eckzahn des kleinen Hundes ein kleineres Stückchen eingesteckt hatte. Dann aber sagte er sich, dass es bereits bei dem Sicherstellen am Morgen vielleicht schon zusammengefaltet war und er somit nicht seine richtige Größe gesehen hatte. Das Stückchen auf dem Tellerrand war jedenfalls bestimmt doppelt oder dreimal so groß.
An dem Bandrest klebten noch Schmutz oder Blutspuren. Genau konnte John das nicht einordnen. Er ging deshalb hinüber in sein Wohnzimmer, wo er die große Lupe aufbewahrte, die früher immer sein Großvater zum Betrachten von Briefmarken verwendete.
Zurück in der Küche wollte er sofort das Band unter der Lupe anschauen, aber es war nicht mehr auf dem Tellerrand zu sehen. John schaute sofort auf den Fußboden, ob vielleicht die Zugluft beim Öffnen der Küchentüre den kleinen Fetzen vom Tisch verweht hatte. Nein, es war nicht zu sehen.

Er suchte mit seinen Augen den gesamten Küchenboden ab. Keine Spur von dem kleinen Bandstück.
John wollte gerade noch einmal zwischen die Reste seines Taschentuchs blicken, als er bemerkte, dass sich die kleinen Krümel bewegten. Er nahm die Gabel und suchte nach der Ursache. In diesem Moment dachte er eher an eine Biene, einen Käfer oder eine Stubenfliege, die sich dort versteckt hatte. Aber dann erblickte er einen Teil des kleinen Bandstücks, wie es gerade schlängelnd in den Krümelberg verschwinden wollte.
Mit einer Gabelzinke drückte er es auf den Teller. Es bewegte sich, als ob Leben in ihm stecke. Unter der Lupe sah John Erstaunliches. Nein, so etwas hatte er noch nicht gesehen. Die Vergrößerung zeigte es deutlich. Es handelte sich bei dem Band um zwei eng aufeinanderliegende Teile, die beim Betrachten ohne Lupe als Einheit erschienen.
Die beiden Stücke rieben sich aneinander. Zuerst rutschte der obere Teil ein winziges Stück nach vorne, dann zog in einer zweiten Bewegung der untere Teil nach und das Band sah wieder wie eine Einheit aus.

Das alles geschah nicht sehr schnell. John war nicht beunruhigt. Noch immer vermutete er eine Laune der Natur hinter der ganzen Sache. Vielleicht ein Lebewesen, das er noch nie gesehen hatte. Übernatürliches konnte er sich nicht vorstellen. Nur ein Fachmann könnte ihm das erklären.
Aus dem Küchenregal holte John ein Gurkenglas, in dem er einige alte Geldstücke aufbewahrte, leerte die Münzen in eine Tasse und kam schnell zurück zum Küchentisch. Der Bandrest hatte sich schon wieder unter die Taschentuchreste zurückgezogen. Zusammen mit einigen Krümeln beförderte der Briefträger das unerklärbare Teil in das alte Gurkenglas und schraubte den Deckel darauf. Er wollte das Bandstückchen sicher aufbewahren. Das Glas ließ er auf dem Küchentisch stehen und ging ins Wohnzimmer, um die Telefonbücher nach Experten zu durchsuchen.
John setzte sich aufs Sofa, nahm das dicke Buch mit den regionalen Telefonnummern zur Hand und überlegte dann, wen er in dieser Angelegenheit denn am besten anrufen könne. Jedenfalls sollte es eine Person sein, der er

vertrauen konnte und die in der Nähe wohnt. Schließlich wollte er ja seine Entdeckung im Gurkenglas zur Begutachtung mitnehmen und möglichst schnell zur Begutachtung vorzeigen.
Er war sich sicher, dass nur ein wissenschaftlich orientierter Mensch ihm eine ausreichende Erklärung geben könne.
Er suchte nach der Nummer seines alten Physiklehrers. Den hatte er als Schüler schon immer bewundert. Es gab wohl in der Stadt keinen Menschen, der so umfassende, wissenschaftliche Kenntnisse besaß, wie Dr. Ronald Degger. Ja, John war sich sicher, in seinem ehemaligen Lehrer die richtige Person gefunden zu haben.
Schon eine Minute später hatte er ihn am Telefon. Der Physiklehrer kannte seinen ehemaligen Schüler noch, nicht wegen Johns schlechter Schulleistungen, sondern, weil der Briefträger fast jedem im Ort bekannt war.
„Ja, hallo, John, das ist ja eine Überraschung! Wie geht es dir? Gibt es einen Grund für deinen Anruf?"
Der alte Lehrer sprach alle ehemaligen Schüler nur mit den Vornamen an. Er hatte sie jahrelang

unterrichtet und immer nur mit den Vornamen angesprochen. John war das auch ganz lieb so, denn damit war die Grundlage für ein zwangloses Gespräch gegeben.

„Danke, Herr Degger, mir geht es gut. Mein Anruf hat wirklich einen Grund. Haben sie denn einige Minuten Zeit für mich? Ich möchte ihnen etwas erzählen und anschließend um ihre Einschätzung bitten."

„Ja, das geht schon in Ordnung, ich habe momentan nichts Wichtiges zu tun. Erzählen sie!"

John erzählte alles. Jedes Detail, all die Dinge, die er nicht verstehen konnte. Er erzählte mit einer Erregung in seiner Stimme, die den alten Lehrer sofort zu besonderen Aufmerksamkeit veranlasste.

Nach einigen Minuten war John mit seiner Erzählung am Ende. Einige lange Sekunden war nur Stille am Telefonhörer.

„John", sagte Herr Degger, „das ist ja alles sehr merkwürdig. Das klingt wirklich seltsam, ja mysteriös. Ich kann da aber jetzt erst einmal nichts weiter dazu sagen. Ich kann mir das alles nicht richtig vorstellen. Ich müsste mir das Teilchen etwas genauer ansehen. Sonst kann ich dazu nichts sagen. Ist es denn möglich, dass du zu mir in meine Wohnung kommst und das Stückchen vom Band mitbringst? Ich habe hier ein Mikroskop und auch einige Fachbücher, die uns vielleicht weiterhelfen."

„Das kann ich gerne tun. Wann passt es ihnen denn?"

„Wenn du willst, John, dann komme doch gleich zu mir. Ich bin nämlich sehr interessiert an dieser Sache."

„Ist in Ordnung, ich bin in ein paar Minuten bei ihnen", sagte John und legte den Hörer auf.

John hatte sein Glas mit dem Bandrest in einer Plastiktüte mitgenommen und stand wenig später vor dem Haus seines alten Lehrers. Mit viel Hoffnung, dass er ihm weiterhelfen könne, klingelte er.

Ein alter Mann öffnete die Tür. John hätte ihn fast nicht erkannt. Ergraut und mit Brille hatte er ihn nicht in Erinnerung. Inzwischen waren ja auch schon viele Jahre seit seiner Schulzeit vergangen.

„Komm herein", sagte Herr Degger. Die raue Stimme hatte nichts an der Klangfarbe eingebüßt und John fühlte sich sofort in seine Schulzeit zurückversetzt. „Am besten gehen wir gleich in mein Arbeitszimmer. Dort habe ich gerade schon mal nach Büchern geschaut, die vielleicht hilfreich sind."

Herr Degger ging voran durch den etwas muffig riechenden Flur und öffnete die Tür zu seinem Arbeitszimmer. An den Wänden links und rechts standen schwarze Bücherregale auf ganzer Breite. Sie waren bis unter die Zimmerdecke mit Büchern gefüllt. Vor einem Fenster stand ein rustikaler Schreibtisch mit einer sehr ausladenden Tischplatte, auf der sich im Halbrund um den eigentlichen Schreibplatz mehrere Bücher- und Papierstapel zu einem Schutzwall aufgetürmt hatten. Das Zimmer verbreitete einen Geruch, der sofort an Büroarbeit erinnerte. Rechts neben der Zimmertür standen ein Tischchen, auf dem 2 Bücher lagen und daneben ein Ledersessel.

„John, setze dich doch schon mal auf den Sessel. Ich nehme mir den Schreibtischstuhl."

John folgte der Aufforderung. Herr Degger rückte seinen Schreibtischstuhl zum Tischchen hin und nahm darauf Platz.

„So, jetzt kannst du mir ja nochmal die ganze Geschichte genau schildern. Das Stück von dem erwähnten Band hast du doch mitgebracht?"

„Ja, ja“, sagte John. „Ich habe es in einem Glas in der Tüte hier.“
John Costinsky griff nach seiner Plastiktüte, holte das zugeschraubte Glas heraus und stellte es vor Herrn Degger auf den kleinen Tisch. Dann legte er sich zurück in den bequemen Ledersessel und erzählte seine Geschichte noch einmal.
Herr Degger unterbrach ihn nicht, schaute dabei aber fortlaufend auf das Glas.
John erzählte alles. Er gab sich Mühe und beschrieb sein Erlebnis für Herrn Degger so genau, wie er es mit seinen Worten formulieren konnte. Dann war er fertig, sah seinen alten Lehrer stumm abfragend an.
Der Lehrer sagte nichts. Er griff nach dem Glas, drehte es vor seinen Augen, besah es von allen Seiten und auch von unten. Außer den Taschentuchfetzen konnte er nichts sehen.
„Bist du sicher, dass es hier im Glas ist?“
„Natürlich ist es da drin. Ich habe es doch vorhin in meiner Küche dort hinein gesteckt und dann fest zugedreht. Es steckt bestimmt zwischen den Taschentuchkrümeln. Ich möchte das Glas mit den Taschentuchfetzen aber hier nicht auf das Tischchen leeren. Wir sollten eine feste Unterlage

haben und brauchen auch eine Gabel, eine Pinzette oder etwas Ähnliches", sagte John.
„Warte, ich hole ein großes Tablett und eine Schüssel, damit dieses Zeug nicht gleich vom Tisch fällt", antwortete der Lehrer und ging hinaus, um in seiner Küche brauchbare Werkzeuge zu holen.
„So, hier haben wir das Richtige", sagte Herr Degger, legte die beiden Bücher zur Seite und stellte ein altes Tablett mit einer großen gläsernen Salatschüssel auf das Tischchen. „In meiner Schreibtischschublade liegen noch einige Pinzetten. Die habe ich dort, weil ich manchmal Pflanzenteile unter dem Mikroskop anschaue. Die sind bestimmt besser als Gabeln. Man kann damit die kleinen Teile besser festhalten."
Der Lehrer holte ein kleines Etui aus seiner Schreibtischschublade, nahm zwei Pinzetten heraus und setzte sich dann wieder zu John an den kleinen Tisch.
John hatte das Glas bereits in seine Hand genommen, schraubte den Blechdeckel auf und kippte den gesamten Inhalt vorsichtig in die Glasschüssel. Das leere Gurkenglas stellte er direkt daneben auf das Tablett.

Sehr bedächtig nahmen John und Herr Degger abwechselnd mit den Pinzetten kleine Taschentuchreste aus der Schüssel und gaben sie zurück in das danebenstehende Glas.
„Hier ist es“, sagte John, als er das Ende des kleinen Bandstückchens erblickte. „Nimm es mit deiner Pinzette und schaue es dir genau an.“
Herr Degger zog mit seiner Pinzette das silbrig glänzende Bandstück aus dem Rest der Taschentuchfetzen heraus, hob es hoch direkt vor seine Augen, drehte es dabei, damit er es auch von allen Seiten begutachten konnte.
„Ja, ich erkenne hier eine gezackte Struktur. Es bewegt sich aber nicht. Um etwas mehr darüber sagen zu können muss ich es unter das Mikroskop legen.“
Der Lehrer legte das Stück mit seiner Pinzette zurück auf die restlichen Teilchen des Papiertaschentuchs in der Glasschüssel.
„Um das Stück unter dem Mikroskop sehen zu können, muss ich es zwischen zwei Glasscheibchen legen. Objektträger nennt man die. Der Bandrest ist ja nicht besonders groß und wird bestimmt dazwischen passen. Ich hole die Sachen, das geht ganz fix“, sagte Herr Degger, ging

hinaus in den Flur, wo er aus einem Schrank einen alten, verkratzten Holzkoffer hervorkramte. Er stellte ihn auf den noch freien Platz auf seinem Schreibtisch, löste den kleinen Verschlusshebel und hob den oberen Teil des Koffers in die Höhe. Montiert auf einem Holzsockel stand ein etwas betuchtes Mikroskop. Im Holzsockel waren zwei kleine Schubläden mit dem Zubehör eingebaut. Gezielt entnahm der Lehrer der einen Schublade zwei kleinere Glasplättchen und ging zurück zum Tisch.

„So“, sagte er zu John, der alles wortlos mit angesehen hatte, „jetzt wollen wir mal Licht ins Dunkel bringen und das Bandstück ganz genau ans…“ Herr Degger unterbrach seine Rede, denn in diesem Moment hatte er bemerkt, dass das Band nicht mehr zu sehen war. Zweimal schaute er in die Schüssel, blickte fragend John ins Gesicht.

„Hast du es versteckt? Wo ist das Band geblieben?“

Jetzt hatte John auch bemerkt, dass das Bandstück nicht mehr zu sehen war. „Nein“ sagte er, „ich habe nichts angefasst. Entweder ist es hineingerutscht oder es hat sich hineinbewegt.“

Mit seiner Pinzette schob der Lehrer die Papierteilchen langsam zur Seite. Es war, wie John es vermutet hatte. Der Bandrest hatte sich selbständig unter die obenliegenden Papierfetzen geschoben.
„Siehst du jetzt?“
John hatte bei seiner Konzentration auf das kleine Bandstück seine Höflichkeitsform völlig vergessen. Herr Degger nahm keinerlei Anstoß an dem „du“, er registrierte es gar nicht. Viel zu interessiert starrte er jetzt auf das silbrige kleine Stück.
„Das ist kaum zu glauben! Du hast wohl doch nicht geflunkert, deinen alten Lehrer etwas zu ärgern oder einen Scherz mit mir zu machen.“
„Nein, nein, nein, das hatte ich niemals vor. Aber ich will unbedingt wissen, was das ist. Ich kenne so etwas nicht, ich habe das noch nie gesehen und weiß auch nicht, was es sein könnte. Das ist der einzige Grund, warum ich hier bin.“
„Gut“, sagte der Lehrer, „Dann sollten wir das kleine Stück mal unter dem Mikroskop betrachten.“
Herr Degger legte mit seiner Pinzette das Bandstück auf den Objektträger und deckte ein zweites dünnes Glasscheibchen darüber. Das ging

ganz problemlos. Es bewegte sich nichts. Das Bandstück war zwischen den Glasscheiben eingequetscht. Der Lehrer ging damit zum Mikroskop, befestigte den Objektträger unter dem Okular an der vorgesehenen Haltevorrichtung und justierte mit einem seitlich angebrachten Rädchen die Schärfe.

„Jetzt ist es zu sehen.“

„Und? ... Wie sieht es aus? ... Was siehst du? ... Sag doch was!“

„John“ antwortete Herr Degger und holte dann erst einmal tief Luft. „Ich weiß nicht, was ich davon halten soll. Ich habe im Moment noch keine Meinung. Einerseits bewegt es sich, andererseits liegt es hier unter dem Mikroskop bewegungslos. Aber ich erkenne ganz deutlich einen gezackten Rand. Sägeblattähnlich. Jedenfalls auf der einen Seite. Die andere Seite habe ich noch nicht im Bild.“

Mit geübter Hand bewegte der alte Mann den Objektträger. Dann zog er ganz plötzlich und ruckartig seine Hand zurück und nahm Abstand vom Mikroskop.

„John, das glaubst du nicht! Die andere Seite ist auch eine Säge. Jetzt bewegt sie sich. Mal schnell, mal langsam. Ich bekam einen richtigen Schreck. Im Mikroskop sieht es groß aus und ich dachte, es will mir den Finger absägen."

„Lass mich auch einmal sehen" sagte John.

„Ja, pass aber auf und fasse den Objektträger nicht an, sonst verstellst du alles und man sieht nichts mehr."

John trat an das Gerät, schaute sich das vergrößerte Teil an, blieb aber dabei sehr ruhig. „Ich sehe die Säge, aber sie bewegt sich nicht. Es sieht aus wie glänzendes Metall. Wie ein Miniaturwerkzeug."

Herr Degger hatte sich inzwischen wieder hingesetzt. „Weißt du, John, ich habe schon nach deinem Telefonanruf überlegt, was das sein könnte. Da es sich selbständig bewegt, kommt ja nur etwas aus dem Bereich der Biologie in Frage. Mir kamen da auch gleich so manche Dinge ins Gedächtnis, aber jetzt, nachdem ich das Band unter dem Mikroskop gesehen habe, bin ich mir sehr unschlüssig. Ich habe hier ja schon zwei Bücher herausgelegt, die uns vielleicht mehr sagen können."

„Dann lass uns doch mal nachschauen, ob wir etwas Entsprechendes finden können."

Die Polizeibeamten auf der Wache in Silvercreak hatten inzwischen ihre Schreibarbeiten erledigt. Der Anruf bei Herrn Costinsky ging ins Leere. Es meldete sich niemand.

„Entweder ist er nicht zu Hause, will den Hörer nicht abheben oder ist vielleicht im Garten“, sagte der Polizist und legte den Telefonhörer zur Seite. „Wir versuchen es in zwanzig Minuten noch einmal. Wenn er dann nicht zu Hause ist, fahren wir morgen früh gleich zum Postamt. Dort treffen wir ihn bestimmt.“

Auch bei den späteren Telefonanrufen ging Herr Costinsky nicht an den Apparat.

Schon früh am nächsten Morgen standen die beiden Polizisten vor dem Postamt in Silvercreak. John war noch nicht erschienen.

„Er wird bestimmt gleich hier sein!“ sagte sein Kollege. „Im Sommer kommt er immer sehr früh. Gestern kam er auch um diese Zeit. Krank ist er auch nicht.“

John kam nicht.

Telefonisch war er nicht erreichbar. An seiner Arbeitsstelle hatte er auch keine Information hinterlassen.

Wenig später standen die beiden Polizeibeamten vor seiner Haustüre. Verschlossen. Niemand anwesend. Auch die Nachbarn hatten keine Erklärung. Niemand wusste, wo John sich aufhielt.
„Wir müssen die Tür öffnen. Vielleicht ist ihm etwas zugestoßen und er liegt in der Wohnung. Schließlich lebt er alleine."
Kurz darauf standen die beiden Polizeibeamten und ein Herr vom Schlüsseldienst in der Wohnung von Herrn Costinsky. Nichts Auffälliges. Die Wohnung war ordentlich und sauber. Das Bett im Schlafzimmer war unberührt.
„Er war heute Nacht gar nicht hier", sagte der eine Polizist. „Wo kann er gewesen sein?"
„Schau mal, hier liegt auf dem Küchentisch das aufgeschlagene Telefonbuch. Vielleicht bringt uns das weiter."
Die Polizisten hatten Glück. John hatte die Telefonnummer von Herrn Degger markiert.
Noch am Vormittag fand die Polizei in der Wohnung von Herrn Degger zwei Körper. Zerfetzt, zerrissen in mehrere blutverschmierte Einzelteile über das gesamte Wohnzimmer verteilt.
Keine brauchbaren Spuren.

„Das ist wie bei Mico, dem Hund von Frau Clark“ sagte der Polizeibeamte.
Die Aufklärung des mysteriösen Doppelmordes war Aufgabe der örtlichen Kriminalpolizei. Kriminaloberinspektor Henry Benton übernahm die Federführung. Zwei Teams wurden sofort beauftragt, den letzten Arbeitstag von John Costinsky nachzuvollziehen. Alle Adressen, die der Postbote angelaufen hatte, sollten von den Polizisten überprüft und nach besonderen Auffälligkeiten befragt werden. Herr Benton übernahm die Befragung der Nachbarschaft von Herrn Degger. Herr Benton übernahm die Befragung der Nachbarschaft von Herrn Degger.
Die Befragung der Bürger aus dem Bereich des Briefträgers brachten zwar vorerst keine neuen Anhaltspunkte. Die Aussage von Frau Clark wurde unter der Rubrik Unfall mit Fahrerflucht eingeordnet und die Angaben von Herrn Malik stufte man sofort als Vandalismus ein. Einen Zusammenhang mit den beiden zerfleischten Körpern in der Wohnung von Herrn Degger erkannten die Polizeibeamten nicht. Noch nicht.
Herrn Deggers Nachbarn konnten sich nicht an Auffälligkeiten erinnern. Niemand hatte bemerkt,

dass John Costinsky den alten Lehrer am Vorabend besucht hatte. Niemand hatte bemerkt, dass in der Wohnung ein Doppelmord geschah, obwohl die Umstände für eine Aktion sprachen, die nicht lautlos abgelaufen sein konnte. Niemand hatte eine weitere Person beim Kommen oder Gehen wahrgenommen. Auch die Untersuchung der Kriminalisten fanden keine Spuren fremder Personen in der Wohnung. Es blieb für die örtlichen Untersuchungsbeamten ein Rätsel.

2

Erst einen ganzen Monat später sollte der Zufall einen Hinweis zur Aufklärung des ungeklärten Doppelmordes geben.
Am Nachmittag des 29. August kam ein aufgeregter Vater mit seinem elfjährigen Sohn auf die Polizeiwache gestürmt.

„Sie müssen was tun! Das Ding ist gemeingefährlich! Schauen sie, was es gemacht hat!“
Der Vater hatte eine Plastiktüte dabei, öffnete sie und hielt die geöffnete Tüte direkt vor das Gesicht des Polizisten.
„Das Ding hat der Katze den Kopf abgeschnitten! Sehen sie nur! Fragen sie den Jungen, der war dabei und hat es auch gesehen!“
„Nun mal langsam und nehmen sie die Tüte vor meinem Gesicht weg! Wovon sprechen sie denn überhaupt? Was war das denn für ein Ding? Wo kam es her und wo ist es jetzt?“
„Ich habe es nur aus der Ferne gesehen und nicht richtig erkannt, aber Dennis hat es gesehen. Er stand direkt dabei. Er kann es besser beschreiben.“
„Dann kommen sie doch einmal beide mit mir in den Nebenraum. Dennis erzählt mir alles ganz genau und ich fertige dabei ein Protokoll an.“
„Aber machen sie schnell! Das Ding ist gemeingefährlich! Sie müssen gleich etwas unternehmen und das Ding einfangen!“
„Eins nach dem Anderen, guter Mann! Wir arbeiten so schnell wir können. Aber zuerst

müssen wir doch wissen, worum es denn geht. Wie heißen sie denn?“

„Ich bin Walter Gill und das ist mein Sohn Dennis. Wir wohnen in der Westroad 64. Das ist das vorletzte Haus vor dem Stadtwald. Wir haben nur die tote Katze eingepackt und sind sofort hierhergefahren.“

„Ja, Herr Gill, das ist in Ordnung. Aber setzen sie sich jetzt bitte hier an den Tisch und Dennis erzählt mir gleich so genau wie möglich, was vorgefallen ist. Ich habe hier ein Aufzeichnungsgerät und schneide unser Gespräch mit.“

„Also“, begann Dennis seine Ausführungen, „wir saßen heute Nachmittag draußen im Garten. Meine Eltern saßen am Tisch und haben Kaffee getrunken und ich war auf der Wiese und habe mit dem Ball gespielt. Dann kam plötzlich unsere Minka und versuchte mit einer Schnur zu spielen, die durch die Luft über der Wiese entlang flog. Nicht weit neben mir, ich hätte sie fast greifen können, hat sie die Schnur mit einer Pfote erwischt, drückte sie nach unten in die Wiese und wollte damit spielen, als diese Schnur oder was immer das auch gewesen ist, sich plötzlich um

ihren Hals wickelte und ihr den Kopf abtrennte. Sie konnte nur noch einen einzigen lauten Schrei ausstoßen, dann war alles vorbei. Das ging total schnell. Diese komische Schnur flog von ganz alleine weiter über die Wiese und dann durch unsere Hecke hinüber in den Garten der Nachbarn. Dann habe ich sie nicht mehr gesehen."
„Und sie", wandte sich der Polizeibeamte jetzt an den Vater, „haben sie das auch gesehen?"
„Ja, als die Minka, also unsere Katze, so laut aufschrie, habe ich natürlich sofort hinübergeschaut. Ich sah noch, wie das arme Tier zuckend am Boden lag und wie sich eine helle Schnur durch die Luft fortbewegte. Dennis stand ungefähr zwei Meter daneben und hat es genauer sehen können. Wie diese Schnur aussah konnte ich aus der Entfernung nicht genau erkennen. Es war zu weit entfernt und hat sich auch ständig bewegt. Aber es war eine helle Schnur."
„Dennis, hast du denn diese Schnur genau sehen können? Kannst du sie etwas genauer beschreiben?"
Ja, ich habe diese Schnur genau gesehen, sie war silbrig und vielleicht zwei Schritte lang. Sie sah so aus, wie die Bänder, mit denen man Geschenke

einpackt. Sie war flach wie ein Tonband, aber nicht so breit. Höchstens so breit wie ein Streichholz und geglänzt hat es, wie Metall."

„Hast du denn gesehen, wohin es verschwunden ist?"

„Ja, ich habe es ihnen doch schon gesagt. Es ist durch die Hecke in den Garten von Herrn Brunner geflogen. Ich bin bis zur Hecke nachgelaufen, habe noch durch die Hecke und dann über die Hecke gesehen, aber es war nicht mehr da. Ich weiß nicht, ob es noch dort ist oder ob es weitergeflogen ist. Unsere Hecke ist sehr groß, man kann nicht gut hindurchsehen."

„So schlimm und ärgerlich das jetzt für sie auch sein mag, Herr Gill, wir müssen die Tragetasche mit dem toten Tier hierbehalten und in das Kriminallabor geben. Sie gehen bitte direkt nach Hause und unternehmen nichts. Wir kommen gleich mit zwei Beamten zu ihnen nach Hause und sie und auch Dennis zeigen uns dann den Ort dieser Tat und auch, wohin die Schnur verschwunden ist."

Herr Gill fuhr mit seinem Sohn zurück nach Hause, wo sie nicht lange auf die Polizisten warten

mussten, die mit der Untersuchung des Falls beauftragt wurden.
Am Tatort war außer einem großen Blutfleck nichts zu sehen. Dennis zeigte den Beamten, wohin die Schnur sich bewegt hatte.
Herr Brunner und seine Frau wurden über die mysteriöse Tat in Kenntnis gesetzt und waren drüber sehr erstaunt. Von einem fliegenden Band hatten sie nichts gesehen und Ereignisse dieser Art waren ihnen nicht bekannt. Sie wurden von den Polizisten aufgefordert, sofort eine Meldung zu machen, falls sie eine fliegende Schnur sichten. Weil es gefährlich sein könnte, bat man sie, keinesfalls den Versuch zu machen, das Band einzufangen.
Die Geschichte mit dem abgetrennten Katzenkopf sprach sich natürlich sofort in der gesamten Straße herum und nach zwei Tagen hatte wohl die gesamte Gemeinde Silvercreak vom tragischen Tod der kleinen Minka erfahren. Nicht so sehr der Tod einer Katze regte die Bürger auf, als vielmehr die mysteriösen Umstände, die weiterhin ein Rätsel blieben. Die Menschen wurden misstrauisch, hatten Angst vor jedem kleinen Teil, das sich im Wind über den Boden bewegte.

Niemand konnte die Gefahr einschätzen, die von der beschriebenen Schnur hätte ausgehen können. Manche Bürger waren sogar sehr ängstlich und gingen nur noch vor ihre Haustüre, wenn sie unbedingt etwas zu erledigen hatten. Manche gingen nur noch mit einem Spazierstock auf die Straße, um notfalls das flatternde Band zu vertreiben. Einige glaubten auch, dass sie in hohen Stiefeln am besten geschützt wären. Plakate und Aushänge im ganzen Ort und sogar in den angrenzenden Nachbargemeinden riefen die Bürger zur absoluten Vorsicht auf. Auf den Plakaten war in großer roter Schrift zu lesen:

!!! ACHTUNG WÜRGEBAND !!!

!!! LEBENSGEFAHR !!!

In einem kleinen Bericht unter dieser großen Überschrift war dann der mysteriöse Vorfall mit dem abgetrennten Kopf der Katze Minka geschildert und dazu ein kleines Foto des Tierkadavers abgebildet.

Auch an den Arbeitsplätzen der örtlichen Betriebe und an den Stammtischen der Gasthäuser in der Region war es das Gesprächsthema Nummer eins. Jeder hatte seine eigene Meinung dazu und stellte Vermutungen an. Die unmöglichsten Varianten

waren zu hören, wie man das unbekannte Objekt denn einfangen könnte. Mit Netzen wollten sie das Band fangen, andere mit Blechtonnen und wieder andere wollten Flammenwerfer einsetzen. Niemand jedoch wusste, wo man suchen sollte und wie man das Band aufspüren könnte.
Es vergingen Tage und Wochen. Inzwischen war der Herbst gekommen, hatte die Blätter von den Bäumen geweht und die Bürger von Silvercreak dachten nicht mehr an die Warnungen auf den Plakaten. Der Wind und Regenwetter hatte vieler dieser Papieraushänge inzwischen zerrissen oder unlesbar gemacht. Einige waren verschwunden, andere mit den üblichen neueren Werbeplakaten überklebt. So verschwanden die Warnhinweise optisch aus dem Umfeld der Einwohner und schließlich war die mögliche Gefahr auch nicht mehr in den Gedanken der Bürger. Man ging wieder wie gewohnt nach draußen, erledigte die notwendigen Dinge in Haus, Hof und Garten bis zum 18. November. An diesem Tag änderte sich das Leben in Silvercreak.

3

„Guten Morgen Frau McMillen!“

„Guten Morgen Herr Rosen!“

„Wir haben ihnen heute den Tisch am Fenster gedeckt. Kommt ihr Gatte denn auch gleich zum Frühstück?“

„Ja, sicher. Er ist nur noch mal schnell mit dem Hund nach draußen!“

Margie und John McMillen waren zu Gast in der Pension Waldruhe. Das Haus stand in Silvercreak direkt am Waldrand, war sehr idyllisch gelegen, hatte einen parkähnlichen großen Garten und einen direkten Zugang zu den Wanderwegen in den Stadtwald.

„Da bist du ja, John. Wo bleibst du denn so lange?“

„Margie, der Hund ist weg!“

„Wie? Der Hund ist weg? Du hast ihn doch an der Leine gehabt!“

„Ja, Margie. Erst hier im Garten habe ich ihn von der Leine gelassen, dann ist er auf das Haus

zugelaufen und um die Ecke zum Hauseingang gerannt. Als ich dort ankam war er plötzlich verschwunden."
„Und hast du ihn gerufen und gesucht?"
„Natürlich habe ich das! Mehrfach habe ich ihn gerufen und auch gepfiffen. Hast du es nicht gehört?"
„Ich habe nicht darauf geachtet!"
„Ich bin um das Haus gelaufen, war drüben bei den Geräteschuppen, habe den Garten abgesucht. Dolly war nicht mehr da."
„Und was machen wir jetzt?"
„Jetzt frühstücken wir erst einmal. Vielleicht kommt er ja gleich zurück."
„Du bist lustig! Wenn er in den Wald zurückgelaufen ist und nach Kaninchen jagt, werden wir Ärger mit dem Förster bekommen!"
„Es wird schon nicht so schlimm sein. Der vertrottelte Hund fängt sowieso kein Kaninchen!"
„Gut, dann frühstücken wir jetzt schnell und suchen ihn dann gemeinsam. OK?"
Die McMillens setzten sich an den Tisch am Fenster und nahmen ihr Frühstück ein. Immer wieder schaute John kopfschüttelnd aus dem Fenster, um nach Dolly Ausschau zu halten. Der

Hund war nicht zu sehen und nicht zu hören. Auch Margie fragte sich nur, wo der dumme Hund nur geblieben sein möchte.
„Herr Rosen, wir räumen jetzt nicht den Tisch ab. Wie suchen jetzt erst unseren Hund. Wir machen das dann später!"
„Das müssen sie doch nicht, Frau McMillen! Ich mache das schon inzwischen für sie!"
„Besten Dank!"
„Komm', Margie! Ich gehe links ums Haus und du rechts!"
„John, schaue auch wirklich überall nach! In allen dunklen Ecken und Löchern, wo er sein könnte!"
„Dolly, ... Dolly, wo steckst du denn?"
Margie und John McMillen liefen rund um die Pension, sahen sich alle Ecken des Gartens an, durchsuchten die beiden Geräteschuppen und riefen immer wieder nach ihrem Hund. Dolly blieb verschwunden. Nachdenklich betraten beide wieder die Vorhalle der Pension.
„Herr Rosen, Dolly ist wie vom Erdboden verschluckt. Der Hund ist weg, spurlos verschwunden. Was sollen wir tun?"

„Herr McMillen, sie können ihn als vermisst melden. Die Polizei gibt ihnen vielleicht noch einige Ratschläge."
„Wo ist denn die Polizei? Wo müssen wir denn da hingehen?"
„Das ist nicht weit von hier. Sie müssen nur die Straße Richtung Innenstadt laufen. Direkt an der ersten Kreuzung mit einer Ampel steht das Polizeirevier."
„Gut, dann werden wir gleich dorthin gehen. Vielen Dank, Herr Rosen."
Nur wenige Minuten später standen die McMillens in der Polizeiwache von Silvercreak.
„Guten Morgen. Ich heiße John McMillen und das ist meine Frau Margie. Wir wollen unseren Hund als vermisst melden."
„Guten Morgen. Das ist ja nicht schön. Seit wann vermissen sie ihn denn?"
„Na, so etwa eine Stunde. Wir sind Gäste in der Pension Waldruhe. Dolly ist direkt von dort weggelaufen. Er ist um das Haus gelaufen und war plötzlich verschwunden. Wir haben gerufen, aber er kam nicht. So war es doch, Margie?"

„Ja, wir sind ums Haus gelaufen und haben ihn im Garten gesucht und gerufen. Er war einfach verschwunden."
„Nun, das alles ist natürlich nicht schön, aber als Polizist muss ich ihnen natürlich auch sagen, dass sie ihren Hund immer an der Leine führen müssen. Wenn der Förster ihn im Wald antrifft, wird er ihn erschießen!"
„Gott behüte! Nein, nein, das darf er nicht!"
„Frau McMillen, wir haben unsere Gesetze!"
„Dann müssen wir sofort zum Förster, damit er auch Bescheid weiß!"
„Das können sie gerne tun. Aber wenn wir ihren Hund suchen sollen, müssen wir natürlich eine Beschreibung von dem Tier haben. Ein Bild wäre auch gut. Ich gebe ihnen einmal unseren Vordruck. Füllen sie ihn bitte vollständig aus und wenn sie ein Foto haben, legen sie es dazu!"
„John, ich habe ein Foto in der Pension. Das könnte ich holen."
„Gut Margie. Dann fülle ich das Formular hier aus und du holst inzwischen das Foto."
Frau McMillen lief in die Pension zurück, um das Foto von ihrem Hund zu holen. Herr McMillen

füllte den Vordruck der Vermisstenanzeige aus und ließ sich die Adresse vom Forstamt geben.
Margie war schnell zurück und hatte mehrere Fotos mitgebracht. Der Polizeibeamte suchte sich ein geeignetes aus und gab Frau McMillen die restlichen zurück.
„Die anderen Fotos können sie ja dem Förster zeigen, dann weiß er auch gleich, wie ihr Hund aussieht.“
„Was machen sie jetzt mit der Anzeige?“
„Wir geben es unseren Beamten weiter, die unterwegs Ausschau nach dem Tier halten werden. Außerdem fertigen wir einige kleine Plakate an, mit dem Bild darauf und großer Schrift „VERMISST“. Wie verteilen sie im ganzen Stadtgebiet und besonders in der Umgebung von der Pension Waldruhe.“
„Und wie schnell geht das?“
„Herr McMillen, wir sind keine Zauberer, aber es wird heute noch geschehen. Sie sollten uns aber auch sofort informieren, falls der Hund wieder auftaucht.“
„Ja, das machen wir selbstverständlich.“
„Gut, dann gehen sie jetzt einmal zum Forstamt!“
„Das tun wir. Besten Dank für ihre Hilfe!“

„Wir tun unser Bestes! Auf Wiedersehen, Frau und Herr McMillen !“
„Auf Wiedersehen!“
Auf dem Weg zum Forstamt, das nur gut hundert Meter neben der Polizeiwache in einem Altbau untergebracht war, schauten sich Margie und John immer wieder um, ob sie nicht doch vielleicht ihre Dolly in den Straßen erblicken können. Kein Tier war auf der Straße zu sehen. Nur der Hund des Försters schlug an, als sie das Amt betraten.
„Guten Tag! Das ist meine Frau Margie und ich bin John McMillen. Wir möchten unseren Hund als vermisst melden.“
„Warum kommen sie dann zum Forstamt, Herr McMillen?“
„Der Polizist auf der Wache sagte uns, dass sie jeden Hund erschießen, der im Wald nicht angeleint ist.“
„Ja, ist ihr Hund denn in den Wald gelaufen?“
„Ja, er ist weggelaufen und wir wissen nicht wo er sich herumtreibt. Wir wollen nur, dass sie ihn nicht gleich erschießen.“

„Nun ja, so schnell schieße ich nicht auf einen Hund. Er muss schon beim Wildern erwischt werden."
„Unser Hund wildert nicht. Schauen sie nur, hier sind Fotos."
Margie McMillen überreichte dem Förster ihre Fotos auf denen Dolly gut zu erkennen war. Der Förster gab den beiden noch den guten Rat, weiter nach dem Hund zu suchen, auch etwas in den Wald zu laufen und nach ihm zu rufen. Er selbst werde erst am Nachmittag einen Gang mit seinem Hund durch den Stadtwald unternehmen und dabei auch nach dem vermissten Tier suchen. Er würde sie gegebenenfalls in der Pension anrufen.

Als Margie und John am Nachmittag ihren Tee in der Pension tranken, erreichte sie ein Anruf. Sie mögen doch bitte sofort zur Polizeiwache kommen und sich etwas ansehen.
Margie war sehr aufgeregt. Sie vermutete, dass sie ihre Dolly vielleicht gefunden oder gesehen haben. In Eile zogen die McMillens ihre Jacken an und liefen sofort die Straße hinunter zur Polizeiwache.

„Gut, dass sie gleich gekommen sind, Herr McMillen und Frau McMillen!"
„Ja, was gibt es denn Neues? Was sollen wir uns denn ansehen?"
„Kommen sie einmal mit in mein Büro!"
Der Polizist ging mit den beiden Pensionsgästen in sein Büro. Zwei großformatige Fotos lagen auf seinem Schreibtisch.
„Sehen sie sich einmal diese Fotos an! Der Förster hat sie mir vorhin mehrere Bilder übermittelt und ich habe die beiden hier einmal ausgedruckt."
„Um Gottes Willen, was ist das denn?"
„Das sind frisch gerissene Tierkadaver! Das eine ist Feldhase und das andere ist ein junges Reh. Der Förster sagt, sie müssen heute gerissen worden sein. Wir nehmen an, dass vielleicht ihr Hund der Übeltäter ist."
„Schauen sie sich doch die Bilder an! So wie die Tiere zugerichtet sind, kann nur ein Hund oder ein Wolf in Frage kommen!"
„Unsere Dolly würde das niemals tun!"
„Wissen sie, wir haben hier schon viel erlebt. Alles ist denkbar. Natürlich können wir es nicht beweisen. Aber ihr Hund steht jetzt erst einmal unter Verdacht!"

„Was sollen wir denn jetzt nur tun? Der Hund ist doch weggelaufen."

„Sie müssen ihn weitersuchen, bis sie ihn gefunden haben. Der Förster hält auch Ausschau. Er will ja auch keinen größeren Wildschaden haben."

„Und wenn wir ihn nicht finden?"

„Dann müssen wir eventuell um Verstärkung bitten. Das kostet aber Geld!"

„Mein Gott, mein Gott! Was tut uns das Tier nur an?"

„Margie, du wolltest ja immer einen Hund!"

„Jetzt fang du nur nicht wieder mit der alten Leier an!"

„Ist ja schon gut, wir suchen nach Dolly!"

„Ich würde sie bitten, Frau und Herr McMillen, dass sie wirklich intensiv suchen. Dieser Wildfrevel ist kein Kavaliersdelikt!"

„Ja, wir machen uns gleich wieder auf die Suche. Komm´, Margie! Wir gehen!"

„Auf Wiedersehen!"

„Viel Erfolg beim Suchen!"

Bis zum Eintreten der Dunkelheit waren Margie und John auf den Füßen und suchten nach Dolly. Es gab keine Erfolgsmeldung.

4

Am folgenden Tag waren in den Straßen rund um die Pension kleine Plakate zu sehen, auf denen Dolly als vermisst und gesucht abgebildet war.

Sogar die örtliche Tageszeitung hatte das kleine Plakat abgedruckt. Herr Rosen brachte die Zeitung sofort an den Frühstückstisch der McMillens.

„Schauen sie nur in die Zeitung! Ihre Dolly ist abgebildet. Man sucht sie jetzt überall!"

„Zeigen sie mal, Herr Rosen!"

„Hier, ... hier ist es. Schauen sie, ganz groß sogar!"

„Das ist ja prima. Schau nur Margie. Man kann Dolly gut erkennen!"

„Ja, vielleicht wird Dolly gefunden!"

„Hier, Margie! Schau mal hier! Das ist das eine Bild vom Förster."

„Wo?"

„Na hier! Das ist der zerfleischte Hase!“
„Ja, richtig. Das ist das Foto von gestern.“
„Da steht, dass vermutlich ein wilderndes Tier den Hasen gerissen habe. Sie glauben es könnte ein Hund, ein Wolf oder sogar ein Bär gewesen sein.“
„Oh Gott, oh Gott! Vielleicht ist Dolly auch ein Opfer von einem Bär geworden. Dolly muss etwas zugestoßen sein. Sie wäre doch bestimmt sonst zurückgekommen.“
„Aber Margie, lies nur, was sie hier noch schreiben. Da steht: ... wäre es möglich, dass der gestern als vermisst gemeldete Hund als wilderndes Tier durch die Gemarkung streicht und eine Gefahr darstellen könnte.“
„Aber doch nicht unsere Dolly!“
„Doch sie meinen unsere Dolly!“

Ein weiterer Tag verstrich, ohne dass Dolly zurückgefunden hätte. Margie und John McMillen hatten ihre Suche den ganzen Tag über fortgesetzt, waren noch einmal durch den Stadtwald gelaufen, hatten unentwegt nach Dolly gerufen und haben auch Passanten und Anwohner befragt, ob jemand den vermissten Hund gesehen habe. Alles blieb erfolglos.

Erst am nächsten Morgen kam Herr Rosen wieder mit der Tageszeitung in den Frühstücksraum.
John griff sofort nach dem Blatt, um eventuelle Meldungen und Neuigkeiten zu erfahren.
Es gab Neuigkeiten, schlechte Neuigkeiten. Auf der Regionalseite waren zwei weitere Fotos von zerfleischten Tieren zu sehen. Eines stammte vom Förster, der wieder einen toten Hasen an anderer Stelle gefunden hatte und ein weiteres Foto zeigte eine Katze, die in mehrere Stücke regelrecht zerfetzt auf einer Wiese lag. Im dazugehörigen Bericht vermutete man wiederum ein wilderndes Tier, das die Kreaturen gerissen und zerfleischt haben könnte.
„Herr Rosen, wer ist denn Familie Cober? Hier steht, die Katze von Familie Cober wurde vor ihrem Haus von der „Bestie“ zerfleischt.“
„Herr McMillen, die Cobers wohnen in der Westroad. Das ist die nächste Querstraße. Ich glaube es ist das vierte Haus. Die Hausnummer steht bestimmt im Telefonbuch.“
„Wenn das nicht so weit ist, könnte sich ja wirklich auch Dolly für den Tod der Tiere verantwortlich sein.“

„John, was redest du da! Dolly war das nicht. Der tötet doch keine Katze. Weißt du nicht, dass es vor Katzen Angst hat?“
„Ja, er ist damals einmal von einer Katze gekratzt worden und hatte danach eine blutige Schnauze. Ja, ja. Du hast bestimmt Recht. Das war niemals Dolly!“

Am Nachmittag spitzte sich die Lage zu. Die McMillens waren gerade von einem Spaziergang in die Stadt zurückgekommen, als sich ein fremder Mann an der Rezeption bei Herrn Rosen vorsprach, der angeblich Neuigkeiten von dem vermissten Hund habe. Er wollte sie dem Besitzer selbst mitteilen. Herr Rosen begleitete den Mann in den Speisesaal, wo sich die beiden McMillens gerade aufhielten.
„Ihnen ist der Hund entlaufen?“
„Ja! Haben sie ihn gesehen?“
„Nein, ich habe diese Bestie nicht gesehen! Der ist ja gemeingefährlich! Der hat jetzt auch unsere Katze auf dem Gewissen! Sehen sie sich das an! Das ist ungeheuerlich! Dafür müssen sie bezahlen!“

„Unser Hund ist nicht gefährlich! Der reißt auch keine Katzen!“
„Und was ist das hier, bitte schön?“
Der fremde Herr zog sein Smartphone aus der Jackentasche und hielt John das aufgenommene Foto einer blutig zerfetzten Kreatur vor die Augen.
„Herr,... wie war ihr Name?
„Settler heiße ich! Schauen sie sich das Bild nur genau an!“
„Das ist ja schrecklich! Aber unser Hund war das nicht. Der hat vor Katzen Angst!“
„Das können sie mir nicht weißmachen! Das war ihr Hund! Oder haben sie ihn wieder an der Leine?“
„Nein, er ist noch verschwunden.“
„Na, da haben wir es doch! Sie zahlen für unsere tote Katze oder ich zeige sie an!“
„Wenn sie uns eindeutig beweisen können, dass es unsere Dolly gewesen ist, muss unsere Versicherung bezahlen. Ich sage ihnen aber gleich, dass Versicherungen nur bezahlen, wenn der Fall ganz eindeutig ist. Ich sage jedenfalls, dass es unsere Dolly nicht gewesen sein kann!“

„Das werden wir ja sehen! Ich zeige sie sofort an! Meine Frau heult schon den ganzen Nachmittag. Wir lassen uns so etwas nicht gefallen!“
„Schauen sie, was sie machen! Margie sitzt auch hier und weint! Sie sind ein Rüpel!“
„Ach beleidigend werden sie auch noch! Mir reicht´s jetzt! Ich geh zur Polizei!“
In diesem Moment trat Herr Rosen zwischen die Streitenden.
„Das müssen sie nicht mehr tun! Die Polizei ist schon hier!“
„Das trifft sich gut!“
Zwei Polizisten betraten den Speiseraum und sahen die Aufregung der Anwesenden!
„Herr Polizist, ich mache eine Anzeige. Ich zeige diesen Mann an!“
„Langsam, guter Herr! Wir müssen zuerst unsere Arbeit tun, dann kommen sie an die Reihe! Wer von ihnen ist denn Herr John McMillen?“
„Das bin ich!“
„Gut, dann begleiten sie mich bitte zu unserm Dienstfahrzeug!“
„Ich habe doch nichts getan!“
„Ich habe auch nicht gesagt, dass sie etwas getan haben! Sie sollen sich nur etwas ansehen!“

„Ich gehe ja mit!“
„Und sie bleiben bitte alle hier im Saal! Es reicht, wenn Herr McMillen mich begleitet!“
John ging zusammen mit den beiden Polizeibeamten hinaus zu ihrem Dienstfahrzeug. Der zweite Polizist öffnete die Kofferaumklappe.
„Ist das ihr Hund?“
„Oh, Scheiße! Wie ist das denn passiert?“
„Ich hatte gefragt, ob das ihr Hund ist!“
„Ja, das ist Dolly. Aber warum ist sie tot? Wer hat sie umgebracht? Und wie sieht sie nur aus?“
„Herr McMillen, der Hund wurde von einem Spaziergänger gefunden. Er lag so wie sie ihn hier sehen in einem Abwasserkanal. Er muss mit einem anderen Tier gekämpft haben. Jedenfalls hat er starke Verletzungen, an denen er gestorben ist.“
„Eigentlich gehört der Hund meiner Frau Margie. Aber es ist besser, wenn sie ihn so nicht sehen muss!“
„Ja, das geht schon klar!“
„Und dem Herrn im Speisesaal können sie gleich sagen, dass unsere Dolly seine Katze nicht getötet hat. Der wollte uns nämlich anzeigen!“
„Nein, das ist jetzt bestimmt hinfällig!“

Auch die neu entdeckten Tierkadaver wurden zum Gesprächsstoff in der Gemeinde. Die Zeitung berichtete wieder ausführlich und gab auch bekannt, dass die Vermutung, es sei der entlaufene Hund verantwortlich zu machen nun nicht mehr haltbar sei. Die Bevölkerung wurde dringend gebeten, ihre Haustiere nicht frei herumlaufen zu lassen, Hunde immer an der Leine zu führen und besonders in der Nacht auch alle Stallungen sicher zu verschließen.

5

Die Bürger von Silvercreak nahmen die Ratschläge sehr ernst. Sie sperrten ihre Tieren ein, führten Hunde nur an der Leine und ließen ihre Katzen nicht im Freien herumlaufen.
Viele glaubten, dass der zum Schluss gestorbene und zuvor entlaufene Hund der Familie McMillen

die anderen Tiere auf dem Gewissen hatte und nur ein Zufall, vielleicht bei einem Kampf, dann schließlich selbst den Tod fand. Jedenfalls wurde ab diesem Tag kein Todes Tier mehr in der Gegend gefunden.
Ob die getötete Dolly nun den Grund lieferte oder doch mehr die von den Bürgern eingehaltenen Vorsichtmaßnahmen, blieben vorerst ungeklärt. Nach einigen Tagen redete niemand mehr über die ungeklärten Tiertode und die Gedanken an einen wildernden Hund, Wolf oder Bären wichen aus den Köpfen der Bewohner von Silvercreak.
Auch der Förster und die örtlichen Polizeibeamten hatten sich der allgemeinen Meinung angeschlossen, dass es wohl doch der Hund der McMillens gewesen sein muss, denn danach hörte das mysteriöse Tiersterben in der Gemarkung plötzlich auf.

6

Es waren einige Monate vergangen, der Winter hatte sich verabschiedet und die ersten Frühlingsblüten erfreuten die Menschen.
Es war ein schöner sonniger Tag, der aber bald von den trüben Wolken der Vergangenheit in Schatten gehüllt werden sollte.
Als Herr Barry Black, der Förster des angrenzenden Reviers aus der Gemeinde Folkstone mit seinem Geländewagen auf den Hof des Forstamtes fuhr, dachte Mike Kerr, der Förster aus Silvercreak, dass sein Kollege ihm bei diesem schönen Wetter einfach mal einen Besuch abstatten wolle. Der Besuch hatte aber einen ganz anderen Grund. Barry Black hastete aus seinem Wagen über den Hof zu Eingangstür, sprang mehrere Stufen auf einmal nehmend die Holztreppe zum ersten Stock hinauf, wo sich Mike Kerrs Büroräume befanden und sprang ohne anzuklopfen direkt in das Amtszimmer.
„Mike, Mike! Entschuldige, aber es ist was passiert!“

„Grüß´ dich Barry! Was ist denn los? Du bist ja ganz außer Atem!“

„Mike, es ist was Schreckliches passiert! Mike, du glaubst es nicht!“

„Was ist denn nur los? Setze dich doch erst einmal hin und beruhige dich!“

„Mike, es ist schlimm!“

„Ja was denn, Herr Gott noch ´mal?“

„Hier, schau dir das an! Schau dir das genau an!“

Barry Black gab seinem Kollegen sein Smartphone, mit dem er verschiedene Aufnahmen gemacht hatte.

„Mike, die Fotos sind alle von heute Morgen. Schau dir dass genau an! Hast du schon einmal so etwas gesehen? Das ist doch unfassbar!“

„Herr Gott, wo hast du das denn aufgenommen?“

„Das ist bei uns in Folkstone am Mühlenwald, direkt neben der kleinen Lichtung. Weißt du welche Stelle ich meine?“

„Ja, ich glaub´ schon!“

„Das sind neun Wildschweine. Eine Bache und acht Frischlinge!“

„Mein Gott! Was ist denn da passiert?“

„Die sind alle tot. Das siehst du doch!“

„Ja, ja. Aber wie denn?“

„Die sind alle tot Mike. Die ganze Rotte."
„Wer war das denn? Wer hat sie getötet?"
„Das war kein Tier! Kein Wildschwein hat Bisswunden!"
„War das ein Wilderer?"
„Ich weiß es nicht! Schau, ich habe Großaufnahmen der Wunden! Schau nur genau hin! Das sind Schnittwunden! Da war jemand mit dem Messer!"
„Aber bei allen Tieren sind die Schnitte an anderen Stellen. So wahllos. So willkürlich!"
„Mike, das ist es ja! Das ist schrecklich! Das muss ein Irrer gewesen sein!"
„Ja wer macht denn so was? Wer ist denn so verrückt? Wer kann so irre sein?
„Mike, dort neben der Lichtung hat ein Gemetzel stattgefunden!"
„Barry, warst du schon bei der Polizei?"
„Nein, es weiß noch keiner! Ich bin direkt zu dir gefahren, weil ja auch die Polizei von Silvercreak für uns zuständig ist. Bei dir gab es doch vor einigen Wochen auch tote Tiere."
„Ja, aber wir hatten immer die Vermutung, dass sie von einem wildernden Hund gerissen wurden. Das hörte dann aber auf."

„Hast du nicht damals auch Fotos gemacht?“
„Ja, natürlich! Die waren sogar in der Tageszeitung zu sehen!“
„Hast du sie noch irgendwo griffbereit liegen?“
„Warte mal, ich hab sie im Rechner gespeichert!“
„Habt ihr damals die Wunden genau angesehen?“
„So genau haben wir das nicht. Die Tiere waren zum Teil in Stücke zerrissen! Schau auf den Monitor! Hier sind die Aufnahmen. Das hier ist ein Feldhase!“
„Ja, da ist wenig zu sehen.“
„Und das hier ist die Katze von der Familie Cober oder das was von ihr übrig ist!“
„Mike, schau dir das abgetrennte Bein an! Schau nur, das ist wie ein Schnitt. Das war auch kein Tier. Das war ein Verrückter, ein Mörder, ein Tierhasser, ein Irrer!“
„Ja, du hast Recht Barry! Wir müssen sofort zur Polizei! Hier läuft ein Irrer herum. Die müssen den unbedingt finden! Schnell!“

Barry Black und Mike Kerr stiegen in ihre Autos und fuhren gemeinsam zur Polizeiwache. Dort schilderten sie den entdeckten Massentod der Wildschweinrotte. Da Herr Barry Black den Tatort

noch nicht abgesichert hatte, war Eile geboten und zwei Polizisten begleiteten die beiden Förster in ihrem Dienstwagen zum Ort der Bluttat.
„Herr Black, sie sind sicher, dass sie die einzige Person sind, die bereits hier vor Ort gewesen ist?“
„Ich gehe davon aus. Warum fragen sie das denn?“
„Wir haben jetzt den Bereich mit den Tierkadavern abgesteckt und werden auf die Kriminalbeamten warten. Wir müssen sicher sein, dass nur ihre Fußspuren hier zu finden sind. Entdeckt man noch andere, müssten sie dem Täter gehören!“
„Ja, da haben sie wohl Recht“
„Wir werden vorsorglich auch einige Fotos vom Tatort machen. Für Detailaufnahmen sind die Leute vom Kriminalamt zuständig. Die wissen besser, welche Art von Aufnahmen sie brauchen. Außerdem haben die eine bessere Ausrüstung.“
„Wann werden die hier sein?“
„Am Telefon haben sie gesagt, sie kämen sofort, wegen der Spurensicherung in der Natur. Wir sollen nur absperren und niemanden Zutritt zum Tatort gewähren.“

„Sagen sie, haben sie schon einmal etwas Ähnliches in ihrer Dienstzeit gesehen?"

„Nun ja, wir haben schon tote Tiere gesehen, jede Menge sogar. Meistens waren das von Autos überfahrene Wildtiere oder auch Hunde, Katzen und Hühner. Die Autofahrer nehmen da wenig Rücksicht!"

„Das weiß ich ja auch. Ich meine doch einen Fall, mit Tieren in der freien Natur. Gibt es da vergleichbare Fälle?"

„In Wonston, das ist ein kleines Dorf, vielleicht 100 Meilen von hier, hatten sie mal einen Fall, wo ein Mörder vier Pferde auf einer Koppel geschlachtet hat. Die waren auch alle mit einem Messer getötet und hatten aufgeschlitzte Bäuche. Ich habe das aber nicht gesehen, nur davon gehört. Außerdem ist das schon mehrere Jahre her."

„Und hier bei uns?"

„Hier gab es nur die toten Tiere vor drei oder vier Monaten. Davon hatten sie ja bestimmt gehört."

„Ja, das waren wohl gerissene Tiere von einem wildernden Hund!"

„Da, schauen sie! Dort hinten kommt ein Fahrzeug. Das sind bestimmt die Kripobeamten!"

„Ich hoffe nur, dass sie beim Ermitteln und Spurensuchen irgendetwas finden, das uns den Täter bringt."

„Das weiß man nie, Herr Black. Oft sind es Zufälle, die dann den Täter überführen."

Das Auto der Kriminalpolizei mit zwei Beamten aus der Stadt fuhr vor. Sie stiegen aus, schauten sich den Ort des Geschehens an und packten dann ihre Utensilien aus dem Kofferraum des Fahrzeugs. Die beiden Polizisten von der Wache aus Silvercreak, Mike Kerr und Barry Black sahen interessiert zu, wie die beiden Kriminalbeamten alles genau unter die Lupe nahmen. Sehr vorsichtig liefen sie den Tatort ab, schauten immer zu Boden, dass keinerlei Spuren übersehen oder verwischt werden, leuchteten alles aus und fotografierten jedes Detail, immer mit einem Maßstab und ein Nummernschildchen danebenliegend, damit bei einer späteren Betrachtung der Fotos die Größenverhältnisse erkennbar bleiben. Nachdem sie alles am Boden aus der Nähe fotografiert hatten, holte einer der beiden Untersuchungsbeamten eine kleine Drohne aus dem Fahrzeug, ließ sie aufsteigen und den Tatort von ober fotografieren.

„So, wir sind jetzt mit den Fotoarbeiten fertig. Ich habe noch einige Bilder aus der Luft aufgenommen, weil sich von oben oft ein anderer Eindruck zeigt und auch der Platz, Form und Breite des Tatortes manchmal Hinweise bringen können."
„Was geschieht denn jetzt mit den Tieren?"
„Sie machen damit bitte nichts. Es wird gleich ein Fahrzeug kommen, das die Tiere einsammelt und in unser Untersuchungslabor überführt."
„Was können wir jetzt noch für sie tun?"
„Zuerst einmal nichts. Wenn wir noch spezielle Fragen haben, kommen wir zu ihnen ins Forstamt oder wir melden uns telefonisch. Das Absperrband und die Schildchen werden von den Laborkräften eingesammelt und mitgenommen. Wenn sie noch ergänzende Mitteilungen haben oder ihnen noch etwas einfallen sollten, geben sie das einfach ihrer Polizei zu Protokoll. Die waren ja auch hier dabei und wissen Bescheid!"
„Und wann werden sie uns ein Untersuchungsergebnis sagen können?"
„Das Material, dass gesichtet werden muss ist natürlich sehr umfangreich. Das wird seine Zeit dauern. Vor Morgen Mittag oder Nachmittag wird

da keine Antwort kommen können. Eines kann ich ihnen jedoch schon jetzt sagen: Außer ihren Fußspuren haben wir keine andern gesehen. Ich will nichts verschreien, aber dadurch wird die Suche nach einem Täter, denn sie selbst sind es ja wohl nicht, nicht leichter werden."

„Was ist mit den Schnittwunden?"

„Das wird im Labor untersucht. Sie müssen etwas Geduld haben."

„Gut, dann warten wir jetzt noch auf die Leute vom Labor."

Nachdem fast zwei Stunden später die Tierkadaver sorgfältig einzeln verpackt und in den Transporter des Labors verbracht waren, blieben nur noch die Stellen blutiger Erde auf der Lichtung zurück. Mike und Barry fuhren in das Forstamt nach Silvercreak und setzten sich noch einmal zusammen, um ein weiteres Vorgehen zu besprechen.

„Mike, ich kann mir nicht vorstellen, wer so etwas anrichten kann. Der Täter ist doch hochgradig gestört oder besessen!"

„Sicherlich! Barry, wir müssen das auch der Presse mitteilen. Die sollten vielleicht die Bürger warnen."
„Das ist eine gute Idee. Vielleicht gibt es ja auch Hinweise von der Bevölkerung. Vielleicht hat jemand zufällig etwas gesehen oder gehört."
„Weißt du, als damals die toten, gerissenen Tiere hier gefunden wurden, war das ja kein Einzelfall. Vielleicht gibt es ja an anderer Stelle in der Gemarkung auch noch weitere Opfer. Ich hoffe natürlich, dass es keine gibt."
„Möglich ist alles."
„Am besten rufst du gleich bei der Tageszeitung an. Du hast doch auch die Fotos."
„Gut, das mache ich!"
„Morgen früh komme ich rüber zu dir ins Amt, dann haben wir die Zeitung und vielleicht auch noch einige Informationen von Bürgern. Danach können wir weitersehen."
„Vielleicht kommst du besser am Mittag. Dann haben wir vielleicht auch schon den Bericht vom Polizeilabor."
„Ja, wie du meinst! Mach´s gut, bis morgen!"
„Auf Wiedersehen, Barry!

7

Im Polizeilabor begannen die Arbeiten noch am Nachmittag.

Die sorgfältig verpackten Tierkadaver wurden in den Untersuchungsraum gebracht. Herr Frank Rogers packte zwei der toten Wildschweine auf seine Seziertische. Die anderen ließ er vorerst noch in den Transportbehältern zurück und verteilte sie auf mehrere der großen Kühlfächer.

Zusammen mit seinem Assistenten Herrn Michael Rough sahen sie sich die beiden ersten Tierkadaver an.

„Michael, was meinst du? Welchen Eindruck hast du von diesen toten Tieren?“

„Also, schon beim Einladen vorhin auf der Lichtung, wusste ich sofort, das sie alle einen unnatürlichen Tod erleiden mussten.“

„Woran machst du diese Behauptung fest?"
„Ganz einfach, wenn sie von wildernden größeren Tieren gerissen worden wären, würde man Bisswunden sehen. Das hier sind aber keine Bisswunden."
„Richtig, Michael! Ich denke auch, dass es Schnittwunden sind. Das müssen wir aber genauer untersuchen."
„Ich hole mal die große Lupe!"
„Ja, bitte!"
„Wir sollten zuerst schauen, ob die abgetrennten Teile einen scharfen Schnitt aufweisen."
„Also, wenn ich die Verletzungen der beiden Tiere anschaue, sehe ich sehr langgezogene tiefe Schnitte. Sie Schnittfläche ist nicht besonders glatt. Das heißt, das Schneidegerät war groß und nicht sehr scharf. Unsere Seziermesser zeigen ein ganz anderes Schnittverhalten."
„Wenn es ein Mörder war, kommt ein Fleische auch nicht in Frage. Die haben zwar große Messer, aber auch sehr scharfe."
„Da stimme ich dir auch zu, Michael! Aber schau mal hier! Das ist überhaupt kein Schnitt! Das sieht mehr so aus, wie bei den Leichen, du wirst dich

bestimmt erinnern, die damals mit einer Drahtschlinge erwürgt wurden."

„Ja, das stimmt. Hier geht ein Schnitt rund um den ganzen Oberschenkel. Solche Messer gibt es nicht."

„Wir sollten besonders diese auffälligen Schnitte dokumentieren. Ich protokolliere das und du machst die Fotos!"

Gut, Herr Rogers."

Die Arbeiten im Labor gingen zügig voran. Michael fotografierte alle abgetrennten Kadaverteile und legte bei den Bildern ein besonderes Augenmerk auf die Schnittflächen, Schnittlängen und Schnittschärfen. Nach und nach holten sie auch die in den Kühlfächern gelagerten Tiere hervor, dokumentierten auch hier alle Verletzungen.

Schon am frühen Abend wurde deutlich, dass alle Tiere durch Schnitte getötet wurden, die scheinbar willkürlich an den Tieren angesetzt wurden. Alle Tiere hatten Schnittverletzungen an unterschiedlichen Stellen des Körpers. Der vermutliche Mörder hat demnach nicht darüber nachgedacht, an welchen Körperstellen ein Tier getötet werden kann. Die Tötungsschnitte

erfolgten ziellose, aber in großer Zahl. Das Tötungswerkzeug wurde nicht gefunden. Ein Messer war es nicht. Die Vermutung liegt bei einer dünnen scharfen Drahtschlinge, die ins Fleisch einschneiden kann. Weiterhin wurde festgestellt, dass auch kleinere Knochen, besonders bei den Frischlingen, durchtrennt wurden. Dies lässt auf eine große Kraft schließen, die bei den Schnitten angewandt wurde.
Nach diesen ersten Untersuchungen mit Fotodokumentation war, wegen der vorgerückten Zeit, der Untersuchungstag im Labor beendet. Die Kadaver wurden abgedeckt. Frank und Michael besprachen noch kurz ihr weiteres Vorgehen am nächsten Morgen, das sie mit Untersuchungen der Felle und möglichen Rückständen an den Tieren fortzusetzen gedachten. Danach schlossen sie das Labor ab und gingen nach Hause.
Frank Rogers war morgens immer schon sehr früh an seinem Arbeitsplatz. Wie jeden Morgen in seinem Büro, das direkt an das Labor angrenzte, begann Frank damit, sich eine Kanne Kaffee zu kochen. So hatte er den ganzen Tag über immer etwas zu trinken. Michael mochte keinen Kaffee. Frank nahm allerdings an, dass er sich nur die

Arbeit für das Zubereiten sparen wollte und somit einige Minuten später an seinem Arbeitsplatz erscheinen konnte.

Der Kaffee war durchgelaufen. Frank gab sich etwas Milch in seinen Trinkbecher und goss den frischgebrühten Kaffee darüber. In der einen Hand den Laborschlüssel, in der anderen den heißen Kaffee ging er hinüber zum Labor, steckte den Schlüssel ins Türschloss und öffnete. Das heiße Getränk stellte er wie immer auf das Fensterbrett und ging dann zum ersten Seziertisch, um das Abdecktuch zu entfernen. Auch am zweiten Tisch hob er das Tuch an und zog es über den Kadaver.

Die Tiere lagen noch so da, wie sie sie gestern verlassen hatten. Frank nahm sich einen spitzen Stab und eine Lupe zur Hand, um etwas genauer im Fell des ersten Wildschweins nach Spuren zu fahnden, Vielleicht gab es Rückstände, vielleicht hatte der vermeintliche Mörder Haare, Hautpartikel oder Kleidungsfasern zurückgelassen. Es war eine mühselige Kleinarbeit, weil alle Quadratzentimeter des Fells und auch in den Wunden nach Hinweisen durchsucht werden mussten.

Michael kam erst, als Frank bereits mit den Untersuchungen am ersten Tier fertig war. Er hatte nichts Auffälliges finden können. Reste vom Waldboden, kleine Grashalmstückchen und Fragmente von verwelktem Laub waren die einzigen Fremdkörper, die Frank mit einer Pinzette in eine bereitgestellte Plastikschale legte.
Auch Michael fand an seinem ersten Untersuchungsobjekt nur die Rückstände vom Boden der Waldlichtung.
Mit vereinten Kräften legten Frank und Michael schließlich die untersuchten Kadaver zurück in die Transportkiste, bevor sie sich zwei weitere Tiere aus der Kühlung auf ihre Seziertische holten. Auch diese beiden neuen Untersuchungsobjekte brachten keine neuen Erkenntnisse. Erst am fünften untersuchten Kadaver entdeckte Frank etwas, was er bei den anderen Tieren nicht gesehen hatte.
„Michael, schau mal hier! Das könnte von Interesse sein!“
„Was hast du entdeckt?“
„Ich weiß nicht, was es ist. Es ist zu klein und wahrscheinlich irgendwo abgebrochen!“

„Meinst du, das könnte ein Stück vom Tatwerkzeug sein?“
„Es wäre denkbar!“
„Ja, sieht aus wie Metall.“
„Aber das sind nur ungefähr zwei Millimeter. Es ist auch so dünn. Vielleicht ist es auch nur abgeblätterte Farbe von irgendeinem Gegenstand. Wir legen es vorerst einmal in eine zweite kleine Schale. Vielleicht finden wir noch weitere Stückchen, die wir dann noch genauer analysieren müssen.“
„Wenn wir an einem anderen Tier auch noch ein ähnliches Stückchen finden, wäre das wohl ein sicherer Hinweis.“
„Sicherlich! Aber ein Hinweis worauf?“
„Na ja, auf das Tatwerkzeug natürlich!“
„Warten wir es ab. Das Mikroskop wartet schon!“
„Wir müssen aber erst alle Tiere genau untersuchen und dann auch noch den Magen- und Darminhalt begutachten.“
„Ja, Ja. Unsere so geliebte *Scheißarbeit*. Aber bitte erst nach der Frühstückspause!“
Die Untersuchungen des Fells waren beendet. Die beiden zuletzt untersuchten toten Wildschweine lagen noch auf den Untersuchungstischen. Frank

nahm seinen Kaffeebecher vom Fensterbrett und ging zusammen mit Michael in das Büro nebenan, wo sie in Ruhe frühstücken konnten. Frank, der wesentlich mehr Erfahrung hatte, erklärte Michael noch einmal die Vorgehensweise bei den nächsten Arbeiten. Es sei, so meinte er, nicht auszuschließen, dass die Tiere Sekunden vor ihrem Tod vielleicht den Mörder gebissen oder sogar ein Teil von ihm abgebissen oder vielleicht auch verschluckt haben. Darum ist es wichtig, auch die Speiseröhre und den Mageninhalt genau anzusehen. Der Darm sein weniger wichtig, da die dort befindlichen Reste aus den Minuten und Stunden vor der Tat stammen und somit kaum Hinweise enthalten könnten.

Gleich nach dem Frühstück gingen beide wieder zurück zum Labor. Frank hatte seinen Kaffeebecher noch einmal gefüllt. Michael öffnete die Tür. Frank ging zum Fenster um dort seinen Kaffee abzustellen, als er einen Schrei seines Assistenten hinter sich hörte. Noch mit dem heißen Kaffee in der Hand drehte sich Frank um.

„Sieh dir das an!"

„Was ist denn los? Warum schreist du so?"

„Schau nur! Das bewegt sich!"

„Das geht nicht. Das Tier ist tot!"
„Doch, doch! Schau doch genau hin! Siehst du! Jetzt schon wieder!"
„Du Angsthase! Das sind Verdauungsgase. Die bewegen den Bauch."
„Echt?"
„Das wirst du gleich sehen oder, besser gesagt, riechen, wenn du die Bauchdecke öffnest!"
Michael hatte sich wieder beruhigt. Franks Erklärung schien ihm einleuchtend. Er nahm sein Seziermesser zur Hand und setzte es an die Bauchdecke.
„Warte Michael! Ich öffne erst einmal das Fenster. Du weißt bestimmt, warum!"
„Ja, ja. Mach dich nur lustig!"
Während Frank seine Tasse vom Fensterbrett nahm und beide Fensterflügel weit öffnete, setzte Michael zum Schnitt an.
Explosionsartig schoss es aus der Schnittöffnung heraus. Es war kein Gas. Das kleine Bandstück wickelte sich sofort in Sekundenbruchteilen um Michaels Handgelenk, schnürte sich kraftvoll zusammen und trennte die ganze Hand vom Unterarm ab. Ein lauter Schrei ließ den Altbau erzittern. Frank drehte sich sofort wieder um, ließ

vor Schreck seine Tasse zu Boden fallen und sah Michaels blutenden Unterarm und die abgetrennte Hand auf dem Boden. Ohne zu wissen, was in den Sekunden zuvor geschehen war, wollte er zu Hilfe eilen. In diesem Moment sah er es aufblitzen. Silbrig glänzend flog ein Bandstück durch die Luft, wickelte sich blitzschnell um Michaels Oberarm, trennte auch seinen Arm ab, wickelte sich fast in der gleichen Sekunde um seinen Hals, trennte seinen Kopf ab. Michaels Rumpf sank zu Boden. Aus dem offenen Hals pumpte sein Herz noch Blut. Frank sah alles, wusste nicht was er tun sollte. Das silbrige Band schnürte und schnitt noch an Michaels Körper. Frank wollte es mit bloßen Händen entfernen aber das Band schnitt auch seine Finger ab. Alles Wehren half nichts. Das Band wickelte sich um alle Körperteile, die es gerade berührte. Zuerst den Unterarm, dann den Oberschenkel, den zweiten Arm, ein Ohr, dann wickelte es sich um Franks Hals. Auch er sank blutüberströmt, vom Band zerschnitten, zu Boden.
Das Band entwich durch das offenstehende Fenster.

Es war gegen Mittag, als Barry Black bei Mike Kerr in Silvercreak eintraf. Mit der neuen Tageszeitung unter dem Arm lief er die Treppe zu Mikes Büro hinauf, klopfte an seine Türe und betrat dann den Raum.
Mike saß hinter seinem Schreibtisch. Barry trat an den Tisch und legte ihm die Tageszeitung vor.
„Schlag mal den Lokalteil auf!"
„Was schreiben sie denn?"
„Das wirst du gleich sehen!"
„Du meine Güte! Die bringen ja eine ganze Seite davon. Vier Fotos von den Wildschweinen!"
„Von einem Wahnsinnigen schreiben sie. Ein irrer Mörder und Tierhasser würde umhergehen. Sie machen den Menschen ja richtig Angst!"
„Gemetzel im Wald!"
„Die Presse ist eben so! Das muss immer neugierig machen. Haben sich denn schon Bürger bei dir gemeldet oder hat jemand etwas berichtet?"
„Nur eine ältere Dame hat angerufen. Die hat Angst vor einem Wolf."
„Hat sich bei dir die Polizei oder das Labor schon gemeldet?"
„Nein, ich warte darauf."

„Barry, vielleicht sollten wir dort einmal anrufen. Ein bisschen Druck von unserer Seite kann bestimmt nicht schaden.“
„Ja, gut. Vielleicht haben sich ja aufgrund des Zeitungsberichts schon Leute bei der Polizei gemeldet.“
„Wir werden es gleich wissen.“
Barry Black setzte sich auf den Stuhl vor dem Schreibtisch und Mike Kerr griff zum Telefonhörer. Der Beamte auf der Polizeiwache hatte keine weiterführenden Informationen für die Förster. Der Bericht aus dem Labor war angeblich noch nicht eingetroffen, man warte aber darauf. Wenn er vorliege, würde man sich sofort mit dem Forstamt in Verbindung setzen.
„Schön, Mike. Jetzt sind wir genauso schlau wie gestern.“
„Weißt du, Barry, wenn sie uns nicht weiterhelfen können, müssen wir selbst etwas unternehmen!“
„Was schlägst du denn vor?“
„Ich würde erst den Bericht vom Labor abwarten und dann nach dem möglichen Täter suchen.“
„Und wie und wo willst du suchen?“

„Na ja, es kommt natürlich darauf an, ob es ein Tier oder ein Mensch war. Vielleicht waren es sogar zwei oder drei."
„Für Menschen ist ja dann die Polizei zuständig."
„Richtig, aber wenn es Wölfe waren, müssen wir verstärkt suchen. Sie könnten ja wieder zuschlagen!"
„Ich glaube nicht, dass es Wölfe waren. Die reißen einmal ein Tier, wenn sie hungrig sind. Das war ein Gemetzel und es wurde nichts gefressen."
„Also glaubst du eher an die Tat von Menschen?"
„Ich bin mir da ziemlich sicher. Tiere verhalten sich anders."
„Wir sollten wirklich erst einmal den Polizeibericht aus dem Labor abwarten."
Barry und Mike saßen noch eine halbe Stunde im Büro und überlegten Maßnahmen, die sie in dem einen oder anderen Fall ergreifen könnten. Sie beschlossen, in den kommenden Tagen zu zweit ihr Revier zu beobachten und besonders auch in der Dunkelheit mit den Nachsichtferngläsern im Wald unterwegs zu sein.
Gerade wollten die beiden Förster aufbrechen, um ein Mittagsmahl einzunehmen, als sich die Polizeiwache meldete.

„Herr Kerr, es ist etwas Schlimmes passiert! Die beiden Untersuchungsbeamten aus unserem Labor sind tot. Man hat sie im Labor tot aufgefunden. Sie waren zugerichtet, wie die untersuchten Wildschweine. Zerschnitten und blutüberströmt lagen sie auf dem Laborboden!"
„Das ist jetzt nicht ihr Ernst!"
„Doch, absolut. Es ist ganz schlimm!"
„Und wie sind sie gestorben?"
„Wir wissen es nicht. Es kommt jetzt gleich ein Untersuchungsteam aus der Hauptstadt. Über ihre Tiere können wir wegen des Todes der Mitarbeiter noch nichts sagen. Vielleicht kommen sie mit ihrem Kollegen einmal zu uns auf die Polizeiwache zum Besprechen des weiteren Vorgehens."
„Das machen wir sofort."
Mike legte den Hörer auf. Sprachlos lehnte er sich in seinem Schreibtischstuhl zurück und sah seinen Freund Barry mit entsetztem Blick an. Die Worte des Polizeibeamten entfalteten erst jetzt ihre Wirkung. Es war, als ob er gerade etwas aus einer anderen Welt, einer unwirklichen Welt erfahren habe. Es klang am Telefon wie ein Stück aus einem Gruselfilm, das mit der Realität nichts zu tun

haben kann. Aber Mike hatte eine kurze Meldung aus dem Hier und Heute, aus dem Mund eines pflichtbewussten Polizisten gehört. Es war harte Wirklichkeit, kein Traum.

8

Was war mit der Wildschweinrotte geschehen? Wie ist es passiert? Wer hat es getan? Wie sind die beiden Laboranten gestorben? Wer war es? Auf dem Weg zur Polizeiwache stellten sich Mike und Barry immer und immer wieder die gleichen Fragen? Antworten blieben Stückwerk.

Auf der Polizeiwache erfuhren die beiden Förster, was im Labor gefunden wurde. Aus den protokollarischen Aufzeichnungen des Vortags war ersichtlich, dass außer den Fußspuren des

Försters keine weiteren Fußabdrücke vorhanden waren. Es waren auch keine Spuren von größeren Wildtieren wie Wolf oder Bär zusehen. Die Verletzungen der Tiere konnten ebenso nicht einem Angriff von Raubvögeln aus der Luft zugeschrieben werden. Das Protokoll endete mit dem Hinweis, die Verletzungen einer Analyse unterziehen zu müssen, bevor eine gefestigte Aussage zum Täter oder Verursacher formuliert werden könne. Aufzeichnungen vom heutigen Morgen wurden von den Untersuchungsbeamten vor ihrem Tod noch nicht angefertigt. Nur die kleine Plastikschale mit Gras- und Laubresten, sowie einige Krümel Walderde fand man als Beweis für stattgefundene Untersuchungen auf dem Labortisch neben einem der Tierkadaver.

Der Beamte in der Polizeiwache erzählte noch, dass die beiden Toten ähnliche Verletzungen aufwiesen, wie die getöteten Wildschweine.

„Wir können jetzt noch keine Aussage machen, meine Herrn. Ich würde sie aber, Herr Black, bitten, zusammen mit Herrn Kerr noch einmal ihr Revier abzusuchen und besonders die Stellen anzusehen, wo sich in der Regel die Wildschweine aufhalten. Vielleicht können wir dann von ihnen schon weitere Hinweise zu dem Fall bekommen."

„Sollen wir das denn sofort jetzt machen?"

„Ja, bitte! Wir warten erst den Bericht von der Kommission aus der Hauptstadt ab, bevor wir etwas unternehmen können."

„Gut, dann fahren wir jetzt los und suchen die verschiedenen Aufenthaltsplätze der Tiere auf. Das wird aber nicht ganz einfach sein, denn Wildschweine legen oft viele Kilometer an einem Tag zurück. Ich kann ihnen also nichts versprechen."

„Das ist natürlich richtig. Aber wir sollten uns später keine Vorwürfe machen müssen, wenn wir nicht alles Mögliche versucht haben."

„Wir werden den ganzen Nachmittag suchen und später wieder zu ihnen auf die Polizeiwache kommen und berichten."

„Ja, tun sie das bitte! Gegen Abend haben wir auch Informationen von der Kripo, die den Fall im Labor jetzt untersucht."

Mike und Barry fuhren gemeinsam mit einem Geländewagen in das Revier der Nachbargemeinde und suchten zuerst den Tatort auf. Inzwischen waren die Spuren der Gewalttat fast verschwunden, aber die Zerstörungen, die von den Wildschweinen auf ihrem Wanderweg verursacht wurden, waren für die Förster leicht erkennbar. Sie gingen mehrere Kilometer der von den Tieren zurückgelegten Strecke ab, protokollierten die einzelnen Orte mit den größeren oder kleineren Verwüstungen und fertigten Fotos an. Außer den üblichen Wildschäden konnten beide Förster aber nichts Weiterführendes bemerken. Der ganze Fall schien ein großes Rätsel zu sein. Als die Dämmerung einsetzte fuhren sie in die Stadt zurück zur Polizeiwache. Inzwischen waren dort andere Beamte, die die Abendschicht übernommen hatten.

Der Bericht der Kriminalpolizei war kurz zuvor per Mail eingetroffen. Auf dem Monitor war zu lesen:

Kurzbericht

Bei den im Labor aufgefundenen Toten handelt es sich eindeutig um die Labormitarbeiter der Polizeibehörde Herrn Frank Rogers und Herrn Michael Rough. Beide Männer wurden tot auf dem Boden des Labors aufgefunden. Sie lagen in einer großen Blutlache ihres eigenen Blutes. Beide leblosen Körper waren mit zahlreichen

Schnittverletzungen überzogen. Bei Herrn Michael Rough waren die rechte Hand und sein Kopf abgetrennt. Sein linker Oberarm war durchtrennt und hing nur noch an einer Sehne fest. Todesursache bei Herrn Michael Rough war eindeutig eine Verblutung aufgrund des abgetrennten Kopfes. Bei Herrn Frank Rogers waren zwei Finger der rechten Hand abgetrennt, das linke Bein, sein Kopf und am Kopf das rechte Ohr. Todesursache war auch bei Herrn Frank Rogers Verblutung wegen des abgetrennten Kopfes. Zum Tathergang gibt es keine größeren Hinweise. Es besteht der Verdacht, dass eine oder mehrere unbekannte Personen in das Labor eingedrungen sind und die beiden Männer bei ihrer Arbeit überrascht und getötet haben. Eindeutige Spuren wurden nicht gefunden, wohl aber ein weit offenstehendes Fenster, durch das Eindringlinge hätten verschwinden können. Eine Tatwaffe wurde ebenso nicht gefunden. Es kann auch nicht mit Sicherheit festgestellt werden, mit welchen Tatwerkzeugen die todbringenden Schnitte ausgeführt wurden. Abschließend muss gesagt werden, dass das offenstehende Fenster

auch das Eindringen und Entweichen von Flugobjekten – z.B. Drohnen – ermöglicht hätte.
Hinweis: Es wird empfohlen, die einheimische Bevölkerung nach den erwähnten Flugobjekten zu befragen, aufgefundene Drohnen zu beschlagnahmen und diese auf Blutspuren zu untersuchen.
Ein Protokoll mit Fotos und detaillierten Angaben auf unserem amtlichen Vordruck erhalten sie über den Dienstweg.
Unterschrift: *H. W. Mitchel*
Schon in den frühen Morgenstunden des folgenden Tages waren sechs Polizeiwagen in die Gemeinden gefahren, die im näheren Umkreis des Tatorts lagen. Die Beamten liefen von Haus zu Haus, befragten alle Bürger nach besonderen Auffälligkeiten und nach gesichteten Drohnen. Insgesamt konnten die Polizisten vierzehn Drohnen und zwei kleine Helikopter einsammeln und zur Untersuchung ins Labor bringen.

Die Befragungen der Bürger zogen sich über zwei Tage hin, brachten aber keine neuen und weiterführenden Erkenntnisse. Auch die Untersuchung der Fluggeräte führte nicht weiter.

Zwar stellten sie an zwei Drohnen Blutreste fest, die sich aber bei einer genaueren Analyse im einen Fall als Blut eines Vogels und in einem anderen Fall als Insektenblut herausstellten.
Auch Mike Kerr und Barry Black waren zwei Tage in ihren Revieren unterwegs. Sie fanden keine weiteren wichtigen Anhaltspunkte oder Beweisstücke.
Am dritten Tag nach dem Vorfall gingen alle wieder ihren gewohnten Arbeiten nach.
Tage, Wochen und Monate vergingen. Die Bürger vergaßen den schrecklichen Vorfall. Auch die beiden Förster wurden nur noch an das Gemetzel erinnert, wenn ihr Weg sie zufällig an dem damaligen Ort des Geschehens vorbeiführte.
Bei der Polizei landete der Fall im dicken Ablageordner ungeklärter Kriminalfälle.

9

Es waren schon mehr als zwei Jahre vergangen, die Forstämter von Folkstone und Silvercreak hatten fusioniert und ihre Reviere unter eine Leitung gestellt. Die beiden Förster Mike Kerr und Barry Black arbeiteten gemeinsam im Revier. Mike war für den Wald, Bepflanzung und Abholzung verantwortlich, während Barry den Aufgabenbereich Jagdwesen und Wild betreute.

In einer lauen Sommernacht war Barry Black im Revier unterwegs und war zur Beobachtung auf einen seiner Hochsitze am Waldrand geklettert. Er hatte auf der kleinen Holzbank platzgenommen und sein Nachtfernglas um den Hals gehängt.

Da Barrys Aufstieg in den Hochsitz nicht völlig still verlief, musste er geduldig warten, denn die Wildtiere bemerkten alle Bewegungen und Geräusche und blieben versteckt im sicheren Dunkel des Waldes.

Barry kannte natürlich die Gewohnheiten der Tiere in seinem Revier. Er wusste, wann sie aus dem Wald heraustraten um auf den angrenzenden Wiesen zu äsen. Er wusste genau, wie groß seine Wildtiergruppen, Rudel und Rotten

waren und er wusste auch, wo die verschiedenen Futterstellen und Aufenthaltsbereiche der Tiere waren. Genau dort hatte er im Revier zur Wildbeobachtung seine Hochsitze eingerichtet. Es vergingen auch nur wenige Minuten, bis sich die ersten Waldtiere zeigten. Im Dunkel der Nacht, die Lichter von Folkstone waren nur in weiter Ferne zu sehen, traten die Tiere aus dem Unterholz heraus, um am Waldrand zu äsen.
Barry Black hatte einen Überblick über seine verschiedenen Tiergruppen. Es gab jetzt im Sommer mehrere kleine Rehsprünge von zwei bis sechs Tieren. Im Winter zuvor hatte er an seiner Futterstelle im Wald sogar einmal achtzehn Tiere gezählt. Dazu kamen die vielen Wildschweine, die aber über die Reviergrenzen hinweg ständig ihren Aufenthaltsort änderten.
Am heutigen Abend traten vier Rehe aus dem Dickicht heraus und bewegten sich langsam und vorsichtig auf die freie Wiese. Rehe sind scheue Tiere und rennen sofort wieder in den Wald und den Schutz der Dunkelheit zurück, wenn sie einen Feind entdecken oder unbekannte Geräusche vernehmen. Barry war auf seinem Hochsitz sehr vorsichtig und still. Lautlos setzte er seinen

lichtstarken Feldstecher an seine Augen und beobachtete seine Wildtiere. Er war nur gut fünfzig Meter von der Tiergruppe entfernt, als er bemerkte, dass die Tiere plötzlich gleichzeitig ihre Köpfe aufrichteten. Sie hatten ein Geräusch gehört und waren bereit, sofort in den Wald zurückzuspringen.

Es kam nicht dazu. Alles ging viel zu schnell. Schneller, als die flinken Tiere reagieren konnten, lagen alle fast gleichzeitig auf dem Boden, wurden niedergezerrt. Etwas für Barry Black auf dem Hochsitz mit seinem Fernglas nicht Erkennbares überfiel die Tiere. In der Dunkelheit hatte Barry nicht bemerkt, woher die Gefahr für die Tiere kam. Er hat sogar mit seinem scharfen Beobachtungsgerät nicht sehen können, was denn nun gerade passierte. Nur die Reaktionen der Tiere konnte er in der Nacht sehen. Er sah, wie die Rehe von ihren Beinen gehoben wurden, wie Fetzen und Körperteile durch die Luft flogen, wie sie zu Boden fielen, wie sich wehrend verstümmelte Tierkörper auf der Wiese krümmten, wie sie kurze Schreie in den Nachthimmel stießen und wie sie innerhalb weniger Sekunden regungslos im Gras lagen.

Barry hatte weder gesehen, was die Tiere angegriffen hatte, woher es kam, wie groß es war, welche Gestalt es hatte und auch nicht, wohin es unbemerkt verschwinden konnte. Es war zu dunkel und auch mit dem lichtstarken Sichtgerät nicht zu erkennen. Der Vorgang dauerte nicht mehr als zehn Sekunden.

Barry saß regungslos auf der Holzbank seines Hochsitzes und ließ langsam sein Fernglas niedersinken. Er schaute mit ungläubigem Blick auf die dunkle Wiese vor ihm. Schemenhaft sah er sie toten Tiere auf dem Gras liegen. Es war still. Es regte sich nichts, nicht auf der Wiese, nicht im Dickicht und auch nicht im Wald. Eine unheimliche Stille legte sich über den Ort des Geschehens. Barry bewegte sich nicht. Er konnte nicht. Er kam sich hilflos und verlassen vor. Barry hatte Angst.

Die Bilder von damals waren sofort wieder gegenwärtig. Er sah seine getötete Wildschweinrotte. Er erinnerte sich an jedes Foto, an die Zeitungsausschnitte und an die vielen offenen Fragen von damals.

Jetzt war er Zeuge. Er war Zeuge des Vorfalls und hatte nichts gesehen, hatte nichts erkennen können, war genauso schlau wir zuvor. Aber er

wusste, dass der Vorgang mit seiner Wildschweinrotte bestimmt auf die gleiche Weise stattgefunden haben musste. Ja er war sicher. Nur so war es erklärbar.
Barry saß noch mehrere Minuten nachdenklich auf seinem Hochsitz. Dann rieb er sich seine Augen. Er hatte nicht geträumt. Es war Realität. Der Förster versuchte sachlich zu denken, überlegte, was er denn unternehmen müsse. Seine Gedanken überkreuzten sich. Er musste etwas tun und er hatte Angst, etwas zu tun. Barry wusste nicht, ob das Ungeheuerliche nun beendet war oder ob es vielleicht auch ihn treffen könnte, wenn er seinen Hochsitz verlässt. Er fühlte sich unsicher. Er musste nach seinem getöteten Wild sehen, er musste den Vorfall melden und er musste seinen sicheren Hochsitz verlassen. Er tat nichts. Er spürte eine drohende, lebensbedrohende Gefahr.
Mehr als eine Stunde verharrte der Förster nach dem Vorfall auf seiner sicheren Holzbank am dunklen Waldrand. Nur langsam wich seine Angst. Mit dem Feldstecher suchte er die nächste Umgebung nach Auffälligkeiten ab. Er sah nichts. Er traute sich vom Hochsitz herunter. Eilig

entfernte er sich von diesem Ort und lief zum Forstamt. Er schaute nicht zurück.
Es war zwar schon sehr spät, aber diesen Vorfall musste Barry sofort seinem Kollegen und Freund Mike schildern. Das duldete keinen Aufschub. Er rief sofort Mike in seiner Wohnung an.
„Mike, ich bin´s, Barry. Mike, ich weiß, es ist schon spät, aber es ist wieder passiert!“
„Barry, was ist was ist passiert?“
„Das Gemetzel! Es gab wieder ein Gemetzel!“
„Wie denn? Die Wildschweine sind doch gar nicht bei uns im Revier. Die Gruppe ist doch weitergezogen ins Oberland!“
„Nein, Meike, nicht die Wildschweine! Rehe! Vier Rehe!“
„Wo denn? Wie hast du sie denn im Dunkeln gefunden?“
„Ich hab´s direkt gesehen, Mike. Ich war auf dem Hochsitz am Waldrand.“
„Was hast du gesehen?“
„Mike, ich saß auf dem Hochsitz und habe die Rehe beobachtet und dann ist es ganz plötzlich passiert.“
„Ich verstehe es nicht. Wie denn ganz plötzlich? Wie ist es denn passiert?“

„Mike, du glaubst es nicht! Das ging ganz schnell, nur fünf oder zehn Sekunden, dann waren sie tot!“

„Und du hast es genau gesehen?“

„Ja, ich habe es mit dem Nachtfernglas gesehen, vom Hochsitz aus.“

„Und wer war es denn?“

„Mike, das ging so schnell! Die Tiere flogen durch die Luft und wurden zerfetzt. Einige schrien dabei und gleich darauf lagen alle auf der Wiese. Manche zuckten noch und dann waren sie alle tot.“

„Das ist ja wie bei den Wildschweinen. Hast du denn gesehen, wer es war?“

„Es ging so schnell. Ich habe nur gesehen, wie die Rehe gestorben sind. Ich habe nur die Tiere gesehen. Ich weiß nicht, wer es war oder was es war!“

„Hast du nichts gesehen? Die Rehe können doch nicht von alleine durch die Luft fliegen und zerfetzt zu Boden fallen!“

„Mike, glaub mir, ich habe nur die Tiere gesehen."

„Der Täter kann doch nicht durchsichtig sein. Das glaube ich nicht!“

„Mike, du musst mir glauben! Das ging so schnell. Vielleicht habe ich es wegen der Schnelligkeit nicht erkannt!“
„Das ist natürlich nicht schön. Dann haben wir wieder keinen Täter.“
„Mike, ich war total aufgeregt. Ich bin nicht mehr zu den Tieren gegangen. Ich bin direkt nach Hause gerannt!“
„Hast du die Polizei schon angerufen?“
„Nein, du bist der erste, den ich anrufe.“
„Dann rufe jetzt gleich die Polizei an! Die müssen sich das sofort ansehen. Vielleicht finden sie jetzt noch Spuren.“
„Ja, das mache ich gleich!“
„Gut, ich ziehe nur schnell etwas an und dann fahre ich zum Forstamt rüber. Du musst mich begleiten und zeigen, wo es ist!“
„Ja, ich warte auf dich!“
Nur zehn Minuten später war Mike bereits im Forstamt. Barry wartete schon auf dem Parkplatz in seinem Jeep.
„Guten Abend, Mike! Es tut mir leid, dass ich dich noch so spät belästige!“
„Barry, das ist doch selbstverständlich in einer solchen Situation!“

„Gut. Wir müssen aber noch kurz warten. Die Polizisten kommen auch gleich und fahren dann hinter uns her."
„Dann erzähle mir doch noch einmal, was du beobachtet hast! Mir will das nicht in meinen Schädel gehen!"
„Ich kann nur wiederholen, was ich am Telefon gesagt habe. Ich saß auf unserem Hochsitz am Waldrand und habe die Rehe beobachtet. Sie sind aus dem Wald herausgetreten, vorsichtig wie immer, sind dann einige Meter auf die Wiese gelaufen um dort zu äsen. Ich hatte sie gerade ein oder zwei Minuten beobachtet, als plötzlich ein Tier umfiel. Dann wollten die anderen weglaufen, wurden aber durch irgendetwas daran gehindert. Sie flogen hoch. Zerfetzte Teile, Beine, ein Kopf und die Körper flogen umher und fielen dann ins Gras. Zwei Körper zuckten noch kurz, dann waren alle ruhig, still, tot."
„Und du hast sonst nichts gesehen?"
„Das Ist doch schrecklich genug!"
„Ich wollte doch nur wissen, ob du erkennen konntest, wer oder was sie getötet hat."
„Mike, das ging so schnell. Ich habe wirklich nur die Tiere gesehen."

„Na ja, wir kennen das ja von damals. Das war ja auch so unerklärlich!"
„Die Polizei bringt gleich große Scheinwerfer mit. Vielleicht kann man dann mehr sehen. Vielleicht gibt es Spuren."
Die Polizei fuhr mit einem Streifenwagen auf den Parkplatz. Barry sprach kurz mit den Beamten, setzte sich mit seinem Jeep vor den Polizeiwagen und fuhr vorweg zum nächtlichen Tatort am Waldrand. Die Fahrzeuge hielten auf einem Waldweg in der Nähe der getöteten Rehe an. Aus dem Heck des Streifenwagens holten die Polizisten ihre großen Scheinwerfer und Barry führte die beiden Beamten und seinen Freund Mike zu dem Ort mit den Tierkadavern auf der Wiese. Im Lichtkegel der starken Scheinwerfer sah man schon aus der Ferne die reglosen Körper verstreut über die Wiese liegen. Es bot sich ein grausames, verheerendes und sehr beängstigendes Bild dar, die Szenerie eines Gemetzels.
Jeder Quadratzentimeter der Wiese wurde von den Polizisten unter die Lupe genommen und nach Spuren, Beweisen und verdächtigen Gegenständen abgesucht. Auch Mike und Barry

suchten die Wiese ab. Aber das intensive Suchen brachte kein Ergebnis. Nur die Spuren der Rehe waren sichtbar. Die toten Tiere und Tierteile lagen blutverschmiert in einem Umkreis von zehn Metern über die Wiese verstreut. Die todbringenden Verletzungen schienen durch ein oder mehrere Schneidwerkzeuge oder Messer verursacht worden zu sein. Die Polizisten fanden nichts, keine Spuren, keine Gegenstände, keine Tatwaffe, keinen Täter. Nur vier tote, zerschnittene und blutige Rehkadaver lagen auf dem Gras.

Nachdem der mysteriöse Ort zweimal abgeschritten war, brachen die Polizisten die Suche ab.

„Herr Black und Herr Kerr, wir beenden jetzt unsere Suche. Es gibt keine Spuren, die wir hier sichern könnten. Wir werden jetzt die Tiere mit unseren Planen abdecken, wieder zurückfahren und die Kripo benachrichtigen."

„Und was wird aus den Tieren?"

„Die werden abgeholt und in das Untersuchungslabor gebracht."

Am nächsten Morgen klingelte sofort nach Dienstbeginn das Telefon im Forstamt. Ein

Kommissar John Dengles meldete sich und wollte noch einmal aus erster Hand die Geschehnisse der vergangenen Nacht aus dem Munde von Herrn Black hören. Barry schilderte noch einmal, was er im Dunkeln auf seinem Hochsitz gesehen hatte.
„Herr Black, ich habe mir die Tiere im Untersuchungslabor angesehen und jetzt ihre Schilderung gehört. Ich möchte sie und auch ihren Kollegen Herrn Kerr bitten, gegen Mittag in die Wache hier in Silvercreak zu kommen. Ich werde da sein und auch ein Mitarbeiter aus dem Labor. Wir müssen gemeinsam die weitere Vorgehensweise absprechen. Sie wissen ja bestimmt noch, dass vor gut zwei Jahren zwei unserer Mitarbeiter gestorben sind. Können sie so um 11.30 Uhr hier sein?“
„Ja, das geht in Ordnung. Ich sage Herrn Kerr Bescheid und bringe ihn mit.“
„Schön, das ist gut, dann muss ich es nicht tun. Ich sehe sie dann heute Mittag!“
Barry und Mike trafen pünktlich auf dem Polizeirevier in Silvercreak ein. Neben den beiden Polizisten vom gestrigen Abend und Herrn John Dengles saß auch ein Labormitarbeiter im Polizeibüro.

„Guten Tag, die Herrn! Ich darf mich kurz vorstellen. Ich bin Herr Dengles, Kriminaloberkommissar der Bundesbehörde, das hier ist Labormitarbeiter Herr Rick Tall und die beiden Polizeibeamten kennen sie ja schon bereits."
„Guten Tag, die Herrn!"
„Meine Herrn, ich möchte nicht viel Zeit verlieren. Soviel nur vorweg: Man hat mich von der Bundesbehörde mit dem Fall betraut, weil es hier schon vor gut zwei Jahren einen ähnlichen Vorfall gab und dabei zwei Mitarbeiter auf ungeklärte Weise ums Leben kamen."
„Ja, Herr Dengles, wir wissen das nur zu genau!"
„Schön, dann lassen sie mich zum Wesentlichen kommen. Wir haben es hier mit einem noch unbekannten Mörder zu tun. Herr Tall hat die Tiere untersucht und ich habe sie mir auch angesehen. Es scheint eindeutig zu sein, dass sie an tiefen Schnittwunden verstorben sind. Sie, Herr Black, haben berichtet, außer den Tieren in der Nacht nichts gesehen zu haben. Dazu möchte ich Folgendes anmerken: Bei der Untersuchung des Tatortes wurden außer den Tierspuren keine anderen gefunden. Daraus lassen sich nur zwei

Dinge ableiten. Es war zum Tatzeitpunkt keine Person am Tatort anwesend und da es keine Spuren am Boden gibt, muss der oder die Angreifer aus der Luft gekommen sein. Des Weiteren muss gefolgert werden, da Herr Black angab, nichts gesehen zu haben, dass der oder die Angreifer entweder unsichtbar waren, oder sehr klein und aus der Ferne im Dunkel der Nacht nicht erkennbar oder es geschah mit einer sehr hohen Geschwindigkeit."

„Das ist ja alles schön und gut, aber genauso weit waren wir vor zwei Jahren ja auch schon. Wir haben sogar Drohnen untersucht!"

„Ich weiß. Das war auch richtig! Aber es gibt noch andere Dinge, die man nur schwer sehen kann. Schnell rotierende Dinge kann man nicht sehen. Ich denke an Helikopterflügel ebenso wie an Rasenschneider, die mit einem rotierenden Schneidedraht arbeiten oder ähnliche Werkzeuge."

„Das kann ich mir aber nicht vorstellen. Dann hätte ich doch das Gerät sehen müssen oder zumindest hören müssen."

„Richtig! Ich wollte mit meinen Bemerkungen nur sagen, dass wir es mit einem unbekannten,

todbringenden und gefährlichen Angreifer zu tun haben und deshalb Vorsichtsmaßnahmen ergreifen müssen."
„Und wie soll das aussehen? Was wollen sie tun?"
„Nun, ich habe sie kommen lassen, weil sie ihr Forstrevier am besten kennen. Wir müssen noch einmal bei Tageslicht den Tatort besichtigen. Ich möchte auch noch einmal den Ort des damaligen Vorfalls mit den Wildschweinen sehen. Ich würde sie bitten, mich dorthin zu begleiten, um meine vor Ort auftauchenden Fragen zu beantworten. Wir werden uns sofort auf den Weg machen."
„In Ordnung! Wir werden sie unterstützen!"

Kriminaloberkommissar Dengles, die beiden Polizisten aus Silvercreak sowie die beiden Förster fuhren erneut an den Waldrand zum Tatort. Barry Black schilderte vor Ort noch einmal genau, wo sich die Tiere befanden, von wo aus er alles beobachtet hatte und was innerhalb weniger Sekunden auf der Wiese am Waldrand geschah.
„Herr Black, sie sagen, die Tiere seien in die Luft geflogen. Meinen sie damit, dass die Rehe vom Boden senkrecht nach oben geflogen sind?"

„Na ja, so genau habe ich das nicht gesehen. Ich war ja auf dem Hochsitz dort am Waldrand und es war dunkel. Ich habe aber gesehen, dass die Tiere in der Luft waren und dabei Körperteile verloren haben, die dann auch durch die Luft wirbelten. Ich will nicht übertreiben, aber die Tiere hoben dabei bestimmt zwei oder drei Meter vom Boden ab."
„Wissen sie, das Ganze muss ja durch eine Fremdeinwirkung erfolgt sein. Wenn sie also von unten nach oben geflogen sind, muss eine Kraft entweder aus dem Boden auf die Tiere eingewirkt haben und sie wie ein Katapult von unten nach oben geschleudert haben oder die Kraft kam aus der Luft und hat die Tiere vom Boden hochgehoben."
„Ich kann nur wiederholen, Herr Dengles, dass ich außer den Rehen nichts gesehen habe, keine Geräte, Katapulte, Zugmaschinen, Messer. Da war nichts, absolut nichts!"
„Meine Herrn, das können sie nicht behaupten! Wenn Tiere, die nicht fliegen können, plötzlich vom Boden abheben und auch noch getötet und zerfetzt werden, dann muss auf dieser Stelle etwas gewesen sein. Irgendwo muss diese

todbringende Kraft herkommen. Vielleicht ist sie unsichtbar. Magnetkräfte sind auch unsichtbar."

„Aber Tiere sind nicht magnetisch!"

„Eben! Deshalb muss es irgendeine andere Kraft gewesen sein, die da Schlimmes angerichtet hat."

Alle fünf Personen standen am Tatort und schauten sich gegenseitig fragend und kopfschüttelnd an. Dann gab Mike Kerr seine Theorie preis.

„Wissen sie, ich hatte mir schon vor zwei Jahren eine bestimmte Theorie, die aber nie überprüft wurde, weil sie abwegig schien. Wenn ich aber diesen Platz hier sehe und die Beschreibung von Barry ernst nehmen muss, bleibt für mich nur eine sinnvolle Antwort übrig. Ich denke, dass die todbringende Kraft aus dem Boden kommt!"

„Herr Kerr, das ist nicht schlecht gedacht. Wir können das überprüfen. Laufen wir doch einfach noch einmal über die Wiese und schauen uns den Erdboden genau an. Vielleicht wurde etwas übersehen!"

„Ja, wir sollten auch nach Löchern im Boden schauen, aus denen vielleicht die Kräfte kamen!"

„Lassen sie uns das jetzt sofort tun, bevor wir weitere Überlegungen über Kräfte aus der Luft anstellen!“
Die fünf Personen stellten sich im Abstand von nur einem Meter nebeneinander in eine Reihe und schritten die Wiese ab. Den Blick nach unten gerichtet und mit den Schuhen jeden Grasbüschel zur Seite biegend, jeden Quadratzentimeter betrachtend, bewegten sie sich im Schneckentempo über den Platz des nächtlichen Gemetzels.
„Mike, sieh dir das an! Hier sind Spuren!“
„Wo denn?“
„Haben sie etwas entdeckt, Herr Black?“
„Ja, Herr Dengles, kommen sie mal her und sehen sie sich das an!“
„Barry, das sind keine Löcher von Würmern! Regenwürmer machen runde Löcher.“
„Ja, ich sehe es auch. Das sieht aus, als ob hier jemand mit einem Messer in den Boden gestochen hat.“
„Ja, wie kleine Schlitze. Die haben wir in der Nacht nicht gesehen.“
„Sie haben auch nicht danach gesucht!“

„Ja, schauen sie nur! Hier gibt es überall solche kleinen Schlitze im Boden."
„Hier bei mir sind auch welche!"
„Meine Herrn, ich glaube wir haben eine neue Spur!"
„Und was machen wir jetzt?"
„Das sage ich ihnen, was wir jetzt tun! Wir fahren zurück nach Silvercreak, essen dort etwas, vielleicht im Gasthof und sie, Herr Black und Herr Kerr besorgen uns aus dem Forstamt einige Schaufeln und Spaten. Wir treffen uns dann, sagen wir in einer Stunde, wieder hier am Waldrand. Unternehmen sie aber bitte nichts, bevor ich zurück bin."

10

Der Kriminaloberkommissar fuhr mit den beiden Polizisten zurück zur Polizeiwache, während Mike und Barry zum Forstamt fuhren. Die benötigten Schaufeln, Spaten und einige andere Werkzeuge waren schnell im Geländewagen verstaut und nach einem kleinen Imbiss fuhren sie wieder zur

Wiese am Waldrand. Sie luden die mitgebrachten Arbeitsgeräte aus, trugen sie bis zum Absperrband vor dem Tatort und warteten auf die Polizeibeamten.

Die Polizisten kamen pünktlich zurück. Mit zwei Fahrzeugen und fünf Personen rückten sie an.

„So, da sind wir wieder, gestärkt und voller Tatendrang! Ich habe noch Herrn Tall und Herrn Kocak mitgebracht. Herr Kocak wird alles fotografieren und Herr Tall kann uns bei den Erdarbeiten etwas helfen und beraten. Er hat von Spurensuche bestimmt die meisten Erfahrungen."

„Gut, dann können wir gleich loslegen. Die Arbeitsgeräte liegen bereit!"

„Nicht so schnell! Ich gehe jetzt mit Herrn Kocak zuerst noch einmal über den Platz und lasse die vorhin gesehenen kleinen Erdschlitze fotografieren und zwar alle!"

„Dann kann sich Herr Tall ja auch schon einmal diese merkwürdigen Löcher ansehen und begutachten. Vielleicht weiß er ja, was das ist und woher das kommt."

„So, Herr Kocak, sie kommen mit mir und ich zeige ihnen die Stellen. Sie Herr Tall laufen vorsichtig hinter uns her und schauen sich die fotografierten kleinen Erdöffnungen bitte genau an!“

Herr Dengles kannte die kleinen Löcher und die Stellen, an denen sie entdeckt wurden. Dorthin führte er den Fotografen und ließ Nahaufnahmen davon machen.

Herr Tall hatte einen Beutel mit kleinen Schildchen dabei. Wie Schaschlikspieße sahen sie aus, etwa zwanzig Zentimeter lange Metallstäbchen mit einem knopfgroßen weißen Nummernschildchen am oberen Ende. Neben jedes der gefundenen kleinen Erdöffnungen steckte er einen Nummernspieß in den Boden und ließ dann Herrn Kocak fotografieren. Es dauerte mehr als eine Stunde, bis alle Stellen markiert und fotografiert waren, aber schließlich war es geschafft und die drei Herren traten wieder aus dem abgesperrten Bereich heraus.

„Herr Tall, zuerst einmal eine Frage an sie. Ist ihnen bei der Aktion etwas Besonderes ins Auge gefallen? Können sie uns etwas sagen?“

„Ja, das kann ich!“

„Dann lassen sie mal hören!“

„Also, ich habe jetzt die gesichteten Orte markiert. Sie sehen es. Ich bin mit den Spießchen bis zur Nummer einundvierzig gekommen. Ich schließe aber nicht aus, dass es noch mehr sein können, weil wir im dichten Gras durchaus die eine oder andere Stelle übersehen haben könnten. Wenn sie sich aber jetzt einmal die markierten einundvierzig Stellen ansehen, stellen sie fest, dass meine Spießchen in einem runden Bereich von etwa drei Metern Durchmesser postiert sind. Über diesen Bereich hinaus habe ich kein solches Loch entdecken können."

„Schön Herr Tall, was schließen sie denn daraus?"

„Zuerst kann man festhalten, dass es sich um ein örtlich begrenztes Phänomen handelt. Es ist tatsächlich genau an dem Ort, an dem die Rehe getötet wurden. Ob dieser Bereich auf die drei Meter im Durchmesser begrenzt ist, lässt sich aber noch nicht sagen. Wir können nur sagen, dass dort etwas aus der Erde herausgetreten ist oder in der Erde verschwunden ist. Und nun, meine Herren kommt meine wesentliche Beobachtung. Ich habe sowohl Eintrittslöchlein, als auch Austrittslöcher entdeckt. Bei zwei der Löcher habe ich bemerkt, dass kleine Grasreste in das Loch mit hineingezogen wurden, was eindeutig auf ein Eingangsloch hindeutet. Bei anderen Löchern habe ich neben dem Loch Erde und kleine Krümel aus dem darunterliegenden Boden erkannt. Somit sind diese Öffnungen Austrittslöcher."

„Sie wollen uns also sagen, dass etwas aus dem Boden ausgetreten ist, die Rehe getötet hat und dann wieder im Boden verschwunden ist."

„Das ist jetzt ihre Interpretation. Ich kann nicht erkennen, dass hier etwas ausgetreten ist, das Tiere töten kann."

„Aber es ist etwas herausgekommen und wieder im Boden verschwunden und genau an diesem Ort wurden die Tiere getötet. Das lässt doch diese Schlussfolgerung zu!"

„Ja, es wäre eine Möglichkeit, aber wir wissen es nicht!"

„Haben sie denn eine Vermutung, was es gewesen sein kann? Was ist denn hier im Boden? Was ist hier herausgekommen und wieder darin verschwunden?"

„Herr Dengles, ich bin kein Hellseher. Ich kenne auch kein Tier, das im Boden solche Löcher hinterlässt. Wurmlöcher sehen anders aus!"

„Welche Tiere kämen denn in Betracht?"

„Im Boden leben natürlich Würmer. Vielleicht gibt es eine Art, die mir unbekannt ist.“

„Andere Tiere können es nicht gewesen sein?“

„Jedenfalls keine, die ich kenne. Aber wer sagt denn, dass es Tiere waren?“

„Was denn sonst?“

„Pflanzen zum Beispiel!“

„Wie kommen sie darauf. Die fliegen doch nicht durch die Luft.“

„Das nicht, aber die Form der Löcher ist doch sehr auffällig. Diese Schlitze, wie von Messern gestochen, könnten auch von kräftigen Gräsern oder Blättern stammen. Aber solche kenne ich auch nicht!“

„Wir müssen also weitersuchen?“

„Ja.“

„Was schlagen sie vor?“

„Wir sollten vorsichtig vorgehen. Wir wissen nicht, wonach wir suchen. Wir wissen nicht, ob es gefährlich ist und wir dürfen im Boden weitere Spuren nicht übersehen!“

„Was sollten wir denn tun?“

„Ich schlage vor, dass wir uns einen Spaten nehmen und vorsichtig einen kleinen Block aus dem Wiesenboden ausstechen und den

Eintrittskanal ansehen. Wir müssen den Erdballen an der betreffenden Stelle auseinandernehmen oder vorsichtig aufschneiden."
„Und wenn der Kanal tiefer ins Erdreich hineinreicht?"
„Dann haben wir viel Arbeit vor uns."
„Wir fangen am besten gleich damit an!"
„Lassen sie mich das bitte machen, Herr Dengles. Ich weiß nur zu genau, wie vorsichtig man bei solchen Untersuchungen vorgehen muss!"
„Schön, Herr Tall, dann holen sie sich mal ein Stück von der Wiese!"
„Ich werde mir zwei Stücke ausstechen. Eines mit einem Eintrittsloch und ein anderes mit einem Austrittsloch."
„Gut. Tun sie das!"
„Ich sage ihnen aber gleich, dass ich die Stücke hier nicht untersuchen kann. Ich muss sie ins Labor mitnehmen."
„Wie lange soll das denn dauern? Wann erhalten wir denn das Ergebnis?"
„Nun, wenn ich jetzt gleich anschließend zum Labor in die Stadt fahre und sofort meine Untersuchungen beginne, können sie noch vor den Abendstunden ein erstes Ergebnis haben. Sie

können ja hier in Silvercreak bleiben. Ich werde sie umgehend telefonisch informieren."
„Wenn das nicht anders möglich ist, müssen wir es so machen. Holen sie sich bitte jetzt die beiden Erdballen."
Herr Tall stach sich aus der Wiese mit einem Spaten die beiden Erdballen aus, verpackte sie vorsichtig in eine Folie und brachte sie zum Polizeiwagen.

11

Am späten Nachmittag traf ein Anruf aus dem Labor in der Polizeiwache ein.
„Polizeiwache Silvercreak! Mit wem spreche ich?"
„Hallo, hier ist Herr Tall. Ich rufe aus dem Labor an!"
„Schön, ich übergebe den Hörer an Herrn Dengles!"
„Hallo Herr Tall! Haben sie ein Ergebnis?"

„Ja, ich habe ein Ergebnis!"
„Dann sagen sie es uns bitte!"
„Also, Herr Dengles, bei dem einen Wiesenstück mit dem Austrittsloch habe ich nur einen Kanal festgestellt, der durch den gesamten Ballen hindurch verläuft. Er ist an allen Stellen so breit und flach wie das Loch in der Oberfläche. Beim Ballen mit dem Eintrittsloch gibt es aber Auffälligkeiten. Der Kanal setzt sich von oben nach unten nicht gleichmäßig fort. Es gibt Ecken, Kurven und Verdickungen bis zur dreifachen Breite und jetzt kommt das Wichtige. Ich weiß, was da eingedrungen ist!"
„Und was war es?"
„Ich habe ein kleines Stück davon im Eintrittskanal gefunden. Vermutlich ist es abgerissen oder abgebrochen. Vielleicht wurde es bei dem Kampf mit den Rehen beschädigt und ist beim Wiedereintritt ins Erdreich hängengeblieben, abgerissen oder abgebrochen. Das Teil ist flach wie stärkeres Papier, ungefähr einen Zentimeter breit, wie das Eintrittsloch, drei Zentimeter lang und es glänzt silbrig. Ich habe es vorsichtig aus dem Kanal entfernt und fotografiert. Wir wissen jetzt, wonach wir suchen müssen!"

„Das ist gut, Herr Tall. Können sie uns denn das Stück nach Silvercreak bringen, damit alle wissen, wonach sie suchen müssen?“
„Ich mache mich sofort auf den Weg! In einer knappen Stunde bin ich bei Ihnen.“
„Schön. Beeilen sie sich, damit wir heute bei Tageslicht noch mit der Suche beginnen können.“
„Mache ich! Bis gleich!“
„Bis gleich, Herr Tall!“

Es verging eine Stunde. Herr Dengles stand am Fenster der Polizeiwache und schaute über den Hof zum Einfahrtstor. Er erwartete Herrn Tall.
Weitere zehn Minuten verstrichen.
„Mein Gott, wo bleibt er denn?“
„Vielleicht ist jetzt Feierabendverkehr!“
„Das glaube ich nicht. Wir sind doch nicht in der Großstadt. Ich rufe jetzt im Labor an.“
„Machen sie das!“
„Hallo! Ist dort das Polizeilabor?“
„Ja, hier ist das Polizeilabor. Mit wem spreche ich?“
„Hier ist Kriminalkommissar Dengles. Ich warte auf ihren Mitarbeiter Herrn Tall. Ich wollte nur wissen, ob er unterwegs ist.“

„Ja, Herr Tall hat vor einer guten Stunde das Labor verlassen und wollt nach Silvercreak fahren. Mehr kann ich ihnen nicht sagen."
„Danke für die Auskunft!"
Herr Dengles hatte gerade den Hörer aufgelegt, als das Telefon klingelte.
„Polizeiwache Silvercreak! ... einen Unfall ... ja ... ich habe es notiert ... Warten sie am Unfallort. Wir schicken einen Rettungswagen!"
„Wer war das?"
„Das war ein Herr Henry Rickens. Kurz vor der Stadtgrenze ist ein Auto an einen Baum gefahren. Der Fahrer ist wohl stark verletzt. Ich informiere den Rettungsdienst und schicke einen Streifenwagen hin!"
„Hoffentlich war das nicht unser Herr Tall, auf den wir warten."

Sehr schnell wurde in der Polizeiwache bekannt, dass Herr Tall bei einem Autounfall ums Leben kam.
Herr Dengles fuhr sofort zur Unfallstelle. Die Unfallärzte hatten Herrn Tall nicht mehr retten können. Er lag mit einer Folie zugedeckt an der

Unfallstelle. Ein angeforderter Leichenwagen war noch nicht eingetroffen.
Als der Kriminaloberkommissar am Unfallort eintraf, bestätigte man ihm nur noch den Tod des Labormitarbeiters. Man hätte ihn nicht mehr retten können und könne auch nicht genau sagen, ob der Tod durch den Aufprall seines Fahrzeugs am Baum als Ursache angesehen werden müsse. Die Ärzte des Rettungsteams hätten einen männlichen Körper aus dem beschädigten Fahrzeug geholt, der Schnittwunden am gesamten Körper hatte. Auch seine Kleidung sei an vielen Stellen aufgeschlitzt und zerschnitten, wobei als Ursache nicht die scharfkantigen Autoteile, die beim Unfall entstanden sind, in Frage kommen. Der Leichnam müsse aus diesem Grunde zu einer polizeilichen Untersuchung in ein Labor überführt werden.
Im Unfallwagen konnten die Polizeibeamten keine besonderen Gegenstände finden. Nur die üblichen, zum Fahrzeug gehörenden Gegenstände, lagen in Kofferraum und Handschuhfach.
Herr Dengles fragte nach Papieren und dem Inhalt seiner Jackentaschen. Der Notarzt überreichte

ihm den üblichen Plastiksack, in dem die persönlichen Dinge des Opfers aufbewahrt wurden. Neben seiner Brille, einem kleinen Notizblock, zwei Kugelschreibern, seiner Brieftasche und einigen Münzen lag auch eine kleine scheckkartengroße Plastiktüte mit der Aufschrift „Polizeilabor“ im Aufbewahrungsbeutel. Herr Dengles nahm das Tütchen heraus, hielt es gegen das Licht und sah den kleinen Schlitz, der ihn sofort an die ebenso großen Löcher auf der Waldwiese erinnerten.
Im Unfallbericht war später zu lesen, dass störende Einflüsse im Wageninnern den Fahrer abgelenkt hätten und dieser dadurch von der Fahrbahn abgekommen und an einen Baumstamm am Straßenrand geprallt sei.

Kriminaloberkommissar Dengles war inzwischen wieder zurück zur Polizeiwache gefahren, hatte den noch anwesenden Förstern Kerr und Black sowie den mit dem Fall betrauten Polizeibeamten die traurige Mitteilung überbracht.
Alle waren sehr betroffen vom Tod des Labormitarbeiters, waren aber auch sehr verunsichert, da jetzt nicht mehr ausgeschlossen

werden konnte, dass die Entdeckungen auf der Wiese am Waldrand einen extrem gefährlichen Hintergrund haben.

Die Anwesenden saßen rund um einen Beratungstisch und Herr Dengles ergriff das Wort.

„Meine Herrn, so tragisch der Unfall von Herrn Tall auch ist, so darf er uns aber nicht von wichtigen Entscheidungen abhalten, die wir unverzüglich treffen müssen!“

„Warum sagen sie das jetzt so eindringlich?“

„Herr Kerr, ich gebe ihnen die Antwort! In Silvercreak lauert eine Gefahr! Eine tödliche Gefahr!“

„Wie schätzen sie denn die Lage ein?“

„Nun, lassen sie mich einmal alle Fakten als ein Gesamtpaket sehen, so müssen wir festhalten, dass hier in dieser Region vor etwa zwei Jahren eine Wildschweinrotte getötet wurde, dass anschließend zwei Labormitarbeiter ums Leben kamen, was zwar noch ungeklärt ist, aber doch damit in Verbindung steht, dass jetzt eine Gruppe von Rehen ihr Leben lasse musste und jetzt kommt auch noch der Unfall von Herrn Tall auf diese Liste. Weiterhin müssen wir festhalten, dass es auf der Wiese am Waldrand mysteriöse Löcher im Boden gibt, deren Herkunft noch nicht geklärt ist und wir haben den telefonischen Hinweis von Herrn Tall, dass er ein Beweisstück gefunden habe, das aber nun nicht mehr vorhanden ist. Die Verletzungen bei Herrn Tall haben zudem doch sehr an die Schnittverletzungen bei den toten Tieren erinnert. Wir müssen davon ausgehen, dass alles in einem Zusammenhang steht. Wenn wir das nicht tun, ist es vielleicht eine Verharmlosung, die weitere Opfer bringen könnte. Wir müssen Vorsichtsmaßnahmen einleiten!“

„Schön und gut. Aber was haben sie sich denn vorgestellt?“

„Bevor ich hier vorschnelle Anordnungen treffe, möchte ich erst einmal hier in die Runde fragen, was sie denn von der Faktenlage halten und was sie denken.“

„Also, Herr Dengles, ich kann durchaus nachvollziehen, dass hier etwas Gefährliches existieren muss. Aber die Sache mit den Wildschweinen war auf der Waldlichtung etwa zwei Meilen entfernt, die Labormitarbeiter sind in der Stadt gestorben, die Rehe sind auf der Wiese am Waldrand verendet und Herr Tall ist mit seinem Auto auf der Straße verunglückt. Das sind doch alles ganz unterschiedliche Plätze. Da kann man doch nichts absichern oder wie stellen sie sich das vor?"

„Herr Black, sie haben natürlich Recht. Es sind unterschiedliche Plätze. Aber die todbringende Gefahr hat vielleicht die gleiche Ursache. Vielleicht ändert die Gefahrenquelle, ihren Aufenthaltspunkt. Sie ist mal hier, mal da."

„Das können wir ja alles bestätigen. Es hilft uns aber nicht weiter."

„Schön, Herr Black, ich frage auch noch einmal die andern hier am Tisch. Hat jemand von Ihnen noch etwas vorzubringen?"

„Ja, Herr Dengles! Wir hier auf der Polizeiwache haben noch weitere ungeklärte Fälle mit toten Tieren. Es hat sich nur immer niemand groß darum gekümmert, weil man die Schuld immer einem anderen Tier, einem Hund, Wolf oder Bären zugeordnet hatte. Mir selbst wurde einmal eine Katze gezeigt, bei der der Kopf abgetrennt war."

„Officer, mich würde das schon sehr interessieren. Haben sie eine Akte über den Fall angelegt?"

„Ja, das haben wir natürlich. Ich weiß jetzt aber nur noch, dass es etwa ein halbes Jahr vor dem Fall mit den Wildschweinen gewesen sein muss."
„Können sie mir diese Akte mal zur Einsichtnahme bringen?"
„Kann ich gleich machen, dauert nur einen Moment. Ich hole sie ihnen!"
„Danke, ich warte! Und sie Herr Kerr, haben sie noch etwas mitzuteilen?"
„Vielleicht sollten sie noch bedenken, dass die Forstbezirke Folkstone und Silvercreak vor gut einem Jahr zusammengelegt wurden. Was im Nachbarbezirk geschehen ist, wissen wir nur zum Teil. Sicherlich haben wir auch Akten, aber wir verbringen unsere Zeit nicht damit in den Papieren der Vergangenheit zu stöbern. Unsere Zeit ist so und so schon knapp bemessen. Sie sehen ja, jetzt sitzen wir schon wieder weit über unseren Feierabend hinaus hier zusammen."
Gut, vielleicht sollten sie in den Akten der beiden Bezirke nach Vorkommnissen suchen, die noch ungeklärt sind und einen ähnlichen Hintergrund wie die neuen Fälle haben könnten. Das müsste doch innerhalb von ein bis zwei Tagen möglichsein Herr Kerr, oder?"

„Ja, wir bemühen uns."
„Da sind sie ja wieder! Officer, haben sie die Akte gefunden?"
„Ja. Hier, bitte!"
„So, dann schauen wir mal, was in den Papieren steht. So, ...hmm, ...ja, hmm, ja, hier steht was Interessantes. Hören sie sich das an! ... berichtete Dennis, ein fliegendes Band gesehen zu haben, das die Katze umschlungen, gewürgt und ihr den Kopf abgetrennt habe. Das Band sei anschließend durch eine Heck auf das Nachbargrundstück weitergeflogen... und so weiter... und so weiter."
„Davon haben wir auf dem Forstamt aber nichts erfahren!"
„Herr Black, das ist ja auch ein Vorfall gewesen, der hier und nicht im Bezirk Folkstone stattfand und außerdem nur polizeilich untersucht wurde. Verknüpfungen mit den Belangen der Forstämter hatte man nicht erkannt."
„In diesem Bericht steht etwas von einem Band. Sehen sie doch noch einmal nach, ob es an anderer Stelle besser beschrieben wird!"
„Ja, hier steht es. Silbrig, glänzend, etwa einen Meter lang und ein Zentimeter breit und dünn wie Papier. Es bewegte sich schlängelnd über den

Boden fliegend. Hier im Protokoll können sie es nachlesen!"

„Wenn es ein Band war, Herr Dengles, dann werden auch die kleinen Schlitze im Wiesenboden erklärbar."

„Nicht nur das! Herr Tall hatte ja heute Nachmittag am Telefon auch von einem kleinen Stück geredet, das vielleicht ein Stück von einem solchen Band gewesen sein könnte."

„Herr Dengles, das ist ja alles schön und gut, aber ich habe noch nie etwas von einem Band gehört, das töten kann, das Menschen und Tiere angreift, das blitzartig Lebewesen in der Luft zerreißt und zerschneidet. Das ist doch unmöglich. Wie erklären sie sich denn das, wie soll das denn sein?"

„Natürlich ist das seltsam. Aber alles ist seltsam, wenn man zuvor davon nie etwas gehört hat. Vielleicht ist es eine besondere Art von Lebewesen, das bisher nicht entdeckt wurde und im Boden lebt."

„Wir können es nur herausfinden, wenn wir weiterforschen."

„Und wie sollen wir dabei vorgehen?"

„Meine Herrn, wir stehen vor einer großen Herausforderung. Wie wissen nicht, was es ist. Wir wissen nur, wie es möglicherweise aussieht. Wir wissen nicht, wo es ist. Wir wissen nicht, wie viele es davon gibt und wir wissen auch nicht, wie gefährlich es ist."

„Es ist zumindest so gefährlich, dass es blitzartig Tiere töten kann!"

„Wir müssen auch darüber nachdenken, wie wir uns vor einem Angriff auf Menschen schützen können. Oder möchten sie vielleicht jetzt weiter nach dem Band suchen, so ganz ohne Sicherheitsvorkehrung?"

„Herr Dengles, wir sollten auf keinen Fall jetzt vorschnell handeln und uns dabei in Gefahr bringen!"

„Meine Herrn, wir gehen jetzt alle nach Hause, überdenken den Tag und die Geschehnisse und suchen nach weiteren Vorgehensweisen. Wir werden uns hier morgen früh wieder einfinden und einen gemeinsamen Plan entwickeln. Bringen sie ihre Ideen mit. Wir beenden jetzt die Diskussion. Ich wünsche ihnen einen schönen Abend. Wir treffen uns morgen um neun Uhr, ich

habe ja schließlich einen längeren Fahrweg. Auf Wiedersehen, meine Herrn!"
„Auf Wiedersehen, Herr Dengles!"

12

Schon am frühen Morgen hatten die Beamten der Polizeiwache in Silvercreak den Besprechungstisch vorbereitet. Wenige Minuten vor neun Uhr erschienen Herr Barry Black und Herr Kerr. Zusammen mit den beiden Polizeibeamten, die den mysteriösen Fall bearbeiteten saßen sie bei einer Tasse Kaffee und sprachen über ihre Gedanken zu den merkwürdigen Vorfällen.

Leicht verspätet traf auch Herr Kriminaloberkommissar Dengles ein. Ihn begleitete eine Dame.

„Guten Morgen, meine Herrn! Ich darf ihnen gleich Frau Kathrin Jackson vorstellen. Ich habe sie noch gestern Abend angerufen und sie konnte mich glücklicher Weise heute begleiten. Frau Jackson arbeitet im naturwissenschaftlichen Institut und ist mit Lebewesen des Erdreichs besonders gut vertraut. Ich denke, sie kann uns hilfreiche Informationen liefern."

„Guten Tag allerseits!"

„Bitte nehmen sie Platz!"

„Möchte noch jemand eine Tasse Kaffee haben?"

„Ja, gerne!"

„Mir bitte auch eine!"

„Danke!"

„So meine Herrn, ich habe Frau Jackson schon gestern Abend über den unglaublichen Fall informiert und ihr vorhin im Auto auch alles noch einmal erzählt. Vielleicht sollte sie uns zuerst ihre Meinung dazu sagen. Frau Jackson, ich würde sie bitten, ganz kurz ihre Gedanken zu den beobachteten Geschehnissen zu sagen!"

„Ja, meine Herren, es kommt nicht häufig vor, dass Dinge aus dem Boden austreten und Lebewesen töten. Ehrlich gesagt, mir ist kein solcher Fall bekannt. Ich kann ihnen deshalb nur auf das mir persönlich Bekannte zurückgreifen. Ich habe auch gestern Abend noch in verschiedenen Naturwissenschaftlichen Büchern nach Anhaltspunkten gesucht, die uns hier helfen können."

„Haben sie denn etwas Brauchbares gefunden?"

„Nun, nicht direkt!"

„Macht es denn dann überhaupt einen Sinn! Es ist doch alles dann reine Spekulation!"

„Nicht unbedingt! Man kann bei allen Lebewesen bestimmte Verhaltensweisen erkennen. Viele davon sind ähnlich. Deshalb können wir durchaus das unbekannte Lebewesen mit uns Bekannten vergleichen."

„Frau Jackson, sind sie denn so sicher, dass es ein Lebewesen ist, von dem die Gefahr ausgeht?"

Davon müssen wir jetzt alle ausgehen. Kein lebloser Gegenstand kann aus der Erde austreten, in der Luft etwas zerschneiden um dann wieder im Erdboden zu verschwinden."

„Das, was man beobachtet hat, sowohl das Kind Dennis, als auch Herr Tall, waren aber Gegenstände, die man nicht den Lebewesen zuordnen kann. Deshalb wurde das Forstamt auch nicht unterrichtet."
„Das ist richtig, Herr ...wie war ihr werter Name?"
„Herr Black."
„Das ist richtig, Herr Black. Sie müssen aber bedenken, dass ein Lebewesen aus lebender und toter Substanz gleichzeitig bestehen kann. So befinden sich zum Beispiel die weichen Teile einer Schnecke in einem festen Gehäuse oder die Schildkröten haben einen festen Panzer. Vielleicht haben sie nur die leblosen Teile zu Gesicht bekommen. Bei sehr schnellen Bewegungen, denken sie nur an einen Kolibri, können unsere Augen nicht alles erfassen. Die rotierenden Blätter eines Helikopters können wir auch nicht sehen. Ähnlich verhält es sich mit dem Flügelschlag bei Insekten."
„Gut, das kann ich natürlich nachvollziehen. Aber gibt es denn so brutale Lebewesen?"
„Es gibt viele Dinge in der Natur, die kaum ein Mensch kennt."
„Welche zum Beispiel?"

„Wenn sie sich mit der lebenden Natur beschäftigen, so wie ich es tue, dann wissen sie, dass täglich neue Arten entstehen, genauso wie auch andere Arten aussterben. Man nimmt sogar an, dass täglich mehr als fünfzig neue Arten entstehen. Es ist deshalb durchaus denkbar, dass wir bei dem unbekannten Objekt eine neue oder bisher unentdeckte Art gesichtet haben."

„Das beantwortet aber nicht meine Frage."

„Ja, ich weiß. Um die zu beantworten, muss man etwas über das Verhalten von Tieren im Allgemeinen wissen. Ich gebe ihnen einmal Beispiele aus der auch ihnen bekannten Tierwelt. Es gibt sehr gefährliche Tiere, denen der Mensch möglichst nicht zu nahe kommen sollte. Die gibt es in der Luft, auf dem Land und auch im Wasser. Denken sie nur an Quallen mit ihren langen Tentakeln. Es gibt da eine Art, die nennt sich Portugiesische Galeere. Sobald sie deren Tentakel berühren, schlingen sie sich blitzartig um ihren Arm oder das Bein, schnüren sich fest in das Fleisch hinein und schießen dabei kleinste Giftpfeile mit Wiederhaken ab. Sie können sie nicht entfernen und es schmerzt schrecklich. Das Gift ist tödlich. Wer nicht innerhalb von zehn

Minuten ein Gegenmittel erhält, muss sterben. Wenn sie nicht sterben wollen, müssen sie auf der Stelle ihren Arm oder das Bein amputieren. Sie haben keine Alternative in der Kürze der zur Verfügung stehenden Zeit."

„Solche schrecklichen Tiere gibt es?"

„Ja, ja! Das ist keine Erfindung von mir!"

„Und sie glauben, dass solche tödlichen Lebewesen auch im Erdreich stecken können?"

„Allwissend bin ich nicht, aber es könnte sein!"

„Dann hätten wir ein Problem, das wir dringend lösen sollten!"

„Frau Jackson, gibt es denn Lebensformen, die aus dem Boden heraus andere Tiere angreifen und töten?"

„Herr Dengles, mir fällt in diesem Zusammenhang nur ein Fisch ein, der aus dem Wasser heraus sein Futter in einem anderen Medium, nämlich der Luft, fängt. Das ist der Schützenfisch. Er schießt einen Wasserstrahl auf Insekten, die auf kleinen Blättern oder Zweigen über der Wasseroberfläche sitzen. Diese fallen dann ins Wasser und werden gefressen."

„Wissen sie, in unserem Fall wurden die getöteten Tiere ja nicht gefressen, waren also keine Nahrung für den Angreifer."

„In der Tierwelt werden andere Lebewesen aus unterschiedlichen Gründen getötet. Nahrungsbeschaffung ist nur ein Grund. Manche Tiere töten auch zur Revierverteidigung, andere töten gerne auch einmal ihre Konkurrenten."

„Bleiben wir bei unserem Fall. Für das Töten ist eindeutig Nahrungsbeschaffung nicht der Grund gewesen."

„So müssen sie das sehen. Ich gehe davon aus, dass diese unbekannte Lebensform entweder ihr Revier verteidigen wollte, sich angegriffen fühlte oder todbringende Reflexhandlungen dieses Lebewesens, wie bei der Würfelqualle, als mögliche Ursachen anzusehen sind."

„Danke Frau Jackson, für ihre Einschätzung. Als nächsten Punkt der Tagesordnung habe ich die Beratung über unser weiteres Vorgehen ins Auge gefasst. Vielleicht können sie mir ihre Meinungen dazu vorbringen!"

Herr Dengles hörte sich die unterschiedlichen Meinungen zum weiteren Vorgehen an. Die

beiden Förster nahmen Bezug auf die örtlichen Gegebenheiten, auf den Wald und die betroffene Tierwelt, während die Polizeibeamten in erster Linie Organisationsschwierigkeiten sahen und das große Problem der Sicherheit in den Vordergrund rückten. Frau Jackson betonte noch einmal, dass das Recht auf Unversehrtheit besonders auch auf neue Tierarten Anwendung finden müsse und sie deshalb den Tierschutz in alle Überlegungen mit einbezogen haben wolle. Herr Dengles notierte sich bei den einzelnen Vorträgen die wesentlichen Argumente, bevor er zu einem Resümee ansetzte.
„Frau Jackson, meine Herrn, ich danke ihnen für ihre Beiträge! Wir wissen alle, dass gehandelt werden muss. Wir können es uns nicht erlauben, weitere Opfer, egal ob Mensch oder Tier, in Kauf zu nehmen. Für jedes weitere Opfer in der Zukunft müssen wir die Verantwortung übernehmen. Wir sind verpflichtet, für die Sicherheit der Bevölkerung zu sorgen. Diese Sicherheit muss auf zwei Ebenen gewährleistet sein. Die Einwohner hier in Silvercreak und auch die vom Nachbarort Folkstone müssen vor den angreifenden unbekannten Lebensformen geschützt werden und wir müssen die

Bevölkerung schützen, indem wir bestimmte Verbote und Regeln aufstellen, damit kein Bürger einer Gefahr ausgesetzt wird. Dazu sind die folgenden Punkte zu beachten und umgehend umzusetzen. Erstens müssen wir die Bevölkerung warnen und dabei die Gefahr nicht verharmlosen. Zweitens müssen wir die bekannten gefährlichen Plätze absperren und das Betreten verbieten. Drittens müssen wir weiterforschen, um die Gefahrenquelle zu finden um diese unter Beachtung der Tierschutzverordnung schließlich sachgerecht beseitigen zu können. Nun sind sie dran, meine Herrn. Sagen sie mir, wie sie die drei Punkte in die Tat umsetzen wollen!"

„Herr Dengles, ich als Förster von Folkstone und Silvercreak kann unmöglich alle gefährlichen Plätze so absperren, dass keine Persson gefährliches Gelände betreten kann!"

„Herr Black, das Wort *unmöglich* streichen sie bitte aus ihrem Wortschatz! Es niemand behauptet, dass unsere Aufgabe einfach sein wird. Aber wir müssen sie meistern. Wir müssen!"

„Dann sagen sie mir und Herrn Kerr bitte, was wir konkret tun müssen!"

„Sie nehmen sich bitte Absperrband und zäunen damit die bekannten gefährlichen Plätze ein. Außerdem stellen sie bitte Warnschilder auf mit der Aufschrift Gefahrenstelle – Lebensgefahr!“
„Das können wir tun, aber ich glaube, dass es nicht ausreichen wird. Wer sagt ihnen denn, dass nur an diesen Plätzen eine Gefahr lauert?“
„Ja, Herr Black, das stimmt wohl. Deshalb habe ich ja vorhin den dritten Punkt genannt. Wir müssen uns sehr bemühen, um die Gefahrenquelle zu finden, um sie beurteilen zu können und um sie auch örtlich eingrenzen zu können. In diesem Moment können wir nur die bereits bekannten Plätze absperren.“
„Wäre es nicht besser, alle Zufahrtswege zum Wald zu sperren, bis wir das Problem gelöst haben?“
„Für die Sicherheit der Bürger wäre es bestimmt von Vorteil, aber sie werden so große Flächen nie sicher abriegeln können. Da sind Bauern, Spaziergänger, Urlauber, spielende Kinder und Jugendliche und natürlich auch Tiere, die bewusst oder unbewusst das Gelände betreten. Man wird es kaum ausschließen können.“

„Wir werden alles sperren. Aber die Bürger wollen eine Erklärung dafür haben. Wir müssen eine Bekanntmachung aushängen oder über die Tageszeitung die Einwohner informieren.“

„Machen sie am besten beides!“

„Es müssen aber auch Plätze im Ort abgesperrt werden. Dort gab es doch auch tote Tiere!“

„Das müssen die Polizisten regeln. Sie kennen die Fundorte im Ort.“

„Und wer soll weiter nach dem unbekannten Lebewesen suchen?“

„Das werde ich gleich im Anschluss an unsere Sitzung veranlassen. Wir kennen die Spezialisten, die wir mit dieser Arbeit beauftragen. Ich werde auch den Tierschutz informieren und die naturwissenschaftliche Fakultät.“

13

Am darauffolgenden Tag war in der Tagezeitung zu lesen, dass in den Regionen Silvercreak und Folkstone einige Geländeflächen für den allgemeinen Zutritt gesperrt werden. In einem abgedruckten Lageplan konnten sich die Leser über die betroffenen Gebiete informieren. In einem zweiten Artikel auf der Lokalseite waren neben dem abgebildeten Warnschild, das an den Sperrgebieten zu sehen sei, auch Fotos der toten Rehe zu sehen. Die Bürger sollten sich nicht in dem Bereich dieser Sperrzonen aufhalten und diese möglichst weit umgehen. Als Begründung für die getroffenen Maßnahmen wurde lediglich eine bestehende Gefahr für die Gesundheit der Bürger genannt.

Bei der Redaktion der Tageszeitung stand das Telefon nicht still. Verängstigte Leser wollten mehr wissen. Sie wollten vor allem eine Auskunft über die Art der Gefahr. Sie wollten wissen, worauf sie achten sollten. Andere fragten, woher denn die Bedrohung käme und wieder andere Bürger wollten wissen, wie man sich schützen könne und wie lange die Absperrung dauern wird.

Der Redakteur im Zeitungsbüro war überfragt. Diese Informationen hatte er selbst nicht erhalten

und verwies deshalb alle Anrufer an die örtliche Polizeidienststelle, die eine Sperrung der Landflächen angeordnet habe.
Auch in der Polizeiwache klingelte unentwegt das Telefon. Viele Anrufe kamen nicht durch. Die beiden Anschlüsse waren ständig besetzt. Als Folge davon liefen einige Bürger direkt zur Wache und wollten von den Beamten dort eine Begründung und genauere Hinweise zu der Absperrmaßnahme erfahren.
Auf dem Hof vor dem Polizeigebäude hatten sich schon mehrere Bürger eingefunden, die bessere Informationen zu den Absperrmaßnahmen erwarteten.
Heftig wurde vor dem Eingang zur Polizeiwache diskutiert. Es wäre doch übertrieben, die Wege abzusperren, nur weil ein paar Rehe gestorben seien. Bestimmt ein Wolf oder Bär hätte sie gerissen, der schon längst nicht mehr hier sei und keine Gefahr mehr darstelle. Andere Bürger waren gegenteiliger Auffassung und hielten es für absolut richtig, die Bürger zu schützen.
Nachdem sich immer mehr Bürger vor der Polizeiwache zusammenfanden, trat einer der Beamten in die Eingangstür und versuchte die

beunruhigten Bürger zu besänftigen. Er gab ihnen die Information, dass an den abgesperrten Stellen versucht würde, die Gefahrenquelle zu beseitigen. Wenn das geschehen sei, würden die Flächen auch sofort wieder freigegeben.
So richtig diese Information auch war, so schlecht war ihre Auswirkung. In der Information steckte ja deutlich der Hinweis, dass an den gefährlichen Orten gearbeitet werde und diese Flächen somit auch nicht richtig gefährlich sein konnten. Einige der aufgebrachten Bürger beschlossen, sich vor Ort zu informieren. Schnell entschloss sich eine Gruppe von sechs Personen zu einem spontanen Spaziergang zur Waldwiese, dem am nächstgelegenen abgesperrten Gelände. Von weitem sahen sie schon die Fahrzeuge auf einem Feldweg stehen. Mehrere Personen bewegten sich um die Fahrzeuge herum. Es wurde tatsächlich auf dem Gelände gearbeitet. Das beruhigte die Bürger vorerst.
Bei der Ankunft sahen sie die Fahrzeuge der Baufirma MaF Tiefbau, zwei private Autos und ein Kleintransporter mit der Aufschrift Naturwissenschaftliche Fakultät der Universität Springfield. Die anwesenden Arbeitskräfte hatten

das abgesperrte Gelände noch nicht betreten. Sie waren noch damit beschäftigt, in ihren Fahrzeugen und an einigen technischen Geräten verschiedene Vorbereitungen zu treffen. Die Arbeitskräfte der Baufirma hatten ihre Werkzeuge bereits aus den Wagen herausgestellt und standen diskutierend auf dem Feldweg und sahen die Bürger ankommen.

„Sie dürfen hier nicht weiterlaufen! Das Gelände ist abgesperrt!"

„Das wissen wir ja! Wir wollten uns nur informieren, was hier los ist!"

„Da müssen sie den Herr Dengles fragen. Der ist aber noch nicht hier. Wir warten auch auf ihn."

„Und wann wird er kommen?"

„Er ist unterwegs, hieß es!"

„Und sie können ohne ihn nicht anfangen?"

„Nein, er bringt noch Überwachungskameras mit, die hier installiert werden sollen!"

„Wozu soll das denn gut sein?"

„Das wissen wir auch nicht. Herr Dengles wird es uns schon erklären!"

„Dann warten wir eben auch!"

Herr Dengles kam mit seinem Privatfahrzeug und geleitete zwei weitere Kleintransporter zum

Absperrgelände. Zwei Personen saßen in einem Kleintransporter mit einem Firmenaufdruck *SSS Security Service Springfield*, das zweite Transportfahrzeug stammte aus Indianapolis und trug den Schriftzug *G.G. ELEKTRONICS Eastwall 45*. Herr Dengles entstieg seinem Fahrzeug und ging sofort auf die Wartenden zu.

„Entschuldigen sie sie die Verspätung, meine Herrn! Ich muss noch auf die beiden Firmenfahrzeuge warten. Aber mit so vielen Arbeitskräften habe ich hier gar nicht gerechnet."

„Nein, nein! Diese sechs Personen gehören nicht zu uns!"

„Und was suchen sie hier? Es ist doch Sperrgebiet!"

„In der Zeitung steht nichts Genaues. Wir wollten uns nur informieren!"

„Gut, dann bekommen sie jetzt die Information, dass sie sich in einem Gefahrenbereich aufhalten, keine Schutzkleidung tragen und bitte sofort den Rückweg antreten müssen!"

„Aber was ist denn hier so gefährlich?"

„Liebe Leute, hört mir bitte zu! Wir wissen nicht ganz genau, wie gefährlich alles ist. Deshalb müssen wir hier Untersuchungen vornehmen. Es dauert jetzt zu lange, das zu erklären, ich bin aber bereit, das heute Abend allen Bürgern zu erläutern. Organisieren sie einen großen Raum, vielleicht in einer Gaststätte, sagen sie es allen interessierten Bürgern und ich werde heute Abend ihre Fragen beantworten!"

„Das Angebot nehmen wir an. Wir werden in der Gaststätte am Schwanenteich sein. Das kann ich definitiv sagen, denn sie gehört meinem Bruder."

„Gut! Sagen wir achtzehn Uhr! Informieren sie auch noch die Presse!"

„Das werde ich auch tun! Ganz bestimmt sogar!"

„Dann darf ich sie jetzt verabschieden!"

„Auf Wiedersehen, bis heute Abend!"

Leicht verärgert, da sie keine ausreichenden Informationen erhalten hatten, begaben sich die sechs Bürger aus Silvercreak auf ihren Rückweg. Sie hatten zwar wenig erreicht, aber doch die Hoffnung, am Abend mehr zu erfahren.

Im Gasthaus am Schwanenteich hatte man den Raum, der sonst für Hochzeiten und Jubiläen genutzt wurde, hergerichtet. Die sechs Bürger hatten den Termin weitergesagt und in wenigen

Stunden hatte ein großer Teil der Bürger von der Informationsveranstaltung erfahren. Getrieben von ihrer Neugier hatten sich gegen achtzehn Uhr nahezu hundert Personen im Gasthof eingefunden, unter ihnen auch Reporter der beiden lokalen Tageszeitungen.
Herr Dengles, die beiden Förster, ein Naturwissenschaftler, ein Herr vom Sicherheitsdienst und zwei Polizisten trafen mit halbstündiger Verspätung im Gasthaus ein. Nachdem sie im Saal platzgenommen und Herr Dengles die anwesenden Personen den wartenden Bürgern vorgestellt hatte, kam er gleich zum Wesentlichen.
„Liebe Bürger! Mir und meinen Mitstreitern hier am Tisch ist selbstverständlich bewusst, dass sie auf Informationen warten. Sie wollen wissen, warum wir diese Absperrungen im Bezirk vornehmen mussten und sie wollen bestimmt auch wissen, wie lange diese Maßnahme dauern wird."
„Und um welche Gefahr es sich handelt!"
„Ja, ich werde sie über alles informieren. Sie können nach meinen Ausführungen gerne auch noch Fragen an mich und die anderen Herrn in

dieser Runde stellen. Lassen sie mich zuerst den Grund für unser schnelles Handeln sagen. Das Wichtigste sind doch sie hier und alle Bürger der Stadt und um sie geht es. Wir sind bemüht alles Erdenkliche für ihre Sicherheit zu tun. Leider aber war die Faktenlage so, dass wir annehmen mussten, dass eine Gefahr für die Menschen besteht und deshalb sofort gehandelt werden muss!"

„Ja, Herr Gott, welche Gefahr denn? Reden sie doch nicht um den heißen Brei herum!"

„Langsam, langsam! Wir erzählen doch alles! Es begann mit einem Vorfall in der Nacht zum Dienstag, den Herr Förster Black beobachten konnte. Aus der Presse wissen sie ja auch, was da passiert ist. Das eigentliche Problem dabei ist der unbegreifliche Vorgang, den in dieser Weise noch niemand gesehen hatte. In nur einer Zeitspanne von etwa zehn Sekunden, ich wiederhole: zehn Sekunden, wurden auf der Wiese am Waldrand vier Rehe getötet. Das ist schrecklich, aber es wird noch schlimmer, wenn man sich die getöteten Tiere ansieht. Sie wurden übel zugerichtet, zerfetzt und sie sind übersäht mit tiefen Schnittwunden. Wie gesagt, geschah das gleichzeitig mit vier Tieren in nur zehn Sekunden. Die Tiere hatten keine Chance. Und jetzt, liebe Bürger, wollen sie natürlich wissen, wer oder was sie da getötet hat. Sie wollen erfahren, warum das geschah. Sie wollen wissen, woher der feindliche Angreifer kam und wo er sich jetzt befindet. Jetzt kommt die verblüffende Antwort: Wir wissen es nicht!“

„Nee, nee, nee! Das kann nicht sein! Herr Black hat doch alles gesehen!“

„Richtig, aber Herr Black hat keinen Angreifer gesehen. Er hat nur gesehen, wie die Rehe starben. Es war Nacht. Er konnte den oder die Angreifer nicht erkennen!“

„Aber warum sperren sie denn das Gelände und die Wege ab? Der Angreifer ist doch längst verschwunden!“

„Es ist sehr schwer zu verstehen und für die Bürger aus Silvercreak bestimmt auch nicht zu begreifen, wenn wir ihnen nicht die ganze und genaue Wahrheit sagen. Ich bitte sie alle hier im Saal, meine Ausführungen genau anzuhören. Das gilt besonders auch für die Vertreter der Presse. Der mysteriöse Vorfall mit den Rehen auf der Waldwiese war leider nicht der einzige dieser Art.

Ich muss ihnen mitteilen, dass bei dem gestrigen Autounfall, von dem sie vielleicht Kenntnis genommen haben, unser Mitarbeiter Herr Tall ums Leben kam. Auch bei ihm wurden diese merkwürdigen Schnittwunden vorgefunden, aber die Ursache dafür blieb bislang ungeklärt. Weiterhin war vor über zwei Jahren schon ein Vorfall in Folkstone, bei dem mehrere Wildschweine getötet wurden, wobei auch hier diese typischen Schnittwunden zu sehen waren. Bei der Untersuchung dieser Tiere sind zwei unserer Mitarbeiter im Labor gestorben. Und schließlich müssen wir auch noch den merkwürdigen Tod einer Katze dazurechnen, der angeblich von einem fliegenden Band der Kopf abgetrennt wurde. Unserer Auffassung nach gibt es in unserer Region eine Gefahrenquelle, die unter bestimmten Bedingungen eine tödliche Falle sein kann. Wir müssen das Problem ernst nehmen, wenn wir keine weiteren Opfer beklagen wollen. Das gilt für Tiere und für Menschen. Bei der Untersuchung des letzten Falls gab es neue Entdeckungen, die uns zum sofortigen Absperren der betroffenen Flächen veranlasst haben. Auf der Waldwiese haben wir Löcher im Boden entdeckt, aus welchen die Angreifer auf die Rehe herausgekommen sein müssen und wir haben Löcher entdeckt, in die diese unbekannten Angreifer wieder hineingeschlüpft sind. Herr Tall hat in einem dieser Löcher ein kleines Teil entdeckt, er konnte uns aber wegen seines Todes nichts Näheres mehr dazu mitteilen. Es steht aber eindeutig fest, dass auf der Wiese am Waldrand etwas Gefährliches existieren muss, wovor wir die Bürger hier schützen müssen. So, jetzt sind sie auf dem neuesten Kenntnisstand und können ihre Fragen loswerden!"

„Was machen sie denn überhaupt dort oben an der Waldwiese? Wir haben da heute mehrere Fahrzeuge gesehen!"

„Ja, ja, bevor jetzt weitere Fragen dazu kommen, ganz schnell noch einige Hinweise, zu unserer Arbeit. Wir wissen noch nicht viel und müssen deshalb Verschiedenes untersuchen. Sie haben ja meinen Ausführungen entnommen, dass die Gefahr tödlich sein kann. Also müssen wir sehr vorsichtig sein und auch unsere Mitarbeiter schützen. Wir haben heute rund um das abgesperrte Gelände Überwachungskameras installiert, die alle Bewegungen aufzeichnen, auch in der Nacht. Außerdem haben wir das gesamte Gelände Stückchen für Stückchen fotografiert, um auch Veränderungen am Boden feststellen zu können. Dazu kamen unsere Drohnen zum Einsatz, die das Gelände mehrfach überflogen haben. Wir werden das für einen notwendigen Bildabgleich morgen noch einmal tun."

„Haben sie denn heute schon etwas Neues entdecken können?"

„Nein! Ich weiß allerdings noch nicht, was die Auswertung der Fotos an Ergebnissen bringt."

„Wie werden sie denn jetzt weiterarbeiten? Was sind ihre Pläne für morgen?"

„Nun, sie verstehen bestimmt, dass wir wirklich sehr vorsichtig vorgehen müssen, weil wir uns selbst auch nicht in Gefahr bringen wollen. Deshalb haben wir die Leute von der Baufirma heute bereits wieder nach Hause geschickt. Wir können auf dem Gelände nicht mit schwerem Gerät arbeiten. Die Bodenuntersuchung muss sehr vorsichtig durchgeführt werden. Der gesuchte Aggressor ist unter Umständen sehr klein oder unscheinbar. Wir dürfen nichts übersehen. Morgen werden wir auf dem Gelände Bodenproben entnehmen und diese direkt vor Ort

in unserem Laborfahrzeug analysieren. Es werden Morgen zwei Wissenschaftler der Universität an diesen Analysen arbeiten."
„Haben sie denn außer diesen Bodenuntersuchungen noch andere Dinge geplant?"
„Unsere Untersuchungen richten sich natürlich nach unseren Zielen. Diese bestimmen das Vorgehen."
„Und welche Ziele verfolgen Sie?"
„Ziele sind die Antworten auf alle offenen Fragen, die sie ja genauso stark interessieren dürften. Was hat die Tiere auf der Waldwiese getötet? Was war es also? Woher kommt es? Ist es ein Lebewesen? Wenn ja, wo und wie lebt es? Wie tötet es? Wie gefährlich ist es? Wann ist wieder mit einem Angriff zu rechnen? Wer ist dabei besonders gefährdet? Hatte es etwas mit dem Wetter zu tun? Ist es von Licht oder Temperatur oder Feuchtigkeit abhängig? Und schließlich natürlich auch: Wie können wir uns alle davor schützen?"
„Wann rechnen sie denn mit konkreten Ergebnissen?"
„Sie haben ja das große Spektrum der offenen Fragen gehört und können sich bestimmt auch

ausmalen, dass wir vor einer schwierigen Aufgabe stehen. Ich kann ihnen deshalb nicht versprechen, dass wir schnelle Resultate bekommen. Aber ich kann sie selbstverständlich auf dem Laufenden halten. Wenn sie möchten, können wir dieses Lokal als Treffpunkt und Mitteilungsort für Neuigkeiten wählen. Ich werde auch morgen Abend wieder hier erscheinen, meinetwegen jeden Abend, bis wir die Untersuchungen abgeschlossen haben."

„Das ist eine gute Idee. Ich glaube, dass auch die anderen Bürger so denken."

„Gut Herr Black. Ich würde sie und alle Bürger nur bitten, nicht zu dem abgesperrten Gelände zu kommen. Sie sollen unsere Arbeiten nicht stören oder behindern und sie sollen sich selbst auch nicht der Gefahr aussetzen."

„Herr Dengles, wir danken ihnen für ihre ausführlichen Erklärungen und erwarten sie dann morgen wieder hier im Gasthof."

„Ich danke ihnen auch für ihr verständnisvolles Zuhören. Ich komme morgen gerne wieder zu ihnen! Ich wünsche allen noch einen schönen Abend! Auf Wiedersehen!"

„Auf Wiedersehen Herr Dengles!"

14

Schon früh am nächsten Morgen trafen die beiden Techniker ein, die die Auswertung der Aufnahmen aller aufgestellten Kameras vornehmen sollten. Noch bevor Herr Dengles und die anderen Leute vom Untersuchungsteam anrückten, entnahmen die Techniker den Fotokameras die Speichereinheiten, ersetzten sie durch neue und justierten die drei Filmkameras, um die Arbeiten an diesem Tag gut beobachten zu können. Dann begannen sie umgehend mit der Auswertung der Fotos in ihrem Kleintransporter. Alle Aufnahmen des Abends und der verstrichenen Nacht wurden Bild für Bild auf einem großen Systemmonitor begutachtet. Als Herr Dengles mit seinem Team eintraf stand das Ergebnis aus der Nacht fest. Es gab keine Auffälligkeiten.

Ein wissenschaftlicher Assistent wurde beauftragt, vorsichtig Bodenproben aus der Wiese zu entnehmen und diese in das Laborfahrzeug zur

Untersuchung zu bringen. Dort arbeitete heute Professor Dr. Marc Mansfield mit zwei Studenten. Die ausgestochenen Wiesenstücke wurden mit kleinen Löffeln und Pinzetten zerlegt, auseinandergenommen und alle Erdkrümel eingehend betrachtet. Die im Boden festgestellten Löcher mit den tief ins Erdreich führenden Kanälen wurden der Länge nach aufgebrochen und begutachtet. Pete Cunningham, der eine Student, hatte die Aufgabe, den Erdballen sorgfältig zu zerlegen, während sein Professor alle freigelegten Stückchen begutachtete und seine Erkenntnisse dem zweiten Studenten, Jason Huskers zu Protokoll gab. Diese Arbeiten zogen sich über den gesamten Vormittag hin, ohne dass etwas Besonderes oder Aufregendes gefunden wurde.

Kurz vor der vereinbarten Mittagspause unterbrach ein schriller, stechender und lauter Schrei alle Arbeiten. Sofort schauten alle zur Waldwiese. Die beiden Techniker in ihrem Untersuchungswagen sprangen vor Schreck von ihren Sitzen hoch und schauten durch das Fahrzeugfenster. Der Professor und die beiden Studenten verließen sofort ihren Laborplatz und

rannten auf den Feldweg hinaus, um nach der Ursache für diesen durchdringenden Schrei zu sehen.
Der Laborassistent, der gerade mit einem neuen Erdballen von der Wiese zurückkam, hatte diesen vor Schreck auf den Boden fallen lassen und sich gleich umgedreht, um seinen Blick in Richtung des durchdingenden Schreis auf die Wiese zu lenken. Pete, Jason, Professor Dr. Mansfield und die beiden Techniker waren bis zum Absperrband gerannt und schauten auf die Waldwiese. Herr Dengles lag blutig auf dem Gras. Bewegungslos starrten sie auf den leblosen Körper. Seine Kleidung hing zerschnitten und zerfetzt an seinem Leib. Ein Fuß fehlte ihm. Mehrere Meter entfernt lag er leicht versteckt im hohen Grün.
Niemand regte sich. Jason hatte seine Hände in das rot-weiß-rote Absperrband verkrampft. Niemand sprach ein Wort. Unbegreiflich und unwirklich zugleich schwebte eine unsichtbare Gefahr über den Platz. Angst, große besitzergreifende Angst, durchdrang alle Anwesenden.
Nur langsam erholten sie sich von ihrer Schreckstarre. Jason und Pete sahen sich

gegenseitig erstaunt, fragend und kopfschüttelnd an. Keiner wollte das Gesehene wahrhaben. Professor Dr. Marc Mansfield ballte eine Faust mit der linken Hand, klopfte damit an seinen Brustkorb und rief laut, fast schreiend immer wieder: „Nein! Nein! Nein! Nein! Nein!“

Einer der Techniker sagte zuerst wieder etwas Vernünftiges.

„Wir haben es aufgezeichnet! Die Kameras haben es bestimmt gefilmt!“

Daraufhin lief er zurück in seinen Kleintransporter zu den Aufzeichnungsgeräten.

Die Überwachungskameras hatten alles tatsächlich das Geschehen aufgezeichnet. Zwei der aufgestellten Kameras hatten den Vorfall deutlich im Fokus. Eine Aufzeichnung zeigte alles von der Seite eine andere von hinten in einer halbtotalen Kameraeinstellung. Die dritte Filmkamera war auf einen anderen, nicht betroffenen, Bereich der Wiese ausgerichtet.

Professor Dr. Mansfield wollte Herrn Dengles zur Hilfe eilen. Es war nicht möglich. Das Absperrband signalisierte ihm die große Gefahr, der sich auch Herr Dengles ausgesetzt hatte. Pete und Jason bemerkten auch, dass ihr Professor zur Hilfe eilen

wollte, hielten ihn aber an den Armen zurück. Niemand traute sich jetzt das abgesperrte Gebiet zu betreten.
Aus dem Überwachungsfahrzeug rief der Techniker, er habe alles aufgezeichnet und man könne alles sehen.
Sofort standen alle dicht zusammengedrängt in dem engen Transporter und schauten sich auf dem Monitor die aufgezeichnete Sequenz des Vorfalls an.
Herr Dengles lief über die Wiese, schaute auf dem Boden nach den markierten kleinen Löchern. In seiner Hand hielt er die Akte mit allen Protokollen. Dann, völlig unerwartet, zog etwas an Herrn Dengles Bein, er verlor den Halt, fiel zu Boden, die Akte flog durch die Luft, sein rechtes Bein wurde angehoben, der Fuß blitzartig abgetrennt. Im Bogen flog dieser meterweit über die Wiese. Seine Schreie waren auf den Aufzeichnungen nicht zu hören. Herr Dengles windete sich auf dem Boden, schien mit seinen Armen etwas abwehren zu wollen, was ihm aber sichtlich nicht gelang. Seine Kleidung bewegte sich. Fetzen flogen umher. Schließlich blieb der Kriminaloberkommissar regungslos auf dem Gras liegen. Sein Kopf war

blutig, seine schwarze Lederjacke an vielen Stellen zerschnitten, ein Hosenbein war abgerissen. Auf der Aufzeichnung war bei den heftigen, kämpfenden Reaktionen des Beamten nicht erkennbar, was ihn da angegriffen hatte.

Der Techniker ließ die zweite Aufzeichnung auf dem Monitor ablaufen. In der Halbtotalen konnten die Details besser erkannt werden. Und jetzt sahen sie es. Aus dem Boden heraus hatte sich, von Herrn Dengles in diesem Moment unbemerkt, eine Schnur oder ein dünnes Band schlängelnd um seinen Fuß und das Hosenbein gelegt. Als er sein Bein anhob, ging auf einmal alles sehr schnell, so schnell, dass das Band nicht mehr zu sehen war. Es musste mit sehr großer Geschwindigkeit geschnürt, geschnitten und zerfetzt haben. Nur am Anfang war es zu sehen, kurz aber deutlich. Ein entfesselnd fliegendes Band hatte den Polizeibeamten niedergestreckt und getötet. Den Aufzeichnungen konnten die Betrachter nicht entnehmen, wohin das Band verschwand.

Sie ließen den leblosen Körper von Herrn Dengles auf der Wiese zurück, nahmen die aufgezeichneten Filmsequenzen, setzten sich in

ihre Autos und fuhren im Eiltempo nach Silvercreak zum Polizeibüro.
Herrn Dengles ließen sie auf der Waldwiese zurück. Niemand wollte den Leichnam von der Wiese holen. Keiner erklärte sich bereit, das Gras zu betreten.
In Silvercreak angekommen, wurde umgehend das Sicherheitsbüro informiert. Es sendete ein Sondereinsatzkommando, das in anderen Fällen zur Rettung verschütteter Personen eingesetzt wurde.
Mit mehreren Fahrzeugen, Arbeitsrobotern und zwei Helikoptern traf das Einsatzkommando in Silvercreak ein. Im Polizeirevier schauten sich die Einsatzkräfte zuerst die aufgezeichnete Szene vom Vorfall auf der Waldwiese an. Niemals zuvor hatten die Einsatzkräfte ein ähnliches Szenario erlebt. Ihr Einsatz führte sie auf unbekanntes Terrain, konfrontierte sie mit einer unbekannten Gefahr, stellte sie vor die Aufgabe, ihr eigenes Leben zu riskieren.
Die Kommandoleitung hatte stets die Aufgabe, die Sicherheit der Einsatzkräfte zu gewährleisten. Nach dieser Maßgabe durfte keine Person den Wiesenboden betreten. Der getötete Herr

Dengles konnte nur mit Maschinen geborgen und von der gefährlichen Wiese abtransportiert werden. Kleine ferngesteuerte Transportroboter kamen zum Einsatz.
Ganz ohne menschliche Handgriffe verbrachten die Maschinen den Leichnam in eine Metalltruhe, verschlossen sie dicht mit einem Deckel und fuhren sie mit einem Transportroboter von der Wiese herunter zu einem Lastwagen. Auch dort wurde von keiner Person Hand angelegt. Ein Greifarm hob die Truhe auf die Ladefläche am Heck des Lastwagens. Eine Hebelvorrichtung im Laderaum zog die Metalltruhe in das Innere des Lastwagens. Dann verschloss sich die Ladeluke automatisch. Herr Dengles wurde zum Sicherheitsinstitut der Bezirkshauptstadt befördert und in das Untersuchungslabor eingeliefert.
Die Arbeiten auf der Waldwiese bei Silvercreak wurden unterbrochen. Sicherheitsbeamte versperrten die Zufahrtswege.
Der Einsatzleiter lud zu einer Krisensitzung des Stadtrates hinter verschlossenen Türen noch am selben Abend. Alle Verantwortlichen der Gemeinde wurden telefonisch benachrichtigt und

am Abend von Begleitfahrzeugen des Sicherheitsbüros abgeholt und zum Sitzungssaal in das Rathaus gefahren.

15

„Guten Abend, meine Damen und Herren! Danke, dass sie meiner Einladung gefolgt sind. Ich möchte mich ihnen zuerst einmal kurz vorstellen. Mein Name ist General Daniel Walters vom Verteidigungsministerium, Bereich innere Sicherheit. Ich bin mit der Leitung und Durchführung des Sicherheitseinsatzes hier in Silvercreak betraut. Wie sie aber sehen, bin ich nicht alleine gekommen, sondern habe mir noch Verstärkung mitgebracht. Neben mir sitzen Frau Martha Zachner, Herr Jack Randolfs und Herr Oliver Norman, die jeweils besondere Aufgabenfelder betreuen, dazu vielleicht später mehr. Ich habe sie zu dieser Sitzung gebeten, weil sich hier in Silvercreak eine Situation eingestellt hat, die sie nicht alleine bewältigen können. Sie reicht von der Bedeutung her weit über ihre

Stadt- und Bezirksgrenzen hinaus. Der Hauptgrund, warum wir hier zusammengekommen sind ist die Gefahrenlage der Stadt!“
„Ich fühle mich hier sicher! Das ist doch übertrieben!“
„Ich kann sie durchaus verstehen, meine Herren! Ich bin ja nur hier, um sie zu informieren. Lassen sie mich deshalb zuerst die Situation erläutern, dann erhalten sie das Wort und können uns Fragen stellen. Geht das in Ordnung?“
„Ja, ja! Ist schon in Ordnung!“
„Gut, dann lassen sie mich einmal aus der Sicht unseres Ministeriums die Lage schildern. Wir kämpfen gegen einen Feind. Dieser Feind hat sich hier im Bezirk Silvercreak gezeigt und Opfer gefordert. Der militärische Sondereinsatz richtet sich gegen diesen Feind. Die angerückten Einsatzkräfte sind ausschließlich zu ihrem Schutz gekommen. Das können bei Bedarf auch noch mehr werden. Wer ist aber dieser Feind? Vor einigen Tagen haben sie hier verschiedene Geländeabschnitte abgesperrt. Ihnen war also schon bewusst, dass eine Gefahr an diesen Stellen besteht. Diese Gefahr ist unser Feind. Diese

Gefahr müssen wir bekämpfen und beseitigen. Die Bürger aus Silvercreak haben das Recht, sich in Sicherheit zu fühlen. Aber jetzt haben wir ein Problem. Die bestehende Gefahr ist groß, ja sie ist sogar tödlich. Das ist schlimm, aber es ist noch schlimmer, wenn man über die Gefahr keine konkreten Fakten besitzt. Wir können aber heute diese Gefahr noch nicht einschätzen und bewerten. Unser Feind tötet Tiere, unser Feind tötet Menschen. Wir wissen nicht, warum er das tut. Wir wissen auch nicht, ob er es in Zukunft erneut tun wird. Wir wissen aber aus Berichten und Aufzeichnungen aus der Vergangenheit, dass er seine tödliche Gefahr schon mehrfach und über Jahre hinweg gezeigt hat. Waren es zuerst nur Tieropfer, so wurden jetzt auch Menschen durch diesen Feind getötet. Das können wir nicht hinnehmen. Wir müssen diesen Feind und die Gefahr beseitigen. Wir können nicht warten, bis vielleicht Kinder dadurch sterben müssen. Damit dies alles nicht passieren kann, sind wir hier mit unserem Einsatzkommando."

„Ja, ja, wenn ein Polizeibeamter stirbt, sind sie gleich zu Stelle! Wo waren sie denn bei den anderen Toten?"

„Guter Mann, wenn man uns benachrichtigt, kommen wir. Von diesem Fall haben wir leider erst jetzt erfahren. Aber lassen sie mich bitte meine Ausführungen zu Ende bringen!"

„Ja, machen sie mal!"

„Sehen sie, sie haben eine Sache mit Absperrungen begonnen, wissen aber nicht einmal, wie die Gefahr aussieht, wo sie sich befindet, ob sie nur an den abgesperrten Stellen auftritt, ob sie sich ausbreitet oder nicht und sie wissen auch nicht wirklich, wie man sich davor schützen kann. Sie können also nicht für die Sicherheit der Bürger sorgen!"

„Aber sie können das?"

„Das ist unsere Aufgabe! Deshalb informieren wir sie jetzt. Sie müssen schließlich wissen, was sie als Vertreter der Gemeinde in dieser Situation tun müssen. Wie werden es ihnen nun Punkt für Punkt mitteilen und sie werden es umgehend in die Tat umsetzen. Es existieren in unserem Ministerium für Innere Sicherheit sogenannte Notfallpläne. Wir haben den Plan für diese besondere Situation herausgesucht und danach gehen wir jetzt vor. Ich lese ihnen jetzt die einzelnen Punkte des Notfallplans vor und sage ihnen anschließend, was sie konkret hier im Bezirk tun müssen. Hier sind die Punkte:

Punkt 1: Ermitteln und Eingrenzen des Gefahrenbereichs.

Punkt 2: Informieren der Bürger und Bitte um unterstützende Mithilfe.

Punkt 3: Absperren sämtlicher Gefahrenzonen, Aufstellen von Warnschildern, Bewachen und Beobachten der Sperrzonen.

Punkt 4: Ermitteln der Gefahrenursache.

Punkt 5: Bewertung der Gefahr.

Punkt 6: Einrichtung von Schutz- und Vorbeugemaßnahmen.

Punkt 7: Beseitigung der Gefahrenquelle.

Punkt 8: Aufhebung der Verbote und Beendigung des Einsatzes.

Dieser Notfallplan nennt sich Plan 26 und trägt den langen Titel: *Anweisungen zum Vorgehen bei Gefährdungen unbekannter Herkunft*. Natürlich können Pläne dieser Art niemals exakt sein. Das ergibt sich aus der jeweiligen Situation heraus. Unbekannte Gefahren sind von der Sache her sehr unterschiedlich. Ich nenne nur einmal Gefahren wie Tollwut oder Insektenplage aber auch Bakterien und Viren können sehr bedrohlich wirken und die Bevölkerung bedrohen und nicht zuletzt auch Naturgewalten, wie Vulkanismus. Es gibt aber auch Gefahren, die von Menschen ausgehen oder von Menschen geschaffen und installiert wurden, wie zum Beispiel Selbstschussanlagen bis hin zu manipulierenden Suggestionstechniken. In unserem Fall aber haben wir es ganz konkret mit einem Aggressor zu tun, der Lebewesen und Menschen angreift und tötet. Er ist sichtbar, wenn gleich auch nicht immer, und er hält sich hier in dieser Gegend auf. Ich komme jetzt zu den einzelnen Punkten des Plans und erläutere ihnen die Vorgehensweise. Wir können nichts unternehmen, wenn wir nicht wissen wo wir handeln müssen. Deshalb ist es zuerst wichtig, die Gefahrenstelle oder Gefahrenstellen zu finden, zu markieren oder zu kennzeichnen und diese dann Abzusperren."

„Das haben wir doch schon längst getan!"

„Ja und nein! Sie haben Bereiche eingegrenzt und abgesperrt. Das war auch richtig so. Um aber auf der sicheren Seite zu sein, müssen alle gefährlichen Orte, Plätze, Stellen und Bereiche gekennzeichnet und abgesperrt werden. Sie müssen also genau untersuchen und nachforschen, wo in den letzten Jahren, seit die Symptome zum ersten Mal aufgetreten sind, Lebewesen und Menschen getötet wurden. Sie müssen die Bürger befragen, ob jemand in den letzten Jahren im Gelände verendete Tiere gesehen hat und an welcher Stelle dies gewesen ist. Sie müssen sich die Orte zeigen lassen und entsprechend weiträumig dann eingrenzen. Ebenso müssen sie die Bürger befragen, ob auf ihren Grundstücken Haustiere gestorben sind, deren Todesursache nicht geklärt wurde und schließlich müssen sie alle Bürger nach einem fliegenden Band befragen, denn dieses wurde ja bereits in zwei Fällen beschrieben und eindeutig als tödliche Gefahrenquelle erkannt. Diese Maßnahme muss jetzt zuerst erfolgen. Ich habe mehrere Personen des Einsatzkommandos mit dieser Aufgabe betraut. Sie werden ab morgen früh die Bevölkerung befragen. Die Fundorte toter Tiere werden nur auf übersichtlichen Karten markiert. Wir möchten nicht, dass Bürger an gefährliche Stellen zurückkehren. Die Sicherheit hat Vorrang. Diese Befragung soll am Abend abgeschlossen sein. Dann haben wir sowohl Punkt 1 des Plans abgearbeitet und da die Befrager die

Bevölkerung gleichzeitig auch informieren, ist auch Punkt 2 erledigt. Der dritte Punkt wird dann übermorgen in Angriff genommen. Die Ergebnisse der Befragungen werden aufeinander abgestimmt, die Gefahrenpunkte ermittelt oder neu bestimmt und diese Bereiche werden von unserem Einsatzkommando mit Absperrband eingezäunt. Warnschilder werden aufgestellt und zwar so, dass sie von allen Zugangsseiten deutlich zu sehen sind. Für diese Arbeiten sollten uns ein oder zwei Ortskundige begleiten, vielleicht Personen aus dem Forstamt. Die abgesperrten Bereiche sind danach nicht mehr passierbar. Unsere Einsatzkräfte werden diese Orte beobachten und unvorsichtige Personen zurückweisen. Die Dauer dieser Maßnahme hängt von den nächsten Punkten ab. Erst wenn die Gefahr gebannt ist, also Punkt sieben erfüllt ist, kann die Absperrung aufgehoben werden. Die abgesperrten Gebiete sind im Verlauf der Maßnahme Eigentum des Staates. Die Besitzer der Grundstücke sind für diesen Zeitraum enteignet. Wir gehen davon aus, dass die Absperrmaßnahmen dann übermorgen im Verlauf des Tages abgeschlossen sein werden. Gleichzeitig werden wir damit beginnen, die Ursache der Gefahr zu ermitteln, den Punkt zu suchen, wo und wie sie entsteht. Wir müssen herausfinden welcher Art die Gefahr ist. Diese Aufgabe übernehmen unsere Wissenschaftler und Techniker. Wenn in mehrere Richtungen untersucht und analysiert werden muss, kann dies mehrere Tage, vielleicht auch Wochen in Anspruch nehmen. Darauf hat niemand einen Einfluss. Die wissenschaftlichen Arbeiten müssen ein Ergebnis bringen. Wir müssen herausfinden, was uns da bedroht. Wir müssen erforschen, wie wir uns davor schützen können und wir müssen erforschen, wie wir es unschädlich machen oder töten können. Ferner müssen wir herausfinden, ob die Gefahr punktuell an einer oder zwei Stellen auftritt oder ob sie in der Fläche verteilt mehrere Gefahrenquellen oder sogenannte Hotspots aufweist. Wir müssen auch herausfinden, welche Lebensdauer die gefährlichen Bänder haben, wie tief sie im Boden sitzen oder an welchen Stellen sie anzutreffen sind. Diese und noch andere Teilaspekte der Untersuchungen übernehmen die Wissenschaftler, für die heute unser Herr Jack Randolfs anwesend ist, den sie über die

Untersuchungen gerne anschließend noch befragen können. Wenn die Ursache gefunden ist, muss eine Gefahrenbewertung stattfinden. Wir müssen wissen, wer gefährdet ist, wann Personen gefährdet sind und wo die Gefahr auftreten kann, solange sie nicht beseitigt ist. An dieser Stelle muss ich gleich erwähnen, dass es Gefahren gibt, die man nicht beseitigen kann. In einem solchen Fall, den ich möglichst nicht haben möchte, kann es auf Dauer zu massiven Beeinträchtigungen des täglichen Lebens hier im Bereich um Silvercreak kommen."

„So schlimm wird es bestimmt nicht werden!"

„Wir wollen es hoffen. Wenn wir die Gefahr erkannt haben und wissen, was uns bedroht, starten wir mit Punkt sechs des Notfallplans. Wir suchen nach geeigneten Mitteln suchen, die uns vor der Gefahr schützen. Für die Durchführung der Schutz- und Vorbeugemaßnahmen ist Frau Martha Zachner verantwortlich. Das Wichtigste wird dann mit Planpunkt sieben erreicht sein, indem wir die Gefahrenquelle beseitigen. Für diese entsprechenden Maßnahmen steht uns das Militär mit seinen entsprechenden Einrichtungen und Möglichkeiten unter der Koordination von

Herrn Oliver Norman zur Verfügung. So, meine Damen und Herren, jetzt habe ich ihnen lange genug von den anstehenden Arbeiten berichtet. Ich hoffe, dass ich sie umfangreich informieren konnte. Wenn sie noch Fragen haben, können sie jetzt Antworten bekommen. Ich möchte aber alle Fragesteller bitten, sich kurz vorzustellen, damit wir wissen, mit wem wir reden. Danke!"

„Ja, ich habe eine wichtige Frage! Ich bin Lance Brown, der Bürgermeister von Silvercreak."

„Ja, bitte, Herr Brown, fragen sie!"

„General, ich möchte gerne wissen, wie das Sicherheitsbüro auf uns aufmerksam wurde und wie es zu der Entscheidung kam, das Einsatzkommando des Militärs zu uns nach Silvercreak zu entsenden."

„Wissen sie, unsere Technik arbeitet auf einem sehr hohen Niveau. Im Ministerium für Staatssicherheit laufen rund um die Uhr alle Meldungen aus dem ganzen Land zusammen. Unsere Computer werten die Meldungen aus. Bekommen wir von einem Gerät einen Problemfall signalisiert, wird dieser einer schnellen Bewertung durch Sicherheitsbeamte unterzogen. Wenn dringender Klärungsbedarf besteht wird umgehend gehandelt. In unserem Fall kam noch die tödliche Gefahr für Bürger hinzu. Den Ausschlag zum sofortigen Handeln hat dann die dem Polizeibericht beigefügte Filmszene vom Tod des Oberkommissars gegeben."

„Danke!"

„Nächste Frage bitte!"

„Ich bin Bäcker Steven Kline. Meine Frage zielt auf die Absperrungen. Sie haben alle vier Straßen, die nach Westen durch die bewaldeten Gebiete führen abgesperrt. Das sind unsere Verkehrsverbindungen nach Dawson City. Ich muss täglich meine frischen Backwaren dorthin bringen. Ein Umfahren des Bereichs führt zu einem Umweg von etwa 100 Meilen. Kann man da keine Ausnahmegenehmigungen für die Betroffenen gewähren? Und wer bezahlt mir die Mehrkosten?"

„Es gibt keine Ausnahmegenehmigung Herr Kline! Es geht schließlich um ihre Sicherheit, um ihr Leben. Die entstehenden Mehrkosten trägt leider auch keine Versicherung. Das ist für Versicherungen ein Fall höherer Gewalt, der jegliche Zahlungen ausschließt. Sie können jetzt nur hoffen, dass wir hier schnell zu einem Ergebnis kommen."

„Nächste Frage bitte!"

„Mein Name ist Nancy Malcom, ich bin Lehrerin drüben in Folkstone. Meine Frage geht an Frau Zacher. Ich möchte wissen, wie sie denn ihre eigenen Einsatzkräfte beim Arbeiten schützen, die ja durchaus auch der Gefahren ausgesetzt sind. In diesem Zusammenhang könnten sie mir auch noch mitteilen, welche besonderen Dinge wir in der Schule für die Sicherheit unserer Kinder tun können."

„Danke für die Frage Frau Malcom! Natürlich sind unsere Kinder das Wichtigste. Ihre Sicherheit muss immer gewährleistet sein. Nur wenn sich bei der morgigen Befragung herausstellen sollte, dass auch Bereiche im Stadtgebiet oder gar in Schulnähe oder auf dem Schulgelände als gefährdet angesehen werden müssen, zählt die Schule vorläufig als unsicherer Ort. Es ist darum anzuraten, aber nur in diesen Fall, die Schule befristet zu schließen. In Einzelfällen kann es auch richtig sein, das eine oder andere Kind nicht zur Schule zu schicken, wenn sein Schulweg über gefährliches Gebiet führt. Das Fehlen dieser

Schulkinder ist dann entschuldigt. Wenn sie an Schutzkleidung oder Ähnliches gedacht haben, muss ich sie enttäuschen. Die gibt es nicht, nicht für die Kinder, die Bürgerinnen und Bürger und auch nicht für die Einsatzkräfte. Wir können uns bei den Arbeiten nur dadurch einer Gefahr entziehen, dass wir aus gesicherten Fahrzeugen heraus mit ferngesteuerten Geräten arbeiten. Wie sollte auch bei den bis jetzt genannten Bedingungen eine Schutzkleidung aussehen. Selbst die feste Lederjacke vom Oberkommissar wurde zerfetzt. Es ist auch noch nicht geklärt, ob Glas oder Metall einen Schutz bieten kann. Das müssen die Untersuchungen zeigen. Unsere Einsatzkräfte vor Ort gehen somit ein sehr großes Risiko ein. Morgen früh wird ein Mitarbeiter auch in ihrer Schule vorbeischauen und die Kinder befragen und anschließend nach unseren Bestimmungen über die bestehenden Gefahren informieren. Genügt ihnen die Auskunft?"

„Ja, Ich werde die Kinder auf ihren Besuch vorbereiten!"

„Danke dafür! Die nächste Frage bitte!"

„Mein Name Victor Daxter und ich frage Herrn Randolfs. Ich weiß, dass die Katze unseres

Nachbarn auf seinem Grundstück durch dieses Band getötet wurde. Dürfen wir denn jetzt auch unsere Grundstücke nicht mehr betreten?"
„Das ist in manchen Fällen vielleicht möglich. Ihren Fall kenne ich von den Protokollen der Polizei. Ich kann sie dahingehend beruhigen, dass das damals gesichtete Band geflogen ist und sich von dem Grundstück entfernt hat. Es ist also nur als bedingt gefährdet anzusehen. Ich würde aber generell jedem Bürger dieser Gegend anraten, möglichst auf einen Aufenthalt im Freien zu verzichten. Die Wohnung bietet vermutlich immer noch den besten Schutz."
„Ich bin Gregor Gallinsky und habe einen Hund. Herr Randolfs, wie weit darf ich denn mit dem Hund ins Freie gehen. Der braucht jeden Tag eine Stunde Auslauf!"
„Sie können ihrem Hund auf ihrem Grundstück Auslauf geben oder ihn auch ins Auto packen und außerhalb der gefährdeten Bereiche Spazierengehen. Auf keinen Fall sollten sie ihrem Hund erlauben in dieser Gegend im Boden zu wühlen oder zu scharren. Wir können die Gefahr noch nicht einschätzen. Sind sie bitte vorsichtig!"

„So, meine Damen und Herren, ich möchte jetzt unsere Informationsveranstaltung beenden. Es stehen noch Arbeiten an, die wir heute Abend erledigen müssen. Morgen früh starten wir mit der Bürgerbefragung. Sie können gerne auch unsere Mitarbeiter befragen. Denken sie immer, dass wir für sie und ihre Sicherheit hier sind. Ich wünsche ihnen einen guten Abend! Auf Wiedersehen!"

16

Schon sehr früh am nächsten Morgen war die Aktion des Sicherheitskommandos in aller Munde. Beim Bäcker, am Zeitungskiosk und in den Vorgärten der Siedlungen hielt man die Tageszeitung in der Hand, las sich gegenseitig die Neuigkeiten vor und diskutierte mit seinen Bekannten und Nachbarn über Vorfälle der letzten Jahre, die in das beschriebene Bild passten. Noch bevor die Einsatzkräfte mit ihren Befragungen zu den Bürgern kamen, wussten diese, was sie zu berichten hatten. Man erinnerte sich an überfahrene Hühner und Katzen, an tote Hunde, die im Kanal oder am Straßenrand gefunden wurden, man erinnerte sich auch, dass im Wald hin und wieder einmal ein gerissenes Stück Wild zu sehen war, zumindest glaubte man das.

Die beiden Tageszeitungen berichteten sehr genau, was General Daniel Walters am Abend zuvor in seiner Sitzung den Anwesenden zur Gefahrenlage erläutert hatte. Keiner im Ort hatte die Lage bisher als bedrohlich und gefährlich eingestuft. Man hatte zwar von all jenen Vorfällen, bei denen Tiere oder Menschen verstorben waren, gehört, die Ursache aber nicht als persönliche Bedrohung wahrgenommen oder eingestuft. Bei den vielen Meldungen der Medien über Kriege, Todesfälle, Verkehrsunfälle und Verbrechensopfer reihte man auch die Opfer aus der Region in diese große Liste von bösen Zufälligkeiten ein, gegen die ein Bürger machtlos ist. Nun stand aber plötzlich ein Einsatzkommando des Militärs auf Anordnung des Ministeriums in der Stadt, man sah die vielen Fahrzeuge und plötzlich fühlte man sich nicht mehr so sicher, man fühlte eine unsichtbare Bedrohung über der

Stadt schweben. Innerliche Unruhe befiel die Menschen aus Silvercreak.
Fünfzehn Befragungsteams liefen am frühen Morgen los. Jeweils zu zweit, ausgerüstet mit zwei Fotos zerschnittener Tiere, um den Bürgern ein Beispiel der lauernden Gefahren vorzuhalten und mit zwei Karten, einem Stadtplan und einer Karte der Umgebung von Silvercreak, um eventuell genannte Fundstellen einzeichnen zu können. Mit dem Auftrag, bis fünfzehn Uhr die Befragung abzuschließen, klingelten sie sich von Wohnung zu Wohnung und Haus zu Haus und sammelten alle Hinweise und Beschreibungen der Bevölkerung. Es waren nur sechs einfache Fragen, die alle Bürger beantworten sollten. Die erste Frage war grundsätzlicher Art und diente nur der Feststellung, ob ein totes Tier gesichtet wurde. Die zweite Frage galt dem Datum. Lag die beschriebene Beobachtung nur wenige Tage zurück oder war schon ein längerer Zeitraum verstrichen? Der Fundort sollte bei der Beantwortung von Frage drei mit einer möglichst präzisen Ortsbeschreibung einhergehen. Eine vierte Frage bezog sich auf das gefundene Tier mit Angaben zur Art, Größe oder Alter des Tieres. Die

anschließende fünfte Frage bezog sich auf den Zustand des Kadavers am Fundort. Mit einer letzten Frage wollten die Teams ermitteln, ob es Beobachtungen zum Tötungshergang gegeben hatte. Diese Frage jedoch verneinten alle Befragten.

Auch die beiden Einsatzkräfte, die in der Schule Kinder befragen mussten, trafen dort pünktlich zum Unterrichtsbeginn ein. Die vier anwesenden Grundschulklassen versammelten sich im großen Gemeinschaftsraum und hörten sich zuerst den kleinen aber spannenden Vortrag über die Gefahren in der Umwelt an, der damit endete, dass alle Kinder, die in der Vergangenheit einmal in der Region ein totes Tier entdeckt oder gesehen hatten, dem Befragungsteam bitte melden mögen.

Die Befragungsteams kamen zügig voran. Viele Bürger hatten in der Vergangenheit keine toten Tiere im Stadtgebiet oder den angrenzenden ländlichen Bereichen bemerkt, die in den Unterlagen hätten notiert werden müssen. Entscheidend jedoch waren die wenigen Bürger, die tatsächlich ein totes Tier entdeckt hatten. Besonders wichtig waren einige Fälle, die bislang

weder dem Forstamt noch der Polizei gemeldet wurden.
So hatten zwei Jungen auf ihrem Schulweg einmal ein totes Huhn am Straßenrand gefunden, das ihrer Meinung nach von einem Auto überfahren wurde. Die Beschreibung machte aber sehr schnell deutlich, dass der Tod des Tieres nicht von einem Fahrzeug verursacht wurde. Ein abgetrennter Schenkel und scharfkantig abgeschnittene Federn an einem Flügel wiesen auf eine andere Todesursache hin.
In der Schule berichteten auch zwei Mädchen, dass sie beim Füttern der Schwäne am Schwanenteich neben einer Parkbank zwei tote Ratten gesehen hätten, die ihrer Meinung nach genau in der Mitte durchgeschnitten waren. Sie hatten sich damals so davor geekelt, dass eines der Mädchen sich direkt übergeben musste.
Am Nachmittag trafen sich die Befragungsteams zur verabredeten Zeit im Gemeindesaal. Das Einsatzkommando hatte eine große Wandkarte vorbereitet, in die nun alle Teams ihre ermittelten Fundorte toter Tiere mit einer kleinen Stecknadel markieren sollten. Stecknadeln auf die Karte, bis

schließlich auch das letzte Befragungsteam seine Ergebnisse markiert hatten.
Die Gesamtzahl der genannten Tierfunde betrug siebenundvierzig. Wie sich später herausstellte waren manche Tiere von mehreren Bürgern gesehen oder entdeckt worden. Das Einsatzkommando gab als Anzahl der Fundorte die Zahl vierunddreißig an. Drei Funde wurden doppelt genannt, zwei Fundorte wurden dreimal genannt und ebenfalls zwei Fundorte vielmal.
Im Spektrum der genannten Tierarten befanden sich Hunde, Katzen, Hühner, Feldhasen, Vögel, Ratten, Mäuse und eine Schlange.
Die Befragungsteams hatten im Saal platzgenommen, während sich die Einsatzleitung die ermittelten Ergebnisse ansah und begutachtete. Nach einer gemeinsamen Analyse und Bewertung trat schließlich General Daniel Walters vor die versammelten Mitarbeiter und ergriff das Wort.
„Liebe Befragungsteams, ich danke ihnen für ihre umfangreichen Befragungen. Die Ergebnisse haben wir uns sehr genau angesehen, begutachtet, analysiert und bewertet. Das Ergebnis möchte ich ihnen nicht vorenthalten.

Sicherlich haben sie sich die Karte mit den Stecknadeln schon angesehen und ihnen wird dabei auch nicht entgangen sein, dass sich an manchen Stellen die Fundorte häufen. Ich möchte die Fundorte der toten Tiere in drei Bereiche eingrenzen. Zum einen haben wir hier den Bereich der oberen Westroad. Die Fundorte dort liegen alle an den westlichen Grundstücken der Straße, angefangen am alten Windrad, die Straße hinauf bis zur Ortsgrenze. Ein zweiter Bereich zeichnet sich zwischen dem Stadion und dem Schwanenteich ab und ein großer Bereich umfasst das Waldgebiet zwischen dem alten Feldweg und der Ausfallstraße nach Dawson City. Die Tierfunde dort lagen zwar gehäuft an den Straßenrändern, aber auf der rechten Seite des Feldwegs und auf der linken Seite der Ausfallstraße. Auf den gegenüberliegenden Straßenseiten wurden jeweils keine toten Tiere gesehen. Im Waldbereich zwischen den beiden Straßen hat ein Pilzsammler eine zerstückelte Schlange gesehen und eine Dame, die dort Beeren gesucht hatte ist in einer Himbeerhecke auf einen toten Feldhasen gestoßen. Das ist nicht viel, aber in dieses Waldstück kommen in der Regel auch kaum

Menschen hinein. Zu diesem Bereich müssen wir auch die Waldwiese am südlichen Waldrand zählen, auf der die Gruppe von Rehen getötet wurde. Die größere Zahl der Funde an den Straßenrändern liegt dabei eher an der höheren Zahl der dort entlanggehenden Personen."

„Herr General Walters, gestatten sie mir eine Anmerkung!"

„Ja, bitte!"

„Wir müssen noch einen vierten Bereich dazunehmen. Denken sie bitte doch auch an die Wildschweinrotte, die im Wald von Folkstone ermordet wurde!"

„Ja, richtig! Diese dürfen wir natürlich nicht vergessen und wir sollten selbstverständlich auch die Personen in Folkstone nach ihren Beobachtungen befragen. Ich werde umgehend ein Befragungsteam organisieren. Wir brauchen diese Ergebnisse dringend."

„Warum wurden die Bürger von Folkstone nicht auch schon heute befragt?"

„Das ist ganz einfach. Erstens haben wir nur eine begrenzte Personenzahl im Einsatz und zweitens sind die zuletzt registrierten Fälle im Bezirk um Silvercreak aufgetreten. Damit bin ich auch schon bei unserer wichtigsten Beurteilung. Die richtet sich nämlich an den Ort, an dem wir unsere Arbeit beginnen müssen. Es ist das Gelände, wo man zuletzt das gefährliche Phänomen beobachtet hat. Schauen sie sich bitte die Stecknadeln in der Wandkarte an. Die Nadeln mit den kleinen roten Köpfen stehen für Funde aus den vergangenen vier Wochen. Die blauen liegen in einem Zeitrahmen von mehr als einem Monat zurück und die grünen von mehr als einem halben Jahr. Die Nadeln mit den weißen Köpfen bezeichnen gefundene Tiere, die vor über einem Jahr gesehen wurden. Wenn sie sich nun die Karte nach diesen Gesichtspunkten anschauen, sehen sie, dass in den letzten Tagen, besonders auch schon in den Tagen, bevor die Rehe auf der Waldwiese ihr Leben lassen mussten, nur in diesem Bereich unsere roten Nadeln stecken. Wir müssen aus diesem Grund annehmen, dass genau in dieser Region die Gefahrenlage besonders groß ist. In den anderen Bereichen wurden in letzter Zeit keine toten Tiere mehr entdeckt. Ich schließe daraus, dass sich die bestehende Gefahr verlagert hat. Unsere Arbeit muss in dem roten Bereich ansetzen. Die anderen Bereiche sperren wir trotzdem aus Sicherheitsgründen ab und stellen auch die Warnschilder auf. Unsere Untersuchungen werden wir auf den Bereich Waldwiese konzentrieren. Da dieser Bereich bereits abgesperrt ist, können die Untersuchungen dort starten. Wir beginnen morgen früh bei Sonnenaufgang, um alle Stunden bei Tageslicht zu nutzen. Die anderen Bereiche muss das Militär sofort sperren. Das duldet keinen Aufschub, auch wenn manche Bürger das nicht einsehen möchten. Ich erteile ein absolutes Verbot für Betreten, Befahren oder Durchqueren der Sperrgebiete. Ausnahmen gibt es nicht! Ich werde jetzt im Anschluss die Tageszeitungen von den Maßnahmen in Kenntnis setzen, damit morgen auch jeder Bürger hier informiert ist.“

17

Die am späten Nachmittag als gefährlich eingestuften Regionen wurden noch vor Einbruch der Dunkelheit vom Militär abgesperrt. Auf allen

Wegen zu den Sperrgebieten standen große Tafeln, die auf die tödliche Gefahr hinwiesen. Unter einem Totenkopf war auf den Schildern die Aufschrift *TODESGEFAHR - ZUTRITT VERBOTEN* zu lesen. Um der Anordnung auch entsprechenden Nachdruck zu verleihen, setzte General Walters an allen Zufahrtswegen zusätzlich noch eine Überwachungseinheit, bestehend aus drei Soldaten und einem Militärfahrzeug ein. Unwissende Bürger sowohl über die Sperrmaßnahmen aufzuklären, als auch ein Betreten des Geländes zu verhindern, war die Aufgabe dieser Kommandoeinheiten.
Die beiden Tageszeitungen berichteten im Lokalteil sowohl über die durchgeführten Befragungen in Silvercreak, als auch über die Analyse der Ergebnisse mit der Entscheidung, Gebiete vollständig abzuriegeln. Auch im benachbarten Folkstone waren diese Zeitungen im zu lesen. Der mit verschiedenen Fotos von entdeckten Tierkadavern komplettierte Zeitungsbericht enthielt am Ende auch die Aufforderung an alle nichtbefragten Bürger, ihre Angaben zu solchen Tierfunden an das Untersuchungsteam telefonisch weiterzugeben

oder direkt zum Gemeindesaal zu kommen, wo ihre Informationen protokolliert werden.
Die eingerichtete Telefonleitung stand nicht still. Nachdem die Tageszeitungen am frühen Morgen im Umlauf waren, meldeten sich vermehrt Bürger aus Folkstone, die am Vortag nicht befragt wurden. Auch im Gemeindesaal trafen einige Bürger ein und machten weitere Angaben. Eine sehr aufgeregte Dame zeigte den Mitarbeitern des Sicherheitsministeriums zwei Fotos, auf denen ihr getöteter Kater abgelichtet war. Wie in den bekannten Beispielen, lag das tote Tier zerfetzt auf dem Rasen. Die Aufnahmen stammten aus der vergangenen Woche.
Meldung für Meldung und jeder eintreffende Telefonhinweis fand mit einer kleinen Stecknadel seinen Platz auf der großen Wandkarte im Gemeindesaal. Die eingegrenzten Gebiete traten immer deutlicher heraus und waren inzwischen selbst von Laien erkennbar. Ein Blick auf die Wandkarte genügte den erregten Bürgern, um die Absperrmaßnahmen zu verstehen.
Im Bereich der Waldwiese begann man schon am frühen Morgen mit den notwendigen Arbeiten. Nicht nur die Wiese, sondern auch das

angrenzende Waldstück zwischen den beiden Straßen nach Dawson City gehörte zu diesem Sperrgebiet. Gleich nachdem die ersten Sonnenstrahlen das Land erhellten, starteten zwei Drohen zu ihrem Beobachtungsflug. Aus Sicherheitsgründen wagte sich niemand, das Gelände zu betreten. Alles musste mit Maschinen und Geräten vollzogen werden. Um Bodenuntersuchungen durchzuführen, mussten zuerst die Plätze bestimmt werden, an denen man beginnen sollte. Beide Drohnen nahmen Quadratmeter für Quadratmeter unter die Lupe. Auf den beiden Beobachtungsmonitoren im Einsatzfahrzeug schaute man sich die Geländestrukturen genau an. Die Suche galt neuen Hinweisen und Anhaltspunkten, vielleicht auch neuen Tieropfern.

Es dauerte nicht sehr lange, bis die erste Drohne ein Bild von einem toten Tier in den Einsatzwagen sendete. Ein toter Feldhase lag nur gute zehn Meter vom Rand des Feldweges entfernt auf dem Waldboden. Er musste erst vor kurzer Zeit gestorben sein. Das Blut glänzte noch frisch und viele Fliegen hatten sich dort versammelt, die von

der Drohne aufgewirbelt, in einer kleinen Wolke über dem Kadaver schwebten.
General Daniel Walters, Martha Zachner, Jack Randolfs, Oliver Norman und die beiden Technikerbrüder Kris und Jonathan Miller saßen vor den Monitoren und schauten sich gemeinsam die Aufnahmen der beiden Drohnen an.
„Halt! Stopp! Das müssen wir noch einmal sehen, Kris!"
„Ja, Mr. Randolfs, ich spule die Aufzeichnung kurz zurück!"
Kris Miller ließ den kurzen Ausschnitt, den das tote Tier zeigte noch einmal ablaufen und hielt sie an einigen Stellen an, um im Standbild die Einzelheiten besser sehen zu können.
„Ja, ich glaube, wir haben hier eine gute Stelle im Wald gefunden. Die Aufnahmen sind aber zu ungenau, nicht scharf genug. Jonathan, lassen sie doch bitte die eine Drohne noch einmal diesen Bereich überfliegen. Vielleicht etwas langsamer und tiefer. Wir müssen jede Tannennadel auf dem Boden erkennen können!"
„Ich versuche es! Es dauert nur einen Moment!"
„Ja, wie gesagt, nur diesen Bereich um das tote Tier herum und auch den Kadaver selbst!"

„Geht klar! Ich muss aber ungefähr einen Meter Höhe einhalten, weil wir sonst den Staub und das Laub aufwirbeln und dann nichts mehr sehen können!“
„Machen sie es so gut sie können!“
Jonathan Miller steuerte die Drohne noch einmal über den Waldboden. In geringer Höhe und sehr langsam lichtete die Kamera alle Details rund um das getötete Tier ab. Auf dem Monitor beobachtete man sehr genau den erneuten Flug und die deutlichen Bilder vom Waldboden.
„Das ist es! Schaut nur! Habt ihr es gesehen?“
„Was hast du gesehen!“
„General, da sind die kleinen Löcher im Boden! Man sieht sie kaum!“
„Kris, haben wir die Aufnahmen aufgezeichnet?“
„Ja, ja! Wir können uns das alles noch mehrmals ansehen!“
„Können sie das vergrößern?“
„Das geht auch, aber nicht sehr viel!“
„Lassen sie den Film noch einmal ablaufen, bis ich stopp sage!“
„Ja, er läuft noch einmal ab. Achtung!“
„Ja, ja, ... noch etwas weiter! Ja, jetzt. Stopp! Ja genau das meine ich!“

„Also General, ich sehe da nichts!"

„Schauen sie hier an diese Stelle! Sehen sie diesen kleinen Schlitz im Boden? Herr Dengles hatte so etwas in seinen Protokollen stehen! Da stand zu lesen, dass es aussah, als ob jemand mit einem Messer in den Boden gestochen hätte!"

„Ja, sie können rechthaben! Da ist ein kleiner Schlitz im Boden!"

„Kris, lassen sie den Film noch einmal langsam weiterlaufen! Vielleicht gibt es noch andere Löcher zu sehen!"

„Ja, er läuft langsam weiter!"

„Gut, gut, ... weiter bitte, noch weiter, immer weiter, gut ... und Stopp! Sehen sie! Hier ist es ganz deutlich. Sogar drei Löcher dicht beieinander!"

„Ja, das ist deutlich zu erkennen!"

„Kris, sagen sie dem Jonathan draußen, dass er mit dem Überfliegen aufhören kann. Wir haben was wir wollen!"

„OK, wir holen die Drohnen zurück!"

„So, Leute, ab sofort heißt es: Höchste Aufmerksamkeit!"

„Sie meinen, dass es hier an dieser Stelle gefährlich sein könnte?"

„Frau Zachner, das ist es ganz bestimmt! Denken sie doch an Herrn Dengles! Oder würden sie jetzt dieses Geländestück ungesichert betreten wollen?“
„Gott bewahre!“
„Wir müssen sehr behutsam vorgehen und die größte Sicherheitsstufe anwenden! Frau Zachner und Herr Norman, bereiten sie bitte die Sicherheitsmaßnahmen vor, die wir zum Bearbeiten des Waldbodens benötigen.“
„Wir müssen klare Vorgaben haben! Sagen sie uns, Herr Randolfs, welche Arbeiten sie ausführen möchten und wie viele Einsatzkräfte tätig werden sollen!“
„Frau Zachner, wir müssen Bodenproben entnehmen, ohne Menschen dabei zu gefährden, wir müssen die Proben in unser Laborfahrzeug bringen und die beiden Labortechniker müssen geschützt werden.“
„Die Bodenproben entnehmen wir mit dem langen Teleskoparm vom Laborfahrzeug aus. Mit seiner Auslegung von dreizehn Metern können wir gut bis zu der ausgewählten Stelle greifen. Unser kleiner ferngesteuerter Transportwagen kann die Erdproben bis an den Laborwagen bringen. Die

Geräte müssen nur von einem Techniker aus dem Fahrzeug heraus gesteuert werden. Das kann Kris machen. Der kennt ja jetzt auch schon die Stelle am Waldboden."
„Gut, und wie sichern wir die Leute im Labor?"
„Das geschieht doppelt. Zuerst wird die Bodenprobe außerhalb des Fahrzeugs ferngesteuert mit unseren Greifern zerlegt und einer ersten Begutachtung unterzogen. Wenn keine Sicherheitsrisiken mehr bestehen, werden wir kleinere Erdbodenproben in den Laborwagen zur genaueren Analyse verbringen."
„Schön, dann bereiten sie das bitte vor. Ich möchte, dass die Arbeiten ohne Verzögerung beginnen können!"
„Herr Walters, wir können in zehn Minuten anfangen. Alle Einsatzkräfte, die dabei keine Aufgabe zu erfüllen haben müssen aber einen großen Sicherheitsabstand einhalten. Sie sollten sich mindestens einhundert Meter entfernt in einem geschützten Fahrzeug aufhalten!"
„Ich ordne das an! Und sie sorgen bitte auch dafür, dass alle Überwachungskameras eingeschaltet sind!"
„Dafür ist Jonathan zuständig. Er macht das!"

„Gut, dann werden jetzt alle überflüssigen Leute sich mit den Fahrzeugen entfernen und den Sicherheitsabstand einhalten."
„Gut! Wir beginnen erst mit den Arbeiten, wenn sie weit genug entfernt sind. Unsere Leute hier werden jetzt in die Sicherheitsoveralls schlüpfen."
„Frau Zachner, ich würde sie bitten, bei Auffälligkeiten uns sofort zu benachrichtigen!"
„Das werde ich veranlassen, aber es ist denkbar, dass unsere Arbeit nicht sehr schnell vorankommt. Es steht eine mühselige Kleinarbeit vor uns."
„Dann geben sie uns trotzdem Zwischenberichte von ihrer Arbeit."
„Wird geschehen, Herr Walters!"
„Dann wünsche ich ihnen gutes Gelingen!"
„Wir sehen uns dann später!"

Bis auf das Laborfahrzeug und die kleinen Transportroboter entfernten sich alle Fahrzeuge vom Einsatzort. Die technischen Vorbereitungen waren schnell abgeschlossen und Kris begann mit der Steuerung des Greifarms. Sein Bruder Jonathan hatte sich die Fernbedienung für den Transportroboter genommen und ließ Ihn auf dem

Waldboden bis zum Entnahmeort der Bodenproben vorrücken.

In den lockeren Waldboden konnten die beiden Schaufeln des Greifarms leicht eindringen und einen großen Erdballen entnehmen, der dann langsam in die Metallwanne auf dem Transportroboter verladen wurde. Ferngesteuert fuhr das kleine Transportgerät zurück zum Laborfahrzeug auf dem Feldweg.

Sie hatten es nicht gehört. Die Maschinen übertönten alle Geräusche der Gegend. Alle Blicke der Einsatzkräfte hingen an den Maschinen und dem Erdklumpen auf dem ferngesteuerten Transportwagen. Die Arbeit war wichtig und gefährlich. Sie erforderte höchste Konzentration. Doch genau das war der Fehler. Durch die erhöhte Aufmerksamkeit beim Beobachten der Maschinen und der Transportvorgänge hörten sie nicht, was um sie herum vorging.

Erst als Jonathan laut schrie und aufgeregt mit den Armen beschwörende Bewegungen vollzog, schauten alle in Richtung Wald. Kris stellte sofort die Maschinen aus und dann hörte sie sie kommen. Noch konnte man sie hinter den

Büschen und Hecken nicht sehen, aber sie waren unüberhörbar.
Jonathan war inzwischen zum Fahrzeug gerannt und hatte das Megafon zur Hand genommen.
„Achtung! Achtung! Hier spricht das Militär! Verlassen sie unverzüglich den Wald! Achtung! Achtung! Verlasen sie unverzüglich den Wald!“
Es war zwecklos. Sie kamen direkt auf den Ort zu, an dem gerade die Erdproben entnommen wurden. Durch ihr lautes Gebrüll hatten sie die Megafondurchsage nicht verstanden. Erst zwei Jungen, dann weitere drei Jungen, einige Mädchen, eine ganze Schulklasse und dann auch zwei erwachsene Begleitpersonen.
„Verlassen sie umgehend den Wald! Achtung Lebensgefahr! Verlassen sie sofort den Wald! Bitte sofort! Bitte sofort!“
Jetzt erst hatte sie es gehört und sahen Jonathan mit dem Megafon in den Wald hineinrufen. Sie leisteten aber den Anweisungen nicht Folge. Angewurzelt und völlig überrascht blieben sie stehen, hörten mit ihrem Geschrei auf und starrten auf das Militärfahrzeug, in dem sich das Untersuchungslabor befand. Sie konnten nicht wissen, was an diesem Ort gerade vor sich ging.

„Verlassen sie bitte sofort den Wald! Alle Personen müssen sofort den Wald verlassen! Schnell! Beeilen sie sich! Verlassen sie den Wald!" Die beiden Erwachsenen gaben die Anweisung sofort weiter und zeigten den geraden Weg aus dem Wald hinaus. Nur knapp zwanzig Meter waren es bis zum Feldweg. Die Kinder rannten. Die ersten waren gleich auf dem Feldweg angekommen. Einige Nachzügler wurden von den beiden Damen mit ausgebreiteten Armen vor sich hergetrieben. Sie kamen nur bis zu dem Platz, an dem Kris den Waldboden geöffnet hatte. Sie mussten es mit ansehen. Es geschah wieder sekundenschnell. Zwei Mädchen, ein Junge und eine der beiden Damen wurden angegriffen, fielen sofort zu Boden. Der Unterschenkel eines Mädchens flog in den Wald hinein. Die Dame schrie vor Schmerz. Ihr Arm war abgetrennt. Der Schrei blieb in ihrem Mund stecken. Sie hatte plötzlich keinen Kopf mehr. Er fiel zu Boden, ihr Körper sackte zusammen, aus der großen Schnittöffnung am Hals schossen einige Blutfontänen heraus. Ein Junge lag in seinem Blut und war an einigen Stellen seines Brustkorbs aufgeschnitten. Der andere Junge lag auf dem

Bauch. Sein Körper war von der Schulter, direkt neben dem Hals, bis auf Bauchhöhe von oben her aufgeschnitten. Die beiden Körperhälften lagen geöffnet und nur noch am Becken festhängend auf dem Waldboden.

Jonathan war das Megafon aus der Hand gefallen. Die Einsatzkräfte im Laborfahrzeug hatten das Unvorstellbare aus dem Fahrzeugfenster heraus beobachten müssen. Niemand konnte helfen. Es waren nur Sekunden, bis vier Personen ihr Leben verloren hatten. Die unversehrten Schulkinder standen mit ihrer Lehrerin auf dem Feldweg und schauten auf die im Wald liegenden leblosen Körper. Mehrere Mädchen fingen an zu weinen.

Frau Martha Zachner trat aus dem Laborfahrzeug heraus und schrie die Lehrerin an:

„Was in aller Welt haben sie hier zu suchen! Das ist Sperrgebiet! Die Kinder sind tot! Die Kinder sind jetzt tot! Was haben sie gemacht! Das ist unverantwortlich! Wie kommen sie überhaupt hier her?"

„Das ist doch jetzt egal! Helfen sie doch den Kindern und meiner Kollegin!"

„Sehen sie denn nicht was los ist! Die sind tot! Alle sind tot! Da können sie nicht mehr helfen!"

„Aber warum? Was ist denn hier nur los? Was ist denn passiert?“
„Haben sie die Absperrung denn nicht gesehen?“
Als würde man der Lehrerin den Boden unter den Füßen entfernen, sackte sie nieder auf den Feldweg, schlugt sich die Hände vors Gesicht und begann laut zu weinen. Sie war erschüttert, konnte den Kindern nicht mehr helfen, wollte die leblosen Körper nicht sehen und konnte auch nicht mehr auf die Fragen von Frau Zachner antworten. Die Schulkinder standen dicht zusammen, hielten sich gegenseitig fest an den Händen, manche umarmten und umklammerten sich vor Angst.
Inzwischen hatte Kris Herrn General Daniel Walters im entfernt stehenden Militärfahrzeug angerufen und ihm den Vorfall angezeigt, worauf dieser den sofortigen Stopp der begonnenen Untersuchungen anordnete. Nur wenige Sekunden danach stand er mit seinem Jeep hinter dem Laborfahrzeug und sprang aus dem Wagen. Gestikulierend und schreiend lief er auf die Schulklasse zu.
„Was ist denn passiert? Was sucht ihr hier? Das ist Sperrgebiet! Wo ist euer Lehrer?“

Din Schulkinder zeigten auf die am Boden sitzende Lehrerin, die immer noch fassungslos, weinend und nach Luft ringend das Geschehene nicht begreifen konnte.

„Um Himmels Willen! Wie können sie denn nur mit Kinder in das Sperrgebiet laufen? Wo kommen sie denn her?"

„Wir, ... wir ... wir sind durch den Wald gelaufen."

„Das haben wir gesehen. Aber um Gottes Willen, wie sind sie denn in den Wald hineingekommen? Die Wege sind doch alle gesperrt! Wer sind sie überhaupt? Und wo kommen sie denn her?"

„Ich bin Frau Nock und das sind die Schüler meiner fünften Klasse. Wir kommen aus Dawson City!"

„Aber da sind doch die Wege auch alle abgesperrt!"

„Wir sind ja nicht über die Wege gelaufen. Wir sind über die Wiesen gewandert und dann in den Wald hinein auf kleinen Trampelpfaden."

„Haben sie denn nichts von den Absperrungen gehört oder gelesen?"

„Von weitem habe ich den abgesperrten Weg gesehen. Die Schilder konnte ich aus der

Entfernung nicht erkennen. Ich dachte das betrifft den Autoverkehr."

„Die Kinder und ihre Kollegin dort im Wald können wir nicht mehr retten. Sie laufen jetzt bitte sofort mit den Kindern von hier den Feldweg entlang und aus dem Wald hinaus bis hinunter nach Silvercreak. Dort versammeln sie sich in der Grundschule und informieren die Eltern. Ich gebe ihnen noch vier meiner Leute als Begleitung mit auf den Weg. Die Polizei wird noch dazukommen und Befragungen zu dem Vorfall vornehmen. Auch die Kinder müssen alles Gesehene zu Protokoll geben."

„Wie sage ich das denn nur jetzt den Eltern? Das kann ich nicht!"

„Sagen sie gar nichts! Die Eltern werden in die Grundschule bestellt und dort von mir und der Polizei informiert. Wir werden noch einen Geistlichen informieren. Die Leute werden dann bereits auf sie warten, wenn sie unten in der Schule ankommen."

„Kommt Kinder! Schaut nicht mehr zurück auf die Toten! Wir laufen jetzt nach Silvercreak!"

„Aber wir können doch unsere Freunde nicht hier zurücklassen!"

„Doch Kinder! Die werden vom Militär abgeholt! Wir laufen jetzt zur Schule nach Silvercreak und warten dort auf eure Eltern."
Frau Nock und die unverletzten Schüler liefen in Begleitung von vier Soldaten den Feldweg hinunter nach Silvercreak. Herr General Daniel Walters informierte die Polizei über den Vorfall und kündigte die Schülergruppe an.
Die Untersuchungsarbeiten im Wald wurden eingestellt. Vorrang hatte jetzt die Bergung der vier Personen. Herr Randolfs bestellte telefonisch vier Metallsärge für den Transport der leblosen Körper. Noch war man sich aber nicht im Klaren darüber, wie die zerschnittenen Körperteile vom Waldboden eingesammelt, in die Särge gelegt und diese im verschlossenen Zustand vom Unglücksort abtransportiert werden können. Die Angst saß tief. Alle, die den unbegreiflichen Tod der Kinder und der Lehrerin mit ansehen mussten, hätten jemals ihren Fuß wieder auf dieses Stück Waldboden gesetzt. Niemand der Anwesenden hätte den Mut aufgebracht, die Leichenteile einzusammeln und in die Särge zu legen.
Keiner des Untersuchungsteams war sich sicher, dass nicht auch die leblosen Körper eine

Gefahrenquelle sein könnten. Man wusste noch zu wenig. Die Gefahr könnte jetzt in den Körpern stecken.
Die Maschinen vor Ort und die Kleinen Transportroboter waren in der Lage, die Teile vom Waldboden aufzusammeln und in die Metallsärge zu legen. Dies geschah auch sofort, nachdem die Metallsärge angeliefert waren. Wohin sollten die Särge aber gebracht werden. Die Leichen mussten untersucht werden. Wo sollte dies geschehen? Wer sollte die Verantwortung übernehmen? Welches Untersuchungslabor hatte die richtige Ausrüstung? Und zum Schluss stellte sich die Frage, wer den Mut aufbringt, die geschlossenen Stahlsärge zu öffnen und sich dabei einer tödlichen Gefahr auszusetzen.

18

Weinend und im Eiltempo stürmten die Schulkinder den Feldweg hinunter nach Silvercreak. Sie wussten nicht, was sie dort in der Grundschule erwartet, aber sie wussten sehr genau, dass sie den Platz, wo soeben vier Menschen sterben mussten, so schnell wie möglich verlassen sollten.
Als die Kinder auf dem Schulhof der Grundschule eintrafen, warteten bereits zwei Polizeibeamte, ein Seelsorger, ein Pfarrer und ein Vater einer Schülerin, der seinen Arbeitsplatz in Silvercreak hatte, auf dem Schulgelände, um die Kinder in Empfang zu nehmen. Der Vater war sichtlich erleichtert, als er seine Tochter erblickte. Sie hatten von dem Tod der drei Schulkinder und der einen Lehrerin gehört, aber deren Namen waren noch nicht bekannt.
Die Schulleiterin der Grundschule hatte der Klasse aus Dawson City einen unbenutzten Klassenraum aufgeschlossen, wo sie sich ausruhen und über das Erlebte beraten konnten.

Der Vater nahm seine Tochter sofort in den Arm und befragte sie, was denn passiert wäre. Das Mädchen war nicht in der Lage zu antworten. Sie hatte zwar alles gesehen, wusste aber nicht, was sich da vor ihren Augen in diesen tödlichen Sekunden abgespielt hatte. Auch die Lehrerin stand noch unter Schock und konnte nicht antworten. Nur weinende Gesichter, Kinder, die sich verkrampft aneinander festhielten und große leere Augen standen sprachlos auf dem Schulhof.
Der Pfarrer bat die Kinder, in den Klassenraum zu gehen und sich hinzusetzen. Auch die mitgelaufenen Soldaten gingen mit in den Raum. Einer der Polizisten sagte nur, dass gleich Herr General Daniel Walters kommen werde und zu dem grausigen Geschehen eine Erklärung abgebe. Die Anwesenden mögen doch bitte einen Moment warten, bis er einträfe.
Herr General Daniel Walters fuhr wenige Minuten später mit seinem Jeep auf den Schulhof. Inzwischen hatten sich der Seelsorger und der Pfarrer zu den Kindern begeben und Gespräche mit ihnen begonnen. Beide konnten sich nicht erklären, was im Wald geschehen war. Die Kinder redeten von aufgeschlitzten Körpern und

abgetrennten Körperteilen. Etwas Unsichtbares hätte die Kinder überfallen und getötet. Fragen nach dem Was, Wie und Warum konnten die Erwachsenen nicht beantworten. Es ist schwierig, einem Schulkind etwas erklären zu müssen, was man selbst nicht kennt. Aber die Fragen der Kinder erdrückten den Raum. Alle hofften auf eine Erklärung des Generals.

Als er eintraf atmeten einige erleichtert auf. Sie versprachen sich Aufklärung. Herr Walters ging auch sofort in den Klassenraum, in dem die Kinder mit ihrer Lehrerin, dem Pfarrer, dem Seelsorger, einem Vater und den vier Soldaten auf eine Erklärung warteten.

„Liebe Kinder, zuerst mal an euch gerichtet. Eure Eltern wurden über die Schule in Dawson City und die dortige Schulleitung informiert. Sie wurden gebeten nach Silvercreak zu kommen um euch abzuholen. Die Eltern der getöteten Kinder wurden persönlich aufgesucht und über den Tod ihrer Kinder informiert. Einige Eltern werden bald hier eintreffen und euch dann nach Hause fahren. Ihr habt vielleicht schon erfahren, dass die Straßen nach Silvercreak durch den Wald gesperrt sind. Eure Eltern müssen den langen Umweg fahren. Es dauert deshalb noch etwas, bis eure Eltern hier eintreffen werden. Jetzt aber zu dem schlimmen Geschehen im Wald. Alle die jetzt hier im Klassenraum sitzen haben sehr großes Glück gehabt. Freut euch, dass ihr lebt! Aber ihr wollt ja bestimmt auch wissen, was mit euren Mitschülern passiert ist. Ihr habt ja gesehen, dass auf dem Waldweg mehrere Militärfahrzeuge standen. Der Wald wurde gestern zum Sperrgebiet erklärt und alle Wege abgesperrt. Unglücklicher Weise seid ihr nicht auf dem Weg gelaufen, sondern über die Wiesen von Dawson City in den Wald gewandert. Ihr habt die Sperrschilder nicht gesehen und seid der Gefahr direkt in die Arme gelaufen. Unsere Soldaten kämpfen gegen einen Feind, gegen einen gefährlichen Feind. Dieser Feind sitzt im Wald und kann töten, wenn man ihm zu nahe kommt. Drei eurer Mitschüler und eure zweite Lehrerin sind diesem Feind zu nahe gekommen und mussten das mit ihrem Leben bezahlen. Der Feind ist fast unsichtbar und deshalb besonders gefährlich. Wir haben den Wald gesperrt und auch noch andere Bereiche, wo unser Feind gesehen wurde. Unsere Soldaten sollen diesen Feind finden und besiegen. Solange dieser böse Feind aber noch nicht besiegt

ist, Kinder, müssen die Gebiete gesperrt bleiben. Ihr dürft diese gesperrten Gebiete niemals betreten. Es besteht eine große Gefahr. Ihr habt sie ja selbst erlebt. Wenn ihr heute noch nach Dawson City zurückkehrt, müsst ihr allen Leuten davon erzählen. Niemand darf in die gesperrten Gebiete laufen. Versprecht ihr das, Kinder?"
„Jaaa!"

Kinder lassen sich schnell wieder beruhigen, wenn ihnen selbst nichts zugestoßen ist. Ganz anders sieht das natürlich bei den Eltern aus, die sich immer um das Wohl ihrer Zöglinge bemühen und die bestmögliche Betreuung verlangen und erwarten. Sollte dann ein Kind verletzt oder sogar getötet werden, wird wohl kein Elternteil der Welt sich mit schwammigen Erklärungen abfinden. So geschah es auch heute. Nach und nach trafen die Eltern der Schulkinder in Silvercreak ein, um sie unter ihrem persönlichen Schutz nach Hause zu bringen. Heftige Diskussionen unter den Eltern auf dem Schulhof der Grundschule und Vorwürfe an die Polizei und das Militär und letztlich auch an die begleitenden Lehrerinnen flogen wie bösartige Pfeile über das Schulgelände.

Der Ehemann der getöteten Lehrerin traf ein, lief sofort auf die Polizeibeamten zu, war aufgeregt und schrie schon von weitem über den Schulhof.
„Wer ist verantwortlich? Wer hat meine Frau auf dem Gewissen? Ich bring´ dich um, du Schwein!“
„Beruhigen sie sich, guter Mann!“
„Meine Frau ist tot! Ich soll mich beruhigen? Dann gib sie mir zurück! Wo ist sie?“
„Guter Mann, beruhigen sie sich. Ihre Frau ist nicht hier. Niemand hier hat sie umgebracht!“
„Wo ist sie? Wo ist sie denn? Ich will zu meiner Frau!“
„Reden sie mit General Daniel Walters! Er wird ihnen alles erklären!“
„Tot ist tot! Was nützt da eine Erklärung?“
„Reden sie mit dem General! Er leitet den Einsatz! Er weiß, was geschehen ist. Reden sie mit ihm!“
„Wo ist er?“
„Gehen sie in den Klassenraum. Er redet gerade mit den Kindern.“
Die aufgebrachten Eltern hatten dem lautstarken Gespräch mit dem Polizisten zugehört. Sie liefen dem erregten Ehemann der Lehrerin nach. Auch sie waren stark daran interessiert, was General Walters zu dem Vorfall im Wald zu sagen hatte.

Die Soldaten im Klassenraum hielten die Eltern zurück. Zuerst wurden die Kinder aus dem Klassenraum hinaus auf den Schulhof geschickt. Dann stürmten die Eltern in den Unterrichtsraum. Die Polizisten und die anwesenden Soldaten vom Einsatzkommando verwiesen die Eltern auf die kleinen Schülerstühle und baten um Ruhe. General Daniel Walters redete in einem ruhigen Ton, begrüßte die Eltern zuerst und berichtete sehr sachlich von dem Geschehen im Wald. Dass die Schulklasse gerade an diesem Einsatzort auftauchte wäre ein unglücklicher Zufall gewesen. Er sprach den Eltern sein Mitgefühl aus und zeigte sich sehr verständnisvoll. Die Eltern beruhigten sich. Dann erzählte er, wie die Kinder und ihre Lehrerin im Wald angegriffen und getötet wurden.

„Das gibt es doch nicht! Das glaubt ihnen doch kein Mensch!"

„Ich muss ihnen sagen, dass auch das Militär am Anfang diese Dinge nicht geglaubt hat. Das Geschehen hat aber nichts mit glauben zu tun. Es ist Fakt! Aber genau das ist unser Problem. Wir wissen nicht, wie wir gegen einen solchen Angriff im Wald vorgehen können. Wir wissen nicht, wie wir uns davor schützen können. Die Lehrerinnen trifft keine Schuld. Sie konnten nicht helfen und sie waren über die bestehende Gefahr nicht informiert."

„Das kann doch alles nicht ihr Ernst sein! Das Militär und die Polizei muss uns doch schützen können. Wer sollte es denn sonst tun?"

„Ja, sie haben Recht! Aber in diesem Fall haben wir einen Feind vor uns, den wir alle nicht kennen. Wir haben ihn noch nie richtig gesehen und wir wissen nicht, wie er bekämpft werden kann und am Schlimmsten ist, dass wir nicht wissen, wo er sich befindet und wie wir ihn suchen und finden können."

„Aber sie wussten doch, dass er im Wald ist!"

„Wir wussten es nicht. Wir hatten es nur vermutet."

„Aber wenn der Angreifer so gefährlich ist, muss man doch alles absperren!"

„Wir haben es gestern erfahren und haben noch gestern Abend mit dem Absperren begonnen. Heute steht es auch in der Zeitung und die Sperrbereiche sind dort auf Karten verzeichnet. Unsere Schulklasse wusste es nicht und sie sind bedauerlicher Weise an den Absperrungen vorbeigelaufen, da sie querfeldein gewandert sind und so die Sperrschilder auf den Zufahrtswegen nicht sehen konnten. Liebe Eltern, der Vorfall ist extrem, er ist schlimm. Wir müssen aber auch nach vorne schauen und überlegen, wie so etwas nicht mehr passieren kann. Wir müssen in Zukunft davor geschützt sein, sie, ihre Kinder und alle anderen Bürger der Region."

„Das ist doch wohl das Mindeste! Das Militär muss uns schützen!"

„Verraten sie uns auch wie, wenn man den Feind nicht kennt und auch nicht sieht?"

„Sie haben doch ihre Fachleute! Sie wissen doch sonst auch alles!"

„Wir tun, was wir können! Beachten sie bitte ab sofort in dieser Gegend alle Sperrmaßnahmen und halten sie sich von den abgesperrten Bereichen fern!"

„Nach diesem Vorfall wird kein Mensch mehr den Wald betreten!"

Nur langsam beruhigten sich die Kinder. Nachdem mehrere Eltern noch über die Militärmaßnahmen diskutierten und übereinkamen, sich die Sperrschilder in der Region von Dawson City anzusehen, stiegen schließlich alle in Ihre

Fahrzeuge und traten die Heimfahrt über die Umleitungsstrecke an.

General Daniel Walters setzte sich ebenfalls in seinen Wagen und fuhr direkt zum Bürgermeisteramt. Von dort aus informierte er die Polizeiwachen in Folkstone und Dawson City, sowie die Bürgermeister aller Ortschaften im Umkreis von 20 Meilen. Aus den informierten Ämtern wurde jeweils eine Person verpflichtet, noch am selben Abend zum Gemeindesaal nach Silvercreak zu einer Krisensitzung zu kommen.

19

Im großen Gemeindesaal war alles vorbereitet. Kris Miller hatte seinen Datenprojektor aufgebaut, an der Wand hinter dem Rednerpult hingen zwei große Wandkarten der Regionen Silvercreak und Folkstone, zentral, aus der Decke heruntergelassen, die breite Projektionsleinwand.

Der Beginn der Sitzung verzögerte sich. Nicht alle Bürgermeister der umliegenden Gemeinden konnten pünktlich erscheinen. Einige von ihnen hatten in ihrer Zeitplanung die eingerichteten Sperrstrecken und Verkehrsumleitungen unterschätzt. Schließlich waren von den umliegenden 33 Ortschaften bis auf einen Bürgermeister alle eingetroffen.

Herr General Daniel Walters trat ans Rednerpult, wies einen der anwesenden Soldaten an, die Türe zum Saal abzusperren und begann dann seine Ansprache.

„Liebe Bürgermeister, meine Damen und Herren, ich möchte mich zuerst einmal kurz vorstellen. Mein Name ist General Daniel Walters. Ich bin Leiter eines Sicherheitskommandos des Verteidigungsministeriums, Abteilung innere Sicherheit und zeichne verantwortlich für alle Maßnahmen hier vor Ort. Die Veranstaltung, zu der ich sie gebeten habe ist nicht öffentlich. Anwesende, die nicht Bürgermeister sind oder von mir persönlich eingeladen wurden, haben keinen Zutritt und möchten bitte jetzt den Saal verlassen."

„Ich bin von der Presse!"

„Sie haben auch keinen Zutritt. Aber sie erhalten nach der Sitzung eine Information. Verlassen sie bitte jetzt auch den Saal!“
„Ich bin auch kein Bürgermeister. Unser Bürgermeister ist krank. Ich bin ein Nachbar und vertrete ihn heute.“
„Sie sind ebenfalls nicht berechtigt, hier zu sein. Verlassen auch sie bitte den Sitzungssaal. Die Maßnahmen für ihre Gemeinde übernimmt das Militär, ebenso wie für die Ortschaft Redwood, deren Bürgermeister nicht anwesend ist.“
Der Pressevertreter und der selbsternannte Ersatzbürgermeister verließen missmutig den Raum.
„So, wenn jetzt hier im Saal nur noch die Berechtigten sitzen, kann ich mit meinen Ausführungen beginnen. Ich habe sie zu dieser Sitzung eingeladen oder sagen wir korrekter, ich habe sie einbestellt, weil sich eine bedrohliche Situation in dieser Region zusehends verschärft. Sie, als Vertreter ihrer Gemeinden, müssen über die Gefahr informiert werden, sie müssen über die erforderlichen Maßnahmen informiert werden und sie müssen erfahren, wie sich diese Bedrohung zeigt und auswirken kann, denn nur

das wird sie von unseren Maßnahmen überzeugen. Bevor ich jetzt auf die gestern vorgenommenen Gebietsabsperrungen zu sprechen komme und sie mir dazu Fragen stellen, die sich bald von selbst klären, zeige ich ihnen die Auswirkung der hier lauernden Gefahr. Herr Kris Miller zeigt ihnen jetzt Aufzeichnungen von heute und vom Tod des Oberkommissars Herrn Dengles vor wenigen Tagen. Herr Miller, bitte!“
Kris Miller startete sofort mit dem Abspielen der aufgezeichneten Sequenz vom Tod des Kriminaloberkommissars Dengles. Er hatte inzwischen einen Zusammenschnitt aus zwei Kameraperspektiven angefertigt und eine Ausschnittvergrößerung zugefügt, den Angriff des Bandes auf Herrn Dengles´ Bein zeigte. Kris Miller ließ den kurzen Filmabschnitt zweimal ablaufen. Danach startete er die Aufzeichnung vom Mittag. Datum, Uhrzeit und Ort waren eingeblendet. Ein Raunen ging durch die Reihen der anwesenden Bürgermeister. Ein Zusammenschnitt mehrerer Kameras zeigte den Angriff des unbekanntes Feindes auf die drei Schulkinder und ihrer Lehrerin. Nur der Zufall, die geplanten Arbeiten im Bild festzuhalten zu wollen, konnte diese

Aufnahmen liefern. Als die Kinder ganz plötzlich von Bändern, die aus dem Waldboden herausschossen, umschlungen, geschnitten, zerfetzt und getötet wurden, schrien die Anwesenden laut auf.

„Neeeiiin! Stopp! Stopp! Um Himmels Willen, stopp!"

Kris Miller schaltete sein Gerät aus. General Walters ergriff das Wort.

„Werte Bürgermeister, wir müssen ihnen diesen Film zeigen. Sie müssen sich diese Szenen ansehen, so schlimm und tragisch sie auch sein mögen. Ich habe den Saal abschließen lassen. Nur sie werden diesen Film sehen können, aber sie müssen ihn auch sehen, damit sie wissen, von welchem Feind wir sprechen und wie er tötet. Nur so können sie die Maßnahmen verstehen, die das Ministerium angeordnet hat. Schauen sie sich bitte diese Szenen an, auch wenn sie schmerzen!"

Kris Miller startete erneut seine Filmaufnahmen vom Mittag. Nach wenigen Sekunden war das gefilmte Gemetzel vorüber. Der Techniker ließ die Szene rückwärts laufen und hielt den Film genau in jenem Moment an, da der unbekannte

Angreifer aus dem Boden schnellte. General Walters nahm wieder sein Mikrofon zur Hand.

„Schauen sie sich bitte noch einmal dieses Standbild an. Schauen sie genau hin. Hier sehen sie unseren Feind. So, nun reicht es. Herr Miller, schalten sie das Gerät wieder aus. Wir haben alle genug gesehen. Ich fasse das Wesentliche zusammen. Ich möchte, dass sie mir jetzt sehr genau zuhören. Sie, als Vertreter ihrer Gemeinden, müssen die Erkenntnisse nämlich ab sofort für Sicherheitsmaßnahmen in den umliegenden Ortschaften als Entscheidungsgrundlage heranziehen. Nur sie haben jetzt die Kenntnis von unserem gefährlichen Feind. Nur sie wissen, welche extreme Gefahr für Menschen besteht, die mit ihm in Alle, die sich in den letzten Tagen mit dem großen Bedrohungsproblem beschäftigt haben, können ihnen nicht mehr mitteilen, als das, was sie gerade durch den kleinen FIlm erfahren mussten. WIr haben in unserer Region einen Feind, der sich in der letzten Zeit mehrfach zeigte hat und Opfer forderte. Wir wissen, dass von diesem Feind eine tödliche Gefahr ausgeht. Wir wissen, dass er im Boden steckt und nur bei seinen Angriffen herausschnellt, um dann dort wieder zu verschwinden. Wir wissen, dass er extrem schnell zuschlägt, so schnell, dass man ihn dabei kaum sehen kann. Mehr wissen wir aber nicht. Wir wissen nicht, ob es sich bei diesem Feind um eine unbekannte Lebensform, eine Pflanze oder ein Tier handelt. Wir wissen nicht, wie und wo es lebt oder existiert. Wir wissen nicht, ob und wie es sich vermehrt. Wir wissen nicht, wie man diesen Feind fangen kann. Wir wissen nicht, wie man sich vor diesem Feind schützen kann. Wir wissen auch nicht, welche Materialien er zerschneiden oder zerstören kann. Wir wissen auch nicht, wie man ihn beseitigen, töten oder ausrotten kann. Letztendlich wissen wir auch nicht, an welchen Orten in dieser Gegend dieser Feind zuschlagen kann. Wir wissen nur, wo er es bisher getan hat. Aufgrund dieser Gefährdungslage ordne ich, als Vertreter des Ministeriums Sicherheitsmaßnahmen an, die ich ihnen in schriftlicher Form aushändige. Ich weise darauf hin, dass sie diese Sicherheitsmaßnahmen ab sofort beachten müssen. Das Militär hat Plakate, die in ihren Ortschaften gut sichtbar noch in den Nachtstunden angebracht werden. Sie erhalten jetzt ein Exemplar vorab. Ich betone, dass sich alle Bürger an diese Anordnungen halten müssen. Ausnahmen gibt es nicht. Falls sie noch Fragen haben, können sie diese gleich noch stellen."

Herr General Walters ließ die Plakate an die anwesenden Bürgermeister verteilen.

Die Plakate waren mit einem sehr auffälligen roten und zackigen Rand versehen, in der oberen Hälfte war ein großer schwarzer Totenkopf zu sehen und darunter auf Plakatbreite das Wort *TODESGEFAHR!* In der unteren Plakathälfte war unter der Überschrift *ANORDNUNG* zu lesen:

Das Ministerium für innere Sicherheit ordnet an:

1. *Alle Bürger dürfen nach Eintritt der Dunkelheit ihre Häuser nicht mehr verlassen.*
2. *Spaziergänge im Wald sind untersagt.*
3. *Alle Sperrgebiete dürfen nicht mehr betreten oder überquert werden.*
4. *Hunde müssen angeleint werden.*
5. *Alle Bürger, besonders auch Schulkinder dürfen nur auf befestigten Wegen laufen.*
6. *Bodenarbeiten im Garten sind untersagt.*
7. *Es besteht Meldepflicht für:*

- tote Tiere über 10 cm Länge

- Löcher im Boden mit unbekannter Herkunft

- sonstige unerklärbare Erscheinungen

8. *Die Anordnungen treten sofort in Kraft. Eine Aufhebung der Maßnahmen wird vom Ministerium schriftlich mitgeteilt.*

Unterschrift: Der Minister für innere Sicherheit.

„Herr General, ich bin Gregor Briggs, Bürgermeister von Middleoak und habe eine Frage. In unserer Gemeinde gibt es zwei Bauern, die ihr Vieh auf die Weide bringen. Dabei müssen sie zwangsläufig über Wiesen und unbefestigte Wege laufen. Welche Anordnungen gelten für diese Bauern?"

„Herr Briggs, ich habe ihnen doch gesagt, dass es keine Ausnahmen gibt. Wenn die Wiesen der Bauern nicht zum Sperrgebiet gehören, dürfen sie wie immer genutzt werden, sonst eben nicht. Ich ergänze aber gleich für alle hier im Saal, dass neben den Sperrgebieten auch andere Bereiche betroffen sein könnten, von denen wir noch keine Kenntnis haben. Wir wissen nicht, ob sich die Gefahr ausbreitet. Bleiben sie also wachsam!"

„Ich habe auch eine Frage. Carl Hoskins ist mein Name. Ich möchte nur wissen, wie lange die Sperrmaßnahmen den dauern werden. Ich kann mir nicht vorstellen, dass sie unsere Bürger abends und nachts immer und ewig in ihren Wohnungen zurückhalten können."

„Die Frage ist natürlich berechtigt. Wir haben es aber hier mit einer Gefahrenlage zu tun, in der unsere Notfallpläne gelten und absolut von jedem Bürger einzuhalten sind. Wenn sie nachts unbedingt im Freien sein müssen, dann sollten sie diese Region verlassen und in einem anderen Ort übernachten. Wir können heute noch nicht sagen, wie lange die angeordneten Maßnahmen gelten werden. Die Dauer richtet sich nach dem Erfolg, den wir beim Bekämpfen der Gefahr haben werden. Sobald sichergestellt ist, dass die Gefahr beseitigt oder verschwunden ist, werden die Maßnahmen aufgehoben. Das kann in drei Tagen möglich sein, im ungünstigen Fall aber auch Jahre dauern."

„Sie glauben doch nicht, dass sich die Bürger solche Maßnahmen über mehrere Jahre gefallen lassen!"

„Ich will nicht hoffen, dass es mehrere Jahre dauert. Wenn es aber so sein sollte, müssen sich die Bürger während der gesamten Zeit an die Anordnungen des Ministers halten. Es nützt ja auch nichts, wenn man sich durch eine Missachtung der Anordnung in eine tödliche Gefahr begibt und dies mit seinem Tod bezahlen muss!"
„Ja, können sie denn nicht andeutungsweise sagen, wie lange es dauern wird? Unsere Bürger werden uns doch Löcher in den Bauch fragen!"
„Dann antworten sie, dass das Militär mit großem Aufwand und mit allen zur Verfügung stehenden Mitteln daran arbeitet!"

20

Zwei Tage waren vergangen. Herr General Daniel Walters hatte Verstärkung angefordert. Schon seit den frühen Morgenstunden trafen immer wieder Militärfahrzeuge, Transporter,

Spezialfahrzeuge für alle Arten des Tiefbaus und ein Konvoi mit Soldaten, die für die anstehenden Arbeiten benötigt werden. Die Militärfahrzeuge und die Transporter mit Sondergerät wurden auf den großen Parkplatz am Stadion geleitet und dort abgestellt. Der gesamte Parkplatz wurde abgesperrt. An der Zufahrt war zu lesen: Militärdepot.

Mit dem Konvoi traf auch eine neue Anweisung der obersten Militärbehörde ein, die in einem versiegelten Umschlag und der Aufschrift „streng geheim“ an General Walters ausgehändigt wurde.

Herr Walters öffnete das Dokument sofort, las es und nahm den Inhalt mit ernster Mine zur Kenntnis. Mit den Worten, „das wird hoffentlich nie geschehen“, lief er zum Depot und ordnete eine Lagebesprechung an.

Eine Viertelstunde später hatten sich alle neu eingetroffenen Soldaten und Fachkräfte zur Bedienung der eingetroffenen Spezialgeräte in der Turnhalle des Sportgeländes versammelt, um ihre Instruktionen zu erhalten.

Es hatte sich längst unter den in Silvercreak angekommenen Einsatzkräften herumgesprochen, was in der Umgebung vorgefallen war. Die Soldaten wussten mehr oder weniger, was sie bei ihrem Einsatz erwartet. Sie wussten jedoch nicht, in welche große, lebensbedrohliche Gefahr sie sich begeben mussten.

Es wurde angeordnet, mit dem Einsatz der Technik und aller militärischen Kräfte den Feind und die Bedrohung zu finden, einzufangen und zu klassifizieren. General Walters kannte sich mit diesen Formulierungen aus. Es kam viel Arbeit auf ihn und sein Team zu. Mehr erregte ihn aber der angefügte Hinweis, die Gemeinden evakuieren zu müssen, falls der unbekannte Feind erneut Opfer fordere.

Mit den angereisten Einsatzkräften waren auch die angeforderten Wissenschaftler eingetroffen. General Walters Einsatzleitung erhielt Verstärkung durch drei Wissenschaftler und zwei Techniker. Die Wissenschaftler hatte der General zur Bedingung für weiteres Arbeiten am Einsatzort gemacht. So konnte sich das Team jetzt auf die Fachkenntnisse verlassen, die der Physiker Thomas Loud, die

Biologin Charlotte Wendell und der Geologe Henry Katerman mit nach Silvercreak brachten. Zusätzlich in sein Kommandoteam berief Herr Walters noch zwei Techniker ein, die besondere Kenntnisse über die Einsatzmöglichkeiten der Militärtechnik hatten.

Nachdem am Nachmittag alle erwarteten Einsatzkräfte in Silvercreak eingetroffen waren, lud General Daniel Walters sein Team der Einsatzleitung zu einer Lagebesprechung. Die Räume des Stadions dienten ab sofort dem Militär als Einsatz- und Kommandozentrale.

„Wir müssen zusammen einen Plan erarbeiten, der einen neuen Fakt berücksichtigt“, begann der General seine Einleitung in die Sitzung.

„Wir haben mit den Anweisungen des Ministeriums gleichzeitig auch die Aufforderung erhalten, den Feind zu klassifizieren. Wir müssen ihn nicht nur finden und besiegen, nein, wir müssen ihn auch einfangen, eingehend untersuchen, bewerten und falls es sich dabei um etwas Unbekanntes handelt, dieses sicherstellen. Bevor eine Vernichtung oder Beseitigung erfolgen darf, muss sichergestellt sein, dass das Objekt keine besondere, schützenswerte Spezies darstellt. Frau Charlotte Wendell wird uns dabei beratend zur Seite stehen. Uns bleibt aber nicht erspart, dieses unbekannte Objekt einzufangen. Nur dann haben wir die Möglichkeit, es zu identifizieren und auf die von ihm ausgehende Gefahr zu überprüfen. Wir benötigen diese Kenntnisse für unser weiteres Vorgehen. Jetzt einen Plan zu erstellen, der sich auf das Vorgehen nach einer Klassifizierung des Feindes bezieht, ist jetzt noch nicht möglich, muss aber angedacht werden, um später sofort handeln zu können. Wir haben also jetzt drei Aufgaben. Die erste lautet: Wie fangen wir den Aggressor ein. Im zweiten Schritt müssen wir diesen analysieren und bewerten. Erst im dritten Schritt müssen wir uns Gedanken über die Art und Weise der Bekämpfung machen."

„Wir haben ein Problem, wenn ich sie unterbrechen darf?"

„Ja, bitte Herr Loud."
„Das Problem ergibt sich aus der Situation des Unbekannten. Wir wissen, dass es einen Feind gibt, der eingefangen werden muss. Wir besitzen aber kein Gerät, das diesen Feind fangen kann."
„Herr Loud, das Militär besitzt alles. Es besitzt vor allem begabte Techniker, die ein solches Gerät bauen oder beschaffen können. Wir haben die beiden besten Techniker des Militärs hier. Vielleicht stellen sich die beiden Herren einmal selbst vor!"
„Ja, wir haben uns zwar schon begrüßt, aber für alle noch einmal: Ich bin Dr. Jack Nasmon von der Militärakademie und mit dem Aufgabengebiet für die Entwicklung neuer Militärtechniken betraut. Das schließt natürlich auch Techniken aus der Arbeitswelt ein. Danke!"
„Ich bin Drevor Seal und arbeite bei der Marine als Techniker für Spezialkonstruktionen im Unterwasserbereich."
„Ich kann ihre Bedenken verstehen, Herr Loud. Aber unser Ministerium hat auch ihre

Einwände bereits berücksichtigt und uns diese beiden Techniker geschickt. Wir freuen uns auf ihre Mitarbeit im Team!“

„Danke!“

„Danke auch. Wir werden unser Möglichstes tun!“

„Gut, dann möchte ich ihnen jetzt unsere nächsten Schritte erläutern. Sie, Herr Norman, teilen bitte Überwachungseinheiten ein, die in der Lage sind, unsere Sperrgebiete zu sichern. Sie müssen rund um die Bereiche so postiert sei, dass kein Unbefugter die Sperranlagen überschreiten kann. Eine Situation wie vor zwei Tagen darf uns nicht noch einmal widerfahren. Die Überwachung beginnt noch in den Abendstunden, damit wir sicher sein können, dass in den frühen Morgenstunden die abgesperrten Bereiche menschenleer sind. Unser Laborleiter Herr Randolfs nimmt bitte die drei neuangekommenen Wissenschaftler mit in seinen Untersuchungsraum. Die Brüder Miller kümmern sich bitte um die Installation der Aufzeichnungskameras. Ich bitte darum, auch im Labor mindestens zwei Kameras zu installieren. Frau Zachner ist dafür verantwortlich, dass unser Arbeitsgelände in einem größeren Umfeld gesichert wird und die beiden Techniker Dr. Nasmon und Herr Seal bereiten bitte Geräte vor, die es ermöglichen Bodenproben für die Analyse zu entnehmen. Mit den Arbeiten beginnen wir bei Sonnenaufgang. Ich betone noch einmal, dass bei den Arbeiten der Waldboden nicht oder nur gesichert betreten werden darf. Wir sehen uns dann Morgen früh."

21

Im Morgengrauen fuhren die Einsatzfahrzeuge zu dem Ort, an dem Tage zuvor der gesuchte Feind seine letzten Opfer gefunden hatte. Auf dem Waldweg, noch in Sichtweite zu dem Ort, an dem der Angriff aus dem Waldboden heraus stattfand, parkten vier Untersuchungsfahrzeuge mit Laborausrüstung, während die Transporter mit Spezialgerät bis auf wenige Meter an den

Einsatzort heranfuhren. Auch Professor Dr. Marc Mansfield war wieder zum Team berufen worden. Auf seine Studenten musste er jedoch wegen der Gefahrenlage verzichten. An ihre Stelle bekam der Professor zwei Soldaten zugeteilt.

Die Techniker hatten sich noch am Abend eine Methode überlegt, wie sie einem im Boden sitzenden Angreifer aus dem Wege gehen und risikofrei arbeiten können. Die Einsatzkräfte nahmen von der Ladefläche des Transporters fahrzeugbreite Metalltafeln herunter, die sie zu einem dichten, lückenfreien befahrbaren Weg in den Wald hinein aneinander legten und verschiebesicher ineinander verhakten. Keiner der arbeitenden Soldaten betrat oder berührte dabei den Waldboden. Ein Roboter mit Greifarm hob die Tafeln von der Ladefläche und legte diese Stück für Stück ferngesteuert und passgenau auf den Waldboden. Einen möglichen direkten Angriff aus dem Boden heraus glaubte man damit verhindern zu können. Der fahrbahnbreite Metallweg verlief bis zu der Stelle, an der zuletzt ebenfalls die Erdbodenproben

entnommen wurden, die dann aber wegen des schrecklichen Angriffs keiner Analyse unterzogen wurden. Alles war gesichert, der Weg, die Transportgefäße, das Feldlabor und die Steuerungskabine, in der die Techniker saßen und die kleinen Arbeitsroboter fernsteuernd in den Wald bewegten.
Jonathan Miller ließ seine Drohne über das Untersuchungsgebiet schweben. Gemeinsam mit seinem Bruder Kris schauten sie sich auf dem großen Monitor die Abschnitte des Waldbodens an, den die fliegende Kamera in den Techniktransporter übertrug. Mehrmals schwebte die Drohne kniehoch über den Boden entlang.
Sie sahen sie wieder. Kris und Jonathan sahen die kleinen Löcher, mehr Löcher als beim letzten Überfliegen des Bodens. Die neuen Löcher waren frisch. Der Angreifer musste noch im Waldboden stecken.
Die Wissenschaftler warteten in den Laborfahrzeugen auf neues Bildmaterial. Die Aufnahmen der Drohne sagten viel, aber nicht alles. Gemeinsam legten sie den genauen Punkt fest, an dem die Bodenproben

entnommen werden sollten. Frau Charlotte Wendell gab zu Bedenken, dass ein möglicher Angreifer, sollte es sich um ein Lebewesen handeln, sich beim Öffnen des Bodens gestört fühle und den Verursacher direkt attackieren könnte. Solche Verhaltensweisen seine durchaus normal und müssen als Revierverteidigung gewertet werden. Falls dies beobachtet wird, sollten die Arbeiten unterbrochen und darüber nachgedacht werden, wie man das Lebewesen einfangen könne.

Thomas Loud meinte jedoch, dass die Todesfälle in der Vergangenheit nicht durch Handeln von Tieren oder Pflanzen verursacht wurden. Es gäbe in der ihm bekannten Natur keine Lebensform, die derartige Tötungs- oder Angriffsmechanismen zeige. Er glaube fest daran, dass hinter allem eine menschliche Aktion verborgen ist.

Der Geologe Henry Katerman meinte sogar, dass vielleicht der neue Metallweg in den Wald nicht ausreichen könnte. Schließlich wüsste man nicht, ob der Angreifer nicht auch Metall durchtrennen könne.

Dr. Jack Nasmon meinte, dass seine Werkzeuge selbst Granaten und Bomben überstehen würden und dass die Arbeiten schließlich aus Sicherheitsgründen nur ferngesteuert ausgeführt werden. Man solle doch einfach mit den Probeentnahmen beginnen und dann nach Sachlage, falls nötig, neue Maßnahmen ergreifen.
Schließlich begaben sich alle Einsatzkräfte zu ihren Arbeitsbereichen. Die Geräte zu Entnahme von Bodenproben standen bereit. Die Techniker starteten die Maschinen und der erste Roboter rollte über den neuen Metallweg bis zu seinen Einsatzort. Die Aufzeichnungskameras liefen. Ein Greifarm des Roboters stach im Bereich der Bodenlöcher ein tiefes Stück des Waldbodens heraus, hob es an und legte es in einer Metallwanne, die am Heck des kleinen Fahrzeugs angebracht war, vorsichtig ab. Aus der Ferne hatte niemand etwas Auffälliges bei diesem Arbeitsvorgang bemerkt. Der Roboter schloss die Metallwanne mit einem passgenauen Deckel ab und fuhr die

Bodenprobe auf dem Metallweg zurück zu einem der Laborfahrzeuge.
Die Bedenken von Frau Charlotte Wendell hatten sich vorerst nicht bestätigt. Der mögliche Aggressor blieb in seinem Versteck.
Der Transportroboter fuhr mit seiner Waldbodenrobe in einen kleinen Container aus Panzerglas, schloss nach dem Einfahren die Zufahrtsklappe und öffnete in dem geschlossenen Glasraum ferngesteuert den mitgebrachten Metallbehälter. Die Erdbodenprobe lag nun hinter dem Panzerglas gut sichtbar für die Wissenschaftler, die sogleich begannen, den gelieferten Erdballen vorsichtig auseinanderzunehmen. Die kleinen Greifarme des Roboters schnitten aus der Bodenprobe Stück für Stück heraus, während die Wissenschaftler auf Besonderheiten achteten. Die erste Bodenprobe brache keine neuen Erkenntnisse. Der kleine Roboter brachte eine Probe nach der anderen in den Glascontainer zum Begutachten. Es gab keine Besonderheiten. Frau Wendell vermutete den gesuchten Feind in tieferen Regionen des Bodens.

Die Techniker ließen daraufhin den Roboter Erdproben aus dem tieferen Erdreich fördern und zum Begutachten in den Glascontainer fahren. Es gab keine Auffälligkeiten. Nur die Löcher im Erdboden setzten sich in einem dünnen Kanal in die Tiefe des Erdreichs fort. Nach längerer Überlegung kamen die Wissenschaftler überein, die Untersuchung in den Nachtstunden fortzusetzen. Man nahm an, dass vielleicht auch die Lichtverhältnisse eine Rolle spielen.

Die Arbeiten wurden unterbrochen. Gemeinsam fuhr man zurück zum Stadion, wo man sich im Sitzungszimmer über eine neue Vorgehensweise beraten wollte. Man hatte gerade den Raum betreten, als telefonisch eine Meldung eines Überwachungsteams aus der Nähe von Folkstone eintraf.

General Daniel Walters ließ sich den Telefonhörer geben. Er hörte sich die Meldung ohne Zwischenfragen an, und sagte zum Abschluss nur: „Danke! Wir kommen sofort!"

Daraufhin bat er die drei Wissenschaftler, ihn sofort zu seinem Wagen zu begleiten. Den anderen Anwesenden befahl er in dem Raum zu bleiben, abzuwarten und nicht wieder zurück zum Einsatzort in den Wald zu fahren. Sie mögen bitte auf seine Anweisungen warten, die er von Folkestone aus übermitteln werde.

Ein dreiköpfiges Team, das eine Absperrung überwachen sollte, hatte den General informiert. Eine halbe Meile vor der Ortsgrenze erwarteten die drei Soldaten den General mit seinen wissenschaftlichen Begleitern.

Aufgeregt sprang einer der Soldaten aus seinem Fahrzeug, lief auf den Wagen des Generals zu und zeigte nervös auf die Wiese am Straßenrand.

„Dort! Schauen sie nur, dort! Sehen sie es? Herr General, sie sind hier auf der Wiese! Die Angreifer sind hier!"

„Wo denn? Ich sehe nichts!"

„Schauen sie! Genau dort neben dem Baum in der Wiese!"

„Welcher Baum?"

„Gleich der erste Apfelbaum! So zwei bis drei Meter rechts davon auf der Wiese!"

„Tut mir leid! Ich sehe nichts!"

„Sie sind jetzt nicht leicht zu sehen, weil sie im Gras sind! Nehmen sie das Fernglas! Hier bitte!“

„Rechts neben dem Baum sagten Sie?“

„Ja, ungefähr da, wo das kleine herabgefallene Ästchen im Gras liegt!“

„Tatsächlich! Es bewegt sich!“

„Es sind mehrere. Es waren bestimmt mehr als fünf, vielleicht sieben oder acht.“

„Wie konnten sie sie zählen?“

„Sie sind hier vor uns quer über die Straße geflogen.“

„Die anderen beiden vom Team haben sie auch gesehen?“

„Ja, wir alle drei haben sie gesehen!“

„Und sie waren nicht gefährlich?“

„Das wissen wir nicht! Wir haben sie sofort informiert“

„Wie sind sie denn darauf aufmerksam geworden? Wo kamen sie denn her?“

„Wir standen zu dritt auf der Straße hier und hörte ein Geräusch auf der anderen Straßenseite. Ungefähr dort wo die Hecke steht. Dann bewegte sich dort etwas. Die Hecke raschelte, es flogen einige Blätter aus der Hecke und dann erschienen sie. Etwa einen Meter über dem Boden kamen sie aus der Hecke herausgeflogen und schwebten ganz locker, leicht und nicht besonders schnell über die Straße und hier auf diese Wiese bis hinüber zu dem Apfelbaum, wo sie jetzt noch sind."

„Wie lang sind sie denn? Haben sie sie genau sehen können?"

„Ja, sie können auch die anderen befragen. Sie waren unterschiedlich lang. Das längste vielleicht zweieinhalb Meter, das kürzeste nur einen halben Meter. Alle hatten die gleiche silbrige Farbe, so wie Metall. Sie sahen aus wie flatternde schmale Bänder, ungefähr fingerbreit."

„Ja, mit dem Fernglas sehe ich sie im Gras. Sie sind nicht viel breiter als Grashalme und fallen deshalb kaum auf. Wenn man nicht wüsste, dass sie dort sind, würde man sie nicht bemerken."

„Die anderen beiden möchten nicht aus dem Wagen steigen. Sie haben Angst."

„Ja, es ist besser, sie gehen auch wieder in den Wagen zurück, fahren dann bis zum Ortsschild und sperren dort die Straße ab. Dann warten sie auf neue Anweisungen."

„OK!"

Der General stieg wieder in seinen Wagen ein, gab das Fernglas der Biologin Frau Wendell und zeigte zu der Stelle, die sie betrachten solle. Sie erkannte die kleinen Bandenden in der Wiese, wie sie einige Zentimeter aus dem Boden herausschauten und sich mit dem leichten Wind hin und her bewegten. Es war nicht erkennbar, ob die flatternden Bewegungen durch den Luftzug verursacht wurden oder ob diese von den Bändern selbst gesteuert waren. Auch Thomas Loud und Henry Katerman, die mit im Wagen saßen, schauten durch das Fenster mit dem Fernglas auf die Bänder zwischen den Grashalmen. Keiner der Wissenschaftler konnte sinnvolle Erklärungen geben. Sie hatten Derartiges zuvor nie gesehen. Es blieb bei Vermutungen mit dem Hinweis, mit Untersuchungen am Objekt genaueres erfahren zu können.

„Wir müssen den kleinen Roboter auf die Wiese schicken, um ein Band einzufangen!"

„Gut, ich rufe in Silvercreak an und beordere die Technik nach Folkstone!"
„Herr Walters, das Labor sollte auch gleich mitkommen."
„Gut. Die gesamte Ausrüstung muss anrücken. Wir können kein Risiko eingehen!"
Herr General Walters ordnete telefonisch an, umgehend den gesamten Einsatzkonvoi von Silvercreak nach Folkstone umziehen zu lassen.

22

Die Ereignisse spitzten sich zu. Noch bevor der Konvoi mit der technischen Ausrüstung in Folkstone eintraf, liefen zwei Bürger auf die Soldaten des Absperrteams zu und begannen schon in der Ferne laut zu schreien und mit ihren Armen wilde Bewegungen auszuführen.
Die Schwestern Betty und Mary Dunken waren völlig außer Atem, als sie bei den Soldaten an der Absperrung eintrafen.

„Sie müssen kommen! Sie müssen mit uns kommen, zu unserem Haus! Sie machen doch alles kaputt. Helfen sie uns, schnell, schnell!“

„Wer mach alles kaputt?“

„Die Schlangen! Da sind Schlangen auf dem Grundstück. Die zerschneiden alles!“

„Was zerschneiden sie denn? Wie viele Schlangen sind es denn?“

„Viele, ganz viele. Sie kommen aus dem Boden und machen unsere Hecke kaputt und das Blumenbeet auch.“

„Wo wohnen sie denn?“

„Na, dort in Folkstone. Hauptstraße Nummer vier.“

General Walters kam dazu, ließ sich die Situation von den verängstigten Schwestern noch einmal erzählen. Zusammen mit Betty Dunken stieg er in den Jeep und ließ sich von zwei Soldaten zum dem Grundstück in der Hauptstraße Nummer vier fahren. Sie näherten sich langsam dem Grundstück, blieben aber dann in einem größeren Abstand vor dem Grundstück stehen. Herr General Daniel Walters nahm sein Fernglas und schaute sich das Grundstück Meter für Meter an. Er sah zuerst die zerstörten Blumenbeete. Ein großer Teil der Blumen schien abgeschnitten zu sein. Sie lagen, wie nach dem Schnitt mit einer Sense flach auf dem Boden. Sein blick wanderte auf dem Grundstück weiter zur Hecke. Deutliche Lücken und abgetrennte Zweige bestätigten die Schilderungen der beiden Schwestern. Dann hielt er inne, sein Fernglas auf den Bereich vor der Hecke gerichtet. Er gab den Feldstecher weiter an einen der Soldaten, um ihm seine Beobachtung zu bestätigen.

Auch hier waren die Bandstücke zu sehen, die wenige Zentimeter aus dem Boden herausreichten. Sie bewegten sich wie die kurz zuvor auf der Wiese beobachteten Bänder. Auf einem Abschnitt von gut fünf Metern ragten auf dem Grundstück die kleinen Bandenden aus dem Boden. Es war viele. Man konnte sie wegen der ständigen Flatterbewegung nicht zählen. Der Soldat schätzte sie auf mehr als fünfzig Stück.

General Walters befahl, das Grundstück weiträumig abzusperren. Zusätzliche Soldaten sollten die Absperrungen bewachen und ein

Betreten der neuen Sperrzone verhindern. Die Sperrmaßnahmen waren schnell durchgeführt. Der gerade aus Silvercreak eintreffende Konvoi mit allem technischen Gerät wurde sofort zu dem neuen Einsatzort umgeleitet. In Sichtweite zum Grundstück Hauptstraße Nummer vier parkten die Fahrzeuge. Soldaten entluden die Arbeitsgeräte.

Die beiden Schwestern Mary und Betty Dunken beobachteten aus der Ferne das Vorgehen des Militärs. Eine Rückkehr in ihr Wohnhaus war jetzt nicht mehr möglich. Es lag im Sperrbereich.

Während die Vorbereitungen für die technischen Untersuchungen getroffen wurden, sprach General Walters noch einmal mit den beiden Schwestern. Auch Frau Wendell, Herr Loud und Herr Katerman hörten sich die Schilderungen der beiden Schwestern an.

Frau Wendell hatte sich die kleinen flatternden Bänder im Fernglas vergrößert eine längere Zeit angesehen. Sie war sich nicht sicher, ob sie diese Bänder in den Bereich der Tierwelt oder vielleicht doch zur Pflanzenwelt zuordnen sollte. Die Schilderungen der Schwestern halfen auch nicht weiter. Sie erzählten, dass die Bänder aus dem Boden herausgekommen seien, über das Grundstück geschwebt und bis zur Hecke weitergeflogen wären. Teile der Blumenbeete hätten die im Flug rasiert, die Blumen wahllos abgeschnitten. An der Hecke hätten sie angehalten. Die Bänder standen waagerecht in der Luft, bevor sie einen Angriff auf die Hecke starteten. Auch hier wären diese Bänder einfach zur Hecke geflogen und hätten wild die Zweige, Blätter und Ästchen abgeschnitten oder zersägt. Verunstaltet sähe die Hecke nun aus.

Die beiden Damen konnten aber nicht genau beschreiben, wie die Bänder aussahen. Sie waren unterschiedlicher Länge, kurze und längere Stücke, aber alle etwa fingerbreit und flach wie Geschenkbänder, so wie sie noch aus dem Boden herausschauen.

Die Schilderungen, Berichte und das Beobachten der Bänder brachten keine neuen Erkenntnisse. Herr Walters befahl seinem Einsatzkommando, mit den erforderlichen

Untersuchungen umgehend zu beginnen. Man brauche schnellstmöglich Hinweise über die Gefahr, die von diesem unbekannten Phänomen ausgehe.
General Walters sah sich einer neuen Dimension der örtlichen Gefahr ausgesetzt. Nicht wie bei den vorangegangenen Untersuchungen lag der Ort außerhalb einer Ortschaft, nein, jetzt waren Wohngebiete direkt betroffen. Eine Rücksprache mit Frau Zachner und der Einschätzung der Lage durch Herrn Oliver Norman, sowie die Bewertung der anwesenden Wissenschaftler erbrachten ein eindeutiges Resultat. Schutz der Bevölkerung hatte absolutes Vorrecht. Die Gefahr war akut, sie war bereits sichtbar. Schnelles Handeln war unabdinglich.
General Walters setzte sich sofort mit dem Bürgermeisteramt in Verbindung und erklärte die dringliche Lage. Dem bereitstehenden Militär gab er den notwendigen Befehl, den Oliver Norman organisierte. Mit den Militäreinheiten vor Ort bereitete er die Evakuierung des Stadtteils vor. Rund um das betroffene Grundstück Hauptstraße Nummer

4 sollten alle Bewohner innerhalb von zwei Stunden ihre Häuser verlassen. Mehrere Soldaten errichteten Absperrungen auf Wegen und Straßen. Die Freiflächen und Grundstücke wurden mit einem Absperrband eingezäunt. Dieses weiße, handflächenbreite Band trug in Abständen von einem Meter die Aufschrift „Achtung Lebensgefahr!“
Mit Lautsprecherfahrzeugen fuhren die Soldaten durch die Straßen des Ortes und informierten die Bürger. Niemand konnte in diesem Moment vorhersehen, wie lange die betroffenen Menschen nicht mehr in ihre Wohnungen zurückkehren dürfen. Bei den Einsatzkräften vor Ort herrschte gelöste Stimmung. Man nahm den Einsatz wichtig, hatte aber keine größeren Bedenken. Die Soldaten glaubten immer noch, es handele sich um einen einfachen Einsatz, wie beim Einfangen eines tollwütigen Fuchses, dem man nicht zu nahe kommen sollte. Allgemein hatte man die Vorstellung, die geplanten Untersuchungen bestimmt innerhalb weniger Stunden vollzogen zu haben. Selbst die Einsatzleitung hatte sich auf einen Vorgang

eingestellt, der binnen eines Tages erledigt werden könnte.
„Achtung! Achtung! Dies ist eine militärische Anordnung! Verlassen sie bitte ihre Häuser! Der gesamte Ort muss südlich der Marktstraße evakuiert werden! Dies geschieht zu ihrer Sicherheit! ... Achtung! Achtung! Verlassen sie bitte ihre Wohnungen!“
Mehrere Soldaten liefen die Hauptstraße entlang, klingelten an allen Wohnungstüren und wiederholten die Ansagen der Lautsprecherwagen. Nahezu alle Bürger stellten sofort die Fragen: Jetzt sofort? Wie lange dauert es denn? Was ist denn los? Ist das gefährlich? Wo sollen wir denn hingehen?
Die Antworten der Soldaten waren immer gleich: „Halten sie sich an die Anordnungen! Sie müssen warten, bis der Einsatz vorbei ist! Sie können in der Stadthalle warten.“
Nur langsam verließen die Bürger ihre Häuser, nichts von der lauernden Gefahr spürend, angstfrei und leicht verärgert, dass man sie nicht vorher informiert habe, trotteten sie in Richtung Stadthalle, die außerhalb der

abgesperrten Bereiche im nördlichen Stadtgebiet stand.
Nachdem das Einsatzkommando eine Stunde gewartet hatte, um den Bürgern für das Verlassen ihrer Wohnhäuser genügend Zeit einzuräumen, gingen die Soldaten erneut zu den betroffenen Häusern, klingelten noch einmal zur Kontrolle an allen Türen, um auch den letzten Unwilligen zum Verlassen des Hauses aufzufordern.
Am Nachmittag, man hatte durchaus noch mehrere Stunden Zeit, das Tageslicht zu nutzen, stand die Technik zum Einsatz bereit. Jonathan Miller brauchte dieses Mal seine Drohne nicht bemühen. Der Einsatzort war gut zu sehen. In einer vermeintlich sicheren Entfernung begann der kleine Transportroboter wieder einen Weg mit Metalltafeln bis zum Einsatzpunkt zu legen. Es waren nur wenige Meter und die Techniker an der Fernsteuerung hatten diese Arbeiten schon mehrfach ausgeführt, sodass alles reibungslos und zügig voran ging. Im Laborfahrzeug warteten Frau Wendell und

Herr Randolfs auf die Lieferung eines Untersuchungsobjektes.
Kris Miller steuerte den kleinen Roboter zu der Stelle, an der einige Bandenden aus dem Boden herausragten. Langsam näherte er den Greifarm den beweglichen, breiteren Grashalmen gleichenden, silbrigen Teilen in Bodennähe. Mit seiner geöffneten Zange näherte er sich der Greifer einem dieser kleinen Bandstücke und schloss die Greifzange. In diesem Moment geschah es. Das mit der Greifzange eingezwängte Bandstück schnellte plötzlich aus dem Boden heraus, wickelte sich um den Greifarm des Roboters, ließ am Metall Funken sprühen, die an eine Trennscheibe eines Winkelschleifers erinnerten, verunstaltete den Lack des Gerätes mit groben Kratzspuren, bis das Band sich selbst in mehrere Teile zerriss, die nach nur wenigen Sekunden in den Boden neben dem Einsatzgerät eintauchten.
Es ging so schnell, dass die Anwesenden nicht alle Details beachten konnten. Jetzt erst sahen sie das Ergebnis. Ein Mensch hätte diesen Angriff wohl nicht überleben können. Sie

sahen den zerkratzten Roboter. Sie sahen die Schleif- und Schnittspuren im Metall. Sie sahen aber auch den Erfolg. Der Greifarm hatte ein Bandstück in seiner Zange. Es war klein, aber auch aus der Ferne zu sehen. Vielleicht nur drei Zentimeter groß hing es zwischen den Greifbacken. Um zu entweichen hatte sich das Band losgerissen und dabei sich selbst zerteilt. Ein kleines Stück war zurückgeblieben.

Kris konnte aufatmen. Sein Roboter war noch funktionstüchtig. Das Band hatte ihm außer den Kratzspuren nichts anhaben können. Die Technik war unbeschädigt.

Mit dem kleinen Stück des abgerissenen Bandes kam der Roboter langsam zurück zum Einsatzfahrzeug. Kris bewegte mit seiner Fernsteuerung den Greifarm, drehte die Zange linksherum und rechtsherum, sodass alle Beobachter das gefangene kleine Etwas genauer ansehen konnten. Der Greifer ließ das kleine Stück über der bereitstehenden Metallwanne los und in den Behälter hineinfallen. Wie ein toter Fetzen Papier fiel es hinein. Kris steuerte die Zange zu dem

Stückchen, um es erneut aufzunehmen. Er konnte es problemlos mit der Zange erfassen. Das Bandstückchen bewegte sich nicht, es schien gefahrlos zu sein. Kris hob es an, ließ es wieder in die Wanne fallen und wiederholte dies noch ein drittes Mal. Das Bandstück blieb regungslos.

„Wir sollten es nicht unbeobachtet lassen. Es ist besser, wir geben es in einen Glasbehälter, damit wir es im Auge behalten können!"

„Gut Kris. Gibt ein Glas auf dem Roboter?"

„Nein, das müssen wir in der Laborschleuse machen. Stellen sie einmal ein verschließbares Glas in die Schleuse, Frau Zachner, ich steuere den Greifer und lege das kleine Stück aus der Wanne hinüber in das Glas und verschließe es. Danach nehmen sie es aus der Schleuse!"

„Gut. Ich stelle das Glas schon geöffnet in die Schleuse."

Geschickt und vorsichtig ließ Kris Miller den Greifarm des Roboters das kleine Bandstückchen aus der Metallwanne heben und in das geöffnete Glas in der Laborschleuse legen. Nachdem auch der Verschlussdeckel auf dem Glas angebracht war, zog sich der

Roboterarm wieder aus der Schleuse zurück und verschloss die Tür ins Freie. Die Wissenschaftler im Laborfahrzeug konnten es kaum erwarten, das kleine Stückchen im Glas zu betrachten. Jack Randolfs öffnete die Schleuse, schaute sich das Glas noch einmal genau an und hob es dann vorsichtig heraus, um es auf den Arbeitstisch zu stellen. Charlotte Wendell, Thomas Loud, Henry Katerman und Jack Randolfs standen um das kleine eroberte Teil herum. Niemand berührte das Glas, aber alle gingen so nah wie möglich mit ihren Köpfen heran, um sich ein Urteil über das unbekannte gefangene Stück zu bilden.

In diesem Moment betrat General Daniel Walters das Labor.

„Ich möchte sie nicht von ihrer Arbeit abhalten, möchte aber schon gerne wissen, was wir da eingefangen haben."

„General, wir haben gerade das kleine Teil in Augenschein genommen, haben uns aber noch kein Urteil erlaubt."

„Herr Randolfs, das habe ich auch noch nicht erwartet. Aber ich möchte doch darum bitten, dass äußerste Vorsicht bei den Untersuchungen walten muss. Sie haben gesehen, welche Kraft von diesem kleinen Teil ausgehen könnte. Unser Roboter hat schlimme Kampfspuren an allen Seiten."

Ja, das ist wahr, aber dadurch wissen wir auch, dass diese Bänder gegen Stahl nicht keine Chance haben. Hinter Stahl ist man sicher. Das ist unsere erste Erkenntnis."

„Akzeptiert! Aber wie sieht es mit Glas aus? Das Ding liegt in einem Glas!"

„Das müssen wir noch herausfinden. So wie es aber aussieht, ist das kleine abgerissene Stück leblos und richtet keinen Schaden mehr an."

„Sind sie nicht zu vorschnell! Unser Mitarbeiter Herr Tall hatte bei seinen Untersuchungen angeblich auch einen kleinen Rest des Bandes entdeckt. Jetzt lebt er nicht mehr. Wir wissen zwar nicht genau, wie er zu Tode kam, die Verletzungen sprachen aber für einen Angriff, wie sie diese Bänder verüben. Sind sie bitte äußerst vorsichtig!"

„Zuerst müssen wir einmal herausfinden, ob es pflanzlicher oder tierischer Natur ist. Dazu müssen wir es aber aus dem Glas nehmen."

„Bevor sie das Teil aus dem Glas nehmen, installieren sie bitte die Kameras. Und außerdem weise ich sie an, dass bei der Entnahme nur eine Person im Labor sein darf. Die anderen gehen bitte vor die Türe. Sie können ja durch das kleine Fenster die Aktion beobachten.“

„Herr General, ich glaube nicht, dass uns dieses kleine Teil noch gefährlich werden kann!“

„Frau Wendell, sie halten sich bitte an meine Anweisungen. Sicherheit hat Vorrang!“

„Ja, ist in Ordnung. Jack, untersuchst du das Stück?“

„Ja, wenn ihr draußen seid, nehme ich es aus dem Glas und lege es unter das Mikroskop. Ich fertige Fotos davon an.“

„Jack, stelle bitte alle Vergrößerungsstufen ein. Ich möchte die Strukturen in allen Größen sehen.“

„Ich gehe bis auf Zellengröße heran, falls möglich!“

„Wir lassen dich jetzt alleine!“

„Dann schaut mir mal von draußen zu!“

Bis auf Jack Randolfs verließen alle Anwesenden den Laborraum auf dem Militärtransporter und schauten abwechselnd von außen durch das kleine Panzerglasfenster in Stahltüre.

Kris und Jonathan Miller saßen nebenan im Übertragungswagen und schauten sich auf den Monitoren die Bilder der laufenden Kameras an. Es war unspektakulär. Herr Randolfs nahm mit einer Pinzette das regungslose Bandstückchen aus dem Glas, montierte es auf einem Objektträger und schob es unter sein starkes Labormikroskop. Er vergrößerte Bereiche aus der Mitte des Materials, wie auch den Rand, veränderte mehrfach die Position des Objektträgers und hatte somit alle Stellen des unbekannten Materials dokumentiert. Danach gab er das untersuchte Stück wieder zurück in das Glas, aus dem er es entnommen hatte und verschloss es.

„Es ist vollbracht! Aber wir sollten vielleicht die Fotos vom Mikroskop drüben bei Kris auf dem Monitor anschauen."

„Ja, das machen wir jetzt zuerst!"

„Ich sage euch nur, ihr werdet euch wundern! So etwas habt ihr noch nicht gesehen!“
„Jack, glaube mir, ich habe schon sehr viel gesehen in meinem Leben!“
„Schau dir alles erst einmal an, Charlotte!“

23

Nebenan im Techniktruck hatte Kris Miller bereits die Fotosequenz auf den Monitoren bereitgestellt. Auch er war stark daran interessiert, was er mit seinem kleinen Greifarm eingefangen hatte und beim Betrachten der Fotos leicht erschrocken. Als die Wissenschaftler zu ihm in das Technikfahrzeug hereinkamen empfing er sie gleich mit seinen Neuigkeiten.
„Ihr glaubt das nicht! Das habt ihr noch nicht gesehen! Das ist sensationell! Schaut euch das an! Schaut euch das auf dem Monitor an!“
„Ja, Kris, deshalb sind wir ja gekommen! Auf welchem Monitor sind denn die Aufnahmen zu sehen?“

„Ich habe sie gleich auf das große Gerät übertragen! Seht euch das an!“
„Jack, du hast die Mikroskopaufnahmen gemacht. Was hast du denn da genau vergrößert?“
„Ich habe jeder Einstellung dreimal aufgenommen, wenig, mittel und stark vergrößert. Hier seht ihr genau die Mitte von dem kleinen Bandstück mit zehnfacher Vergrößerung. Ein scheint eine glatte, silbrige Fläche zu sein. In hundertfacher Vergrößerung erkennt man dünne, dunkle parallele Linien auf hellem Grund. Wenn man es dann tausendfach vergrößert, scheinen diese Linien kleine Röhren oder Kapillaren zu sein. Größer arbeitet das Mikroskop hier in unserem Truck leider nicht. Um noch bessere Ergebnisse zu bekommen, müssten wir ein Elektronenmikroskop benutzen. Das haben wir aber nur in unserem Hauptlabor.“
„Aber du hast doch gesagt, wir werden uns wundern! Woruber werden wir uns denn wundern?“
„Schaut hier auf diese Aufnahme. Da habe ich den Rand des kleinen Bandes vergrößert. Schon bei zehnfacher Vergrößerung sieht man es gut. Seht ihr die Zacken?“

„Ja, wie eine Säge sieht das aus!"

„Und hier, bei der hundertfachen Vergrößerung sieht man es deutlich. Es sind zwei Reihen von Zacken. Sie liegen dicht übereinander wie zwei Sägeblätter."

„Das ist ja unglaublich!"

„Und jetzt passt auf, was bei der tausendfachen Vergrößerung zu sehen ist. Erkennt ihr das?"

„Was ist das?"

„Charlotte müsste es schon gesehen haben!"

„Ja, wenn es ein Lebewesen wäre, würde ich sagen, dass die beiden Sägeblätter an kleinen Muskeln hängen. Aber ich muss gleich dazu sagen, dass es in der Natur, meines Wissens nach, so winzig kleine Muskeln nicht gibt. Jedenfalls kenne ich kein Beispiel dafür."

„Das Beste kommt aber noch. Ich habe das Objekt mehrmals an verschiedenen Stellen vergrößert und fotografiert. An einigen Stellen sitzen Verdickungen, die ich noch nicht genau bewerten kann. Aber schaut euch diese beiden Fotos an. Es ist die gleiche Stelle, die ich einige Sekunden später noch einmal mit besserem Licht aufnehmen wollte. Das Licht ist aber nicht entscheidend. Schaut euch diese Verdickung an!

Und im zweiten Bild ist sie dünner. Ich habe daraufhin eine andere Verdickung gesucht und diese vielleicht zehnmal aufgenommen. Seht euch diese Bilder an. Jedes Foto in anders. Die gleiche Verdickung hat unterschiedliche Ausmaße!"
„Was ist das denn?"
„Charlotte, was meinst du dazu?"
„Bei dieser Faktenlage muss man davon ausgehen, dass es sich um lebende Substanz handelt. Tote Materie kann sich nicht fortlaufend verändern, jedenfalls nicht im Sekundentakt!"
„Ja, das denke ich auch!"
„Wenn es sich aber bewegt, dann ist das kleine Stück nicht tot!"
„Das ist wohl so!"
„Wir sollten es in dem Glas beobachten!"
„Wir sollten uns sehr über das weitere Vorgehen beraten!"
„Als Biologin muss ich euch darauf hinweisen, dass es sich hier vielleicht um eine unbekannte Spezies handelt, die wir nicht vernichten dürfen, bevor wir genaue Kenntnisse darüber haben!"
„Das mag zwar sein, Charlotte, aber wir müssen auch immer das Wohl der Bürger im Blickfeld haben."

„Sicher! Im Moment wissen wir ja, dass es noch weitere Exemplare dieser Spezies gibt. Wir müssen diese Lebewesen genauer erforschen!“
„Sag uns, was jetzt zu tun ist!“
„Nun, wenn es wirklich eine noch unbekannte Art ist, müssen wir sie schützen. Wir müssen herausfinden, wie sie lebt, wo sie lebt, wie sie sich vermehrt und welche artspezifischen Eigenschaften und Verhaltensweisen sie mitbringt.“
„Dass sie für Menschen eine Gefahr darstellt, ist ja wohl mehr als bewiesen!“
„Das ist richtig, Herr Randolfs, aber es gibt in der Natur viele Arten, die dem Menschen gefährlich werden können. Das ist jedoch kein Grund, eine Art zu vernichten oder auszurotten.“
„Das heißt also, wir müssen sowohl die neue Spezies schützen als auch die Bürger von Folkstone.“
„So ist es!“
„Und wie soll das in unserem Fall möglich sein?“
„Herr Walters, ich bin Biologin. Die militärischen Kenntnisse müssen sie beisteuern!“

„Dann müssen wir unsere Aktionen sehr genau aufeinander abstimmen. Schließlich besteht Lebensgefahr für die Menschen hier!"
„Dann müssen wir uns zusammensetzten und möglichst schnell eine praktikable Vorgehensweise erarbeiten."
„Das ist wohl die einzige Möglichkeit. Diese Beratung wird heute noch stattfinden. Wir brauchen eine schnelle Entscheidung."

24

Im Beratungsraum in Silvercreak fand die Dringlichkeistssitzung statt. General Daniel Walters hatte auch die Bürgermeister von Folkstone und Silvercreak um ihr Erscheinen gebeten, ebenso wie einen Vertreter der örtlichen Polizeidienststelle. Zugegen waren neben den Militärs auch die beiden Förster sowie die Wissenschaftler des Sicherheitsministeriums.

„Ich danke ihnen, dass sie den äußerst kurzfristig angesetzten Termin ermöglichen konnten, aber die Dringlichkeit hat dies erfordert. Noch immer ist drüben in Folkstone eine Reihe von Häusern evakuiert und die Bürger wurden kurzfristig zum Aufenthalt in der Stadthalle untergebracht. Diese Menschen warten dringend auf eine Lösung des Problems und auf weitere Anweisungen von unserer Seite. Wegen der neuen Erkenntnisse müssen wir uns über das weitere Vorgehen in unserem Fall beraten. Ich möchte nicht durch lange Reden die Sitzung verlängern und verzichte auf die Vorstellung der hier Anwesenden, die den meisten ja doch bekannt sind. Ich bitte deshalb auch gleich, in die Thematik einzusteigen und möchte zu Beginn eine Bestandsaufnahme durchführen, die uns alle auf den aktuellsten Informationsstand bringt. Ich beginne deshalb selbst mit einer Zusammenfassung der wesentlichen Ereignisse des Tages."
„Darf ich eine Zwischenfrage stellen?"
„Ja, bitte Herr Bürgermeister."
„Die Bürger aus der Stadthalle sind sehr ungehalten und möchten wieder in ihre Wohnungen zurück. Kann ich die Leute denn

beruhigen und ihnen versprechen, dass sie heute Abend in ihre Häuser zurückgehen dürfen?“

„Herr Bürgermeister, solange wir hier kein Beratungsergebnis erreichen, können sie das nicht. Die Bürger müssen warten!“

„Die werden sich bestimmt nicht an die Anweisungen halten, wenn es Nacht wird!“

„Wir sollten nicht darüber diskutieren, sondern hier schnell zu einem Ergebnis kommen. Ich versuche mich kurz zu fassen. Die unbekannten Angreifer wurden heute Morgen auf einer Wiese vor dem Ortsschild von Folkstone gesichtet. Soldaten haben beobachtet, wie diese Gebilde über die Straße gesegelt kamen und auf der Wiese im Erdboden verschwunden sind. Daraufhin haben wir unseren Einsatzort von Silvercreak hinüber nach Folkstone verlegt, weil dort gerade die von uns gesuchten Angreifer sichtbar waren. Als wir dort ankamen, berichteten uns zwei Damen aus dem Ort, das diese Bänder auch auf ihrem Grundstück im Boden stecken. Wir haben deshalb unseren Einsatzort direkt dorthin verlegt, den Bereich weiträumig abgesperrt und evakuiert. Das geschah alles am frühen Nachmittag. Die Arbeiten des Sondereinsatzkommandos begannen unverzüglich. Ich kann ihnen mitteilen, einen gewissen Erfolg erzielt zu haben. Das kann ihnen aber der Einsatzleiter besser erläutern. Herr Dr. Nasmon bitte!“

„Ja, ich mache es kurz. Wir haben aus Sicherheiitsgründen unseren Arbeitsroboter eingesetzt, den Herr Kris Miller ferngesteuert zu den Bändern gefahren hat. Mit dem Greifarm hat er ein Band aus dem Boden gezogen, das sich stark dagegen gewehrt hat und den kleinen Roboter zerkratzt, aber nicht zerstört hat. Einen kleinen Teil des ergriffenen Bandes hat der Roboter schließlich zum Labor bringen können, wo unser Herr Randolfs das Sagen hat. Jack, bitte!“

„Ja, wir haben uns das kleine Stück im Labor unter dem Mikroskop angeschaut und etwas Seltsames entdeckt. Wir haben zwar nicht das ganze Band eingefangen, aber wir konnten doch ganz wesentliche Erkenntnisse gewinnen. Das Band besteht aus zwei dünnen aufeinanderliegenden Schichten, die beide an ihrer Kante gezackt wie eine Säge aussehen. Das ist nur unter dem Mikroskop zu sehen. Es sind gewissermaßen zwei Sägeblätter, die sowohl scharf, als auch sehr hart und stabil sind. Unserem Roboter konnten sie aber nur den Lack beschädigen. Metall können sie nicht durchschneiden. Für Menschen und Tiere ist ein Kontakt mit diesen Bändern aber tödlich oder äußerst gefährlich. Das Wichtigste, was wir herausgefunden haben ist jedoch etwas anderes. Frau Wendell, sagen sie etwas dazu, bitte!"

„Ja, Herr Randolfs hat Recht. Wir haben unter dem Mikroskop feststellen können, dass sich die Strukturen des Bandes verändern und bewegen, auch bei dem kleinen Fetzen, den wir sichern konnten. Diese Bewegungen sagen uns ganz eindeutig, dass diese Bänder Lebewesen sein müssen. Wir kennen sie nicht. In der Biologie sind sie bisher unbekannt. Wir gehen davon aus, dass es sich um eine neue, unbekannte Art handelt. Es ist eine neue Spezies, die noch erforscht werden muss. Damit haben wir aber ein großes Problem vor der Haustüre. Wir können eine neue Art nicht einfach bekämpfen oder vernichten. Besonders nicht, wenn es sich um seltene Arten handelt. Das verbieten uns die Gesetze, auch wenn es uns nicht gefällt. Mir ist natürlich bewusst, dass durch diese Bänder Menschenleben gefährdet werden. Aber auch Wölfe, Giftschlangen oder Quallen können lebensgefährlich sein und wir rotten sie nicht aus. Unsere Aufgabe ist es jetzt, einen Weg zu finden, der einerseits uns Menschen vor dieser Spezies schützt und andererseits diese Spezies aber nicht ausrottet.“

„Danke, Frau Wendell für ihre Ausführungen. Ich denke, wir sind jetzt alle über den Sachstand informiert und können uns nun Gedanken zum weiteren Vorgehen machen. Vielleicht sollte uns Frau Martha Zachner aus dem Sicherheitsministerium, die für Schutz- und Vorbeugemaßnahmen zuständig ist, über mögliche Maßnahmen informieren. Frau Zachner, sagen sie uns bitte etwas aus ihrer Sicht!“

„Danke, Herr Walters. Ich muss ihnen gleich sagen, dass wir hier einen Fall besprechen, der in dieser Form in der Vergangenheit noch nicht aufgetreten ist. Wir können uns bei einem weiteren Vorgehen also nur an Dingen orientieren, die einen vergleichbaren Charakter haben. Im Mittelpunkte meiner Überlegungen und der des Ministeriums, steht natürlich der Schutz der Bürger. Handeln kann man dann, wenn zwei Dinge bekannt sind. Wir müssen wissen, wovor wir die Bürger schützen sollen und wir

müssen wissen, womit man diesen Schutz am effektivsten erreicht. In unserem Fall können wir beide Fragen nicht beantworten. Wir haben noch keine genügenden Erkenntnisse über die Gefahrenquelle und wissen deshalb auch nicht, wie man dieser Gefahr begegnen kann oder sie vermeidet. Konkret bedeute dies, dass wir herausfinden müssen, wie sich diese neue Spezies verhält und danach müssen wir entscheiden, welche Methoden zum Schutz der Menschen in Frage kommen. Vorbeugend ist eine Evakuierung natürlich hilfreich, aber für die Betroffenen natürlich sehr unangenehm. Ratten oder Giftschlangen könnte man einfangen oder vernichten. Dies scheint hier nicht möglich zu sein. Es sind jetzt unsere Wissenschaftler gefragt."
„Danke, Frau Zachner, für die Erklärungen. Damit kommen wir aber der Problemlösung nicht wesentlich näher. Ich würd vielleicht nochmals Herrn Randolfs oder Frau Wendell bitten, etwas über mögliche Vorgehensweisen zu berichten, die uns bessere Erkenntnisse bringen können."
„Gut, Frau Wendell, Herr Loud und ich haben uns bereits nach der Untersuchung heute Nachmittag schon einige Gedanken zum weiteren Vorgehen

gemacht. Wir müssen zuerst herausfinden, wo sich die gefährlichen Bänder befinden und welche Plätze in unserer Region betroffen sind. Dann müssen wir feststellen, wie viele Bänder existieren. Sind es nur wenige oder sind es vielleicht tausende? Wenn es sehr viele sind, kann man auf eine kleinere Menge verzichten und diejenigen Exemplare, die sich in der Nähe von Wohnhäusern befinden, vernichten oder vertreiben. Da bereits an anderen Stellen solche Bänder gesehen wurden, gehen wir stark davon aus, dass Bänder in der Nähe der Menschen vernichtet werden können, ohne dabei die Population der neuen Spezies zu gefährden. Daran knüpft sich aber das nächste Problem, nämlich das der Vernichtung. Wir haben gesehen, dass wir diese gefährlichen Bänder nicht einfach einfangen und umsiedeln können. Wir müssen sie mit anderen Mitteln bekämpfen, vertreiben oder gänzlich vernichten. Mit welchen Mitteln das möglich sein wird müssen wir testen. Wir wissen bisher nur, dass sie sehr widerstandsfähig, stark, robust und sehr schnell sind. Wir wissen noch nicht, wie groß sie werden und wie tief sie in der Erde sitzen. Wir wissen auch nicht, wie sie auf

Gift, Säuren, Gase, Feuer, Licht, Bestrahlung oder andere Bekämpfungsmittel reagieren und ob wir sie mit unseren herkömmlichen Mitteln überhaupt unschädlich machen können. Unsere erste Aufgabe besteht darin, herausfinden welches Bekämpfungsmittel am besten wirkt."

„Herr Randolfs, was schlagen sie uns denn vor? Wie sollen wir nun vorgehen? Was soll jetzt zuerst geschehen?"

„Herr General Walters, wir müssen nicht gleich mit Kanonen auf Spatzen schießen, sondern sollten die preiswerten und einfachen Methoden zuerst testen. Ich denke wir sollten schon in der Nacht Versuche mit Licht und Bestrahlung durchführen und falls das keine Wirkung zeigt, am Morgen damit beginnen, den Boden zu wässern. Vielleicht reicht das schon aus, um die Bänder zu vertreiben."

„Und was tun sie, wenn es keine Wirkung zeigt?"

„Dann würden wir mit Hitze oder Chemikalien testen. Wir müssen jeweils immer zuerst die Wirkung einer Maßnahme abwarten. Das müssen wir vorbereiten und können diese Tests dann erst bei Tageslicht beginnen. Wir müssen alles sehr genau beobachten. Natürlich dürfen auch die

Grundstücke der Bürger nicht unbrauchbar werden. Bestimmte Chemikalien können wir nur einsetzten, wenn es keine anderen Möglichkeiten mehr gibt."

„Das bedeutet aber auch, dass die evakuierten Häuser heute nicht mehr betreten werden dürfen. Sehe ich das richtig?"

„Herr General, das ist allein ihre Entscheidung. Ich würde mich ungeschützt nicht in der Nähe dieser Bänder aufhalten wollen."

„Herr Bürgermeister, sie haben es gehört. Sie fahren jetzt zur Stadthalle nach Folkstone hinüber und sagen den Evakuierten, dass sie bis Morgen dort bleiben müssen. Das Militär hilft ihnen mit Decken und Feldbetten aus."

„Ich weiß jetzt schon, was ich von den Bürgern zu hören kriege!"

25

Noch in der Nacht waren die Wissenschaftler zurück nach Folkstone gefahren und hatten zusammen mit einigen Soldaten des Einsatzkommandos Vorbereitungen für die notwendigen Lichttests bei Dunkelheit getroffen. Große Scheinwerfer waren auf Militärfahrzeugen installiert. Eine zweite Gruppe hatte aus dem Techniktruck Laserlichtpistolen vorbereitet.
Aus sicherer Entfernung beobachteten die Wissenschaftler mit dem Fernglas die Versuche. Helle Lichtspots erleuchteten die Bodenfläche auf dem Grundstück Hauptstraße 4, an der Stelle, wo die Bänder im Boden steckten. Immer noch sah man kleine kurze Endstücke der gefährlichen unbekannten Spezies aus dem Boden herausragen. Im Fernglas waren sie deutlich zu erkennen. Der Beleuchtungsversuch startete. Taghell setzte der große Scheinwerfer einen grellen Spot auf die ausgewählte Bodenfläche. Die hervorstehenden Bandenden regten sich nicht. Das Licht begann zu blinken, langsam, dann in schnellerem Rhythmus. Auch jetzt konnten Jack Randolfs, Charlotte Wendell und Thomas Loud

keine Bewegung sehen. Die Techniker setzten farbiges Licht ein und wiederholten den Testvorgang. Wieder waren keine Regungen der Bandenden im Boden zu sehen. Nun wurden die zurechtgelegten Laserpistolen auf die kleinen Bandstückchen gerichtet. Auch diese Versuche liefen ins Leere. Nach mehreren ergebnislosen Versuchen wurden die Tests eingestellt und verabredete sich für den frühen Morgen, um dann mit anderen Methoden neue Testreihen zu starten.

Frau Martha Zachner stand am frühen Morgen am Einsatzort. Über Nacht war sie zu der Überzeugung gelangt, dass manche geplanten Versuche in einem Unglück enden könnten. Erleichtert stellte sie fest, dass die nächtlichen Lichttests keine schlimmen Folgen verursacht hatten. Sie wartete auf General Walters, dem sie sofort bei seinem Eintreffen am Einsatzort aufgeregt entgegenlief und Sicherheitsvorkehrungen anmahnten. Man hätte doch nicht bedacht, dass bei den Versuchen möglicherweise alle Bänder aus dem Boden herauskämen und wild durch die Umgebung fliegen, vielleicht sogar über die Sperrzone hinaus.

Wie wolle man da Bürger und die wachhabenden Soldaten schützen. Außerdem müsse man sehr genau verfolgen, wohin herausschlüpfende Bänder fliegen und wo sie sich dann gegebenenfalls neu niederlassen. Im ungünstigsten Fall würden sie sich vielleicht über das gesamte Stadtgebiet verteilen und die Situation unkontrollierbar machen.

General Walters presste seine Lippen fest zusammen, atmete hörbar laut durch seine Nase ein, sodass alle Anwesenden seinen Unmut über die gehörten Äußerungen sofort verstanden. Dann aber gab er Frau Zachner Recht. Die Verantwortung für das von ihr geschilderte Szenario wollte er nicht übernehmen.

„Frau Zachner, dann müssen wir umdisponieren und die geplanten Versuche im kleineren, überschaubareren Umfang durchführen. Vielleicht können wir schon Hinweise von dem kleinen eingefangenen Stück in unserem Glas erhalten. Da sollten wir zuerst einmal beginnen."

Gemeinsam liefen sie zum Labortruck, wo auch gerade Herr Randolfs erschienen war. General Walters teilte ihm sein neues Anliegen mit.

„General, wir können Versuche mit dem Fetzen anstellen, wenn er denn noch lebt. Aber ein kleines Stück liefert nicht unbedingt die aussagekräftigen Resultate. Wir können nicht mit Bestimmtheit sagen, ob ein langes, vollständiges Band in gleicher Weise reagiert."
„Das werden wir dann schon sehen. Wir sollten es austesten!"
„Schön, dann kommen sie einmal mit in das Labor. Wir nehmen uns einmal das gefangene Stückchen vor."
„Dann könnten sie doch sofort einmal den Wassertest durchführen. Vielleicht sehen wir schon Reaktionen."
„Meinen sie nicht, dass auch das kleine Stück gefährlich werden könnte?"
„Frau Zachner, ich habe gestern das kleine stück mit einer Pinzette angefasst und auf den Objektträger des Mikroskops gelegt. Glauben sie mir, das kleine Stückchen ist nicht gefährlicher als eine Briefmarke."
„Wie haben sie es denn gestern gesichert?"
„Ich habe es in das Glas zurückgelegt und den Schraubverschluss fest zugedreht. Anschließend habe ich es in unsere verschließbare Metallkiste

gestellt und auch die Kiste verschlossen. Da müsste es jetzt auch noch sein."

„Und wie wollen sie jetzt den Wassertest durchführen?"

„Ich werde das Glas aus der Metallkiste nehmen, den Verschluss aufdrehen, den Bandfetzen im Glas belassen und ihn langsam, tröpfchenweise mit Wasser benetzen und das Stück dabei beobachten."

„Und sie haben dabei keine Angst vor gefährlichen Reaktionen?"

„Frau Zachner, wenn sie das kleine Stückchen gesehen hätten, würden bei ihnen bestimmt auch keine Bedenken aufkommen."

„Herr Randolfs, meinetwegen können sie den Test so durchführen, wie sie es gesagt haben, aber sie werden den Test im geschlossenen Labor alleine durchführen. Wir bleiben vor der Tür und beobachten sie durch das Fenster."

„Das können sie gerne tun."

„Welche Zeit brauchen sie für den Versuch?"

„Das geht sehr schnell. Destilliertes Wasser haben wir immer in unseren Sprühflaschen griffbereit. Ich muss nur das Glas aus der Kiste nehmen und dann kann es auch schon losgehen."

„Gut, dann sollten wir keine Zeit verlieren. Wir bleiben draußen und schauen ihnen beim Testen zu."
„Ich arbeite zügig und gebe ihnen durch das Fenster Bescheid, wenn ich den Versuch beendet habe."
„Dann viel Erfolg!"
Jack Randolfs betrat sein Labor und verschloss hinter sich die Eingangstüre. Frau Zachner und General Walters schauten durch das kleine Fenster und beobachteten alle Handgriffe des Laborchefs. Er öffnete die am Boden stehende Metallkiste, ergriff das Glas mit dem Bandstückchen, hob es an, begutachtete das kleine Teil und stellte dann das verschlossene Glas auf seinen Labortisch. Ihm fielen keine Veränderungen auf. Er war der Meinung, im Glas genau das kleine Bandstück gesehen zu haben, das er am Tag zuvor dort hineingelegt hatte. Er registrierte zwar, dass das Bandstück etwas dicker aussah, führte es aber auf die Vergrößerungswirkung des gekrümmten Aufbewahrungsglases zurück. Jack Randolfs griff nach der Sprühflasche, überprüfte den Wasserstand und stellte sie neben das

Aufbewahrungsglas. Dann nahm er das Glas in beide Hände, schraubte den Deckel ab und stelle es geöffnet wieder auf den Tisch zurück. Immer noch nicht hatte er bemerkt, dass sich das kleine Bandstückchen über Nacht leicht verändert hatte. Die Veränderungen waren nicht deutlich zu erkennen. Jack Randolfs führte die Spritzdüse über das geöffnete Glas und gab mit leichtem Druck einige Wassertropfen hinein auf den Fetzen. Jack hatte kaum noch Zeit, die Flasche wieder abzustellen. Blitzartig entfaltete sich das kleine Bandstückchen. Wie eine Ziehharmonika waren viele übereinanderliegende Schichten gefaltet. Das nun wesentlich längere Bandstück schoss aus dem Glas heraus, wickelte sich um die Wasserflasche und Jacks Handgelenk, zog sich kraftvoll zu und schnitt ihm die Hand ab. Die Wasserflasche fiel halbiert auf den Boden. Jack schrie durchdringend. Blut schoss aus der Schnittstelle ans kleine Türfenster. Die beiden Beobachter konnten nicht mehr sehen, wie das Band durch den Laborraum sauste und Jack unter großen Schmerzen weitere Schnittwunden zufügte. Es wurde still. Draußen hörte man nur

noch das dumpfe Geräusch eines niederfallenden schweren Körpers.
Martha Zachner krallte sich verkrampft an General Walters Arm fest. Sie sagten nichts, schauten nur an das kleine Fenster in der Eingangstüre, an dem Jack Randolfs´ Blut die Sicht in den Labortruck versperrte. Sie wussten genau, was geschehen war. Hilfe war nicht mehr möglich. Jack war tot. Man konnte ihn nicht aus dem Labor herausholen, denn das gefährliche Band war noch im Raum. Langsam wurde den beiden Beobachtern des Vorgangs klar, dass sie erneut einen großen Fehler begangen hatten, einen tödlichen Fehler. Martha Zachner, die so sehr auf Sicherheitsregeln fixiert war, hatte es geschehen lassen. Sie fühlte sich schuldig. Sie hätte es nicht erlauben dürfen.
Der General zerrte Frau Zachner vom Laboreingang fort. Die Leute vom Einsatzteam mussten sofort informiert werden.
Martha Zachner setzte sich auf einen Stuhl, schlug sich die Hände vors Gesicht und begann bitterlich zu weinen. Charlotte Wendell kam zu ihr und versuchte sie zu trösten. Jack hätte doch gestern auch mit dem Bandstück hantiert und es sei nichts

geschehen. Niemand hätte diese Situation vorhersehen können.
Der Labortruck blieb verschlossen. Keiner vom Team besaß den Mut, nach Jack Randolfs zu sehen oder ihn aus dem Fahrzeug zu holen. Niemand konnte die bestehende Gefahr, die von dem Band ausging jetzt noch leugnen. Niemand wollte sich dieser Gefahr noch einmal aussetzen.
Nachdem alle Anwesenden verzweifelt nach einer Möglichkeit suchten, Jack aus dem Unglückslabor zu befreien, ihnen aber keine sichere Methode in den Sinn kam, rief General Walters sein Team zu einer Besprechung zusammen. Es musste dringend ein Weg gefunden werden, sowohl Jack Randolfs aus dem Labor zu holen, als auch das gefährliche Band, das sich weiterhin im gleichen Raum befand sicherzustellen, einzufangen oder zu vernichten.
„Wir müssen Jack doch da herausholen!"
„Natürlich müssen wir das, Herr Loud. Sagen sie uns auch wie?"
„Ich hätte da schon einen Vorschlag."
„Und wie sieht dieser aus?"
„Wir müssen zuerst das Band entfernen."

„Wer soll es denn einfangen und wie soll das gehen?"
„Herr General, wir können es nicht einfangen, aber wir können es wieder freilassen."
„Sie meinen, das Band soll danach noch mehr Menschen töten?"
„Nein, natürlich nicht! Aber es gibt wohl keine andere Möglichkeit, gefahrlos Jack Randolfs aus dem Labor zu bergen."
„Sie mögen Recht haben, aber bei dieser Aktion müssen wir das Band beobachten und verfolgen, damit wir wissen, wohin es verschwindet. Wir müssen schließlich die Bürger warnen können."
„Ich denke auch, dass wir so verfahren müssen. Selbst wenn das Band dann wieder eine Gefahrenquelle ist, so ist es ja nicht die einzige. Wir haben es ja mit einer großen Zahl solcher Bänder zu tun. Auf eines mehr kommt es dann auch nicht an."
„Ich schlage vor, dass Herr Miller den Roboter zum Labor steuert um die Eingangstüre zu öffnen. Wir beobachten, ob das Band entweicht."
„Gut. Was machen wir aber, falls das Band nicht aus dem Labor herauskommt?"

„Dann müssen wir es im Laborraum suchen und finden."
„Ich muss sie aber auch darauf hinweisen, dass wir noch weitere Tests durchführen müssen. Wir sind ja hier, um diese Bänder zu bekämpfen. Dass die Bänder nicht auf Licht reagieren haben wir gesehen. Dass man sie mit Wasser auch nicht bekämpfen kann, sondern damit sogar die Lage verschärft wissen wir jetzt auch. Wir werden jetzt Herrn Randolfs befreien und dann umgehend die Verssuche auf dem Grundstück Hauptstraße Nummer vier fortsetzen."
Kris Miller präparierte seinen Roboter und ließ ihn anschließend ferngesteuert zum Labortruck fahren. Aus weiter Entfernung beobachtete man die Aktion. Der Roboter öffnete die Türe zum Labor. Wie vermutet und erhofft schwebte das Band nach wenigen Sekunden aus der geöffneten Türe heraus ins Freie. Langsam, durch die Luft schlängelnd, bewegte es sich über die Straße, überflog den Gartenzaun vom angrenzenden Grundstück und ging dahinter auf der Wiese zu Boden. Thomas Loud sah noch in seinem Fernglas, wie das Band zwischen dem Gras in das Erdreich eintauchte und verschwand.

Soldaten vom Einsatzkommando kümmerten sich um den getöteten Herrn Randolfs, verhüllten seinen Leichnam und trugen ihn aus dem Labortruck hinüber zu einem Sanitätsfahrzeug des Militärs.
Die Stimmung war getrübt, sie war umgeschlagen. Zu der Angst mischten sich Hassgefühle. General Walters sagte nichts, aber seine Blicke in Richtung Charlotte Wendell verrieten seine Gedanken. Er gab ihr die Schuld am Tod seines Laborchefs. Nur die Schutzregeln für die sogenannte neue Spezies hatten seiner Meinung nach die Dinge aus der Bahn geraten lassen. Er war der Überzeugung von Anfang an, dass diese Bänder keine Existenzberechtigung haben und zum Schutze der Menschen bedingungslos vernichtet werden sollten. Nun hatte er nachgegeben und dafür mit dem Leben eines Freundes bezahlen müssen.
General Daniel Walters griff nach seinem Feldstecher und entfernte sich einige Meter vom versammelten Team. Alleine, nachdenklich die Wiesenflächen vor den Häusern der Hauptstraße betrachtend, fasste er seinen Entschluss. Er setzte das Fernglas ab, drehte sich um und ging zielstrebig zu seinem Einsatzteam zurück.

„Wir müssen es vernichten! Vorbehalte der Wissenschaft hin oder her, wir müssen es zum Wohle der Menschheit bekämpfen und vernichten. Ja, wir müssen es ausrotten! Es hat keinen Platz neben den Menschen. Hier im Stadtgebiet dürfen keine gefährlichen Bänder existieren. Wir müssen sie alle finden und vernichten! Damit beginnen wir sofort!"

„Herr General, wir sind bestimmt ihrer Meinung, aber wir wissen doch nicht, wir sie bekämpfen können."

„Herr Norman, wir wollen nicht mit den Bändern kämpfen, wir wollen sie vernichten, töten, ausrotten! Verstehen sie?"

„Ich verstehe sie sehr wohl, aber bitteschön, wie tötet man etwas Unsterbliches?"

„Das ist nicht unsterblich! Da können sie sicher sein! Verbrennen sie die Dinger!"

„Herr General, beruhigen sie sich bitte. Ich möchte ihnen nicht widersprechen, aber wir können sie nicht verbrennen."

„Wieso nicht? Haben sie denn keine Flammenwerfer dabei?"

„Das ja, aber die Bänder sitzen doch im Erdreich! Wir können sie nur an der Oberfläche verbrennen und auch nur dann, wenn sie brennbar sind!“
„Ich befehle ihnen, sofort die Flammenwerfer einzusetzen und alle Grundstücke zu flämmen! Weisen sie ihre Soldaten an!“
Oliver Norman versuchte nicht noch einmal zu widersprechen, ging zu seinen Soldaten und gab den Befehl zum Einsatz der mobilen Flammenwerfer.
Als die zwei tragbaren Flammenwerfer bereitstanden, bekamen die beiden Soldaten von General Walters den Auftrag, die gesamte Grundstücksfläche vor Hausnummer vier zu flämmen bis der Boden glühe.
Die beiden Soldaten näherten sich langsam dem Grundstück, auf dem die gefährlichen Bänder im Boden steckten und blieben in einem größeren Abstand vor der gefährlichen Fläche stehen. Kleine Bandenden ragten zwischen den Grashalmen gut sichtbar hervor. Mit den langen Düsen vor ihrem Körper zielten sie auf die Bänder und setzten sie gleichzeitig in Betrieb. Große Flammen schossen meterweit aus den Düsenrohren und trafen die anvisierte Fläche.

Gras und Erde wurden schwarz. Die Bänder waren nicht mehr zu erkennen. Sie waren nicht verbrannt. Sie waren in den Boden abgetaucht. General Walters befahl die Aktion abzubrechen, um den möglichen Erfolg zu begutachten. Die Soldaten zogen sich mit ihren Flammenwerfern zurück. Mit seinem Feldstecher begutachtete der General jeden Quadratzentimeter des verbrannten Bodens. Die zuvor noch gesichteten Bandenden waren nicht mehr zu sehen. Das Gras war verbrannt und lag schwarz auf der blanken Erde, die Bänder aber waren verschwunden.

General Daniel Walters musste nichts zu dem Resultat des Flammenangriffs sagen. Er kam nicht dazu. Wie auf Kommando spritzten die Bänder aus dem Boden heraus, flogen mehrere Meter senkrecht in die Luft. Nicht nur aus der geflämmten Stelle, sondern auch in angrenzenden Bereichen schossen Bänder aus dem Erdreich heraus. Als ob sie sich abgesprochen hätten, flogen sie gleichzeitig in die Höhe, sowohl die kleinen, als auch längere Bänder bis drei Meter Länge. Hoch über dem Grundstück schienen sie sich zu sammeln, flogen einige Sekunden im Kreis und trennten sich dann und schwebten langsam

sternförmig auseinander. Einige Bänder konnte man mit den Augen verfolgen und sah, wie sie in näherer oder größerer Entfernung auf dem Erdboden niedergingen. Sie verteilten sich sowohl im Stadtgebiet als auch vor der Ortschaft auf den Wiesen und Feldern.
Die Soldaten blieben unverletzt. Die Bänder hatten keinen Menschen angegriffen, waren aber jetzt an unzähligen und unbekannten Orten im weiten Umkreis verschwunden. Die Gefahr, die man bekämpfen und vernichten wollte existierte weiter, auf vielen Grundstücken und an unbekannten Orten. Die Gefahr hatte sich ausgebreitet.

26

So hatte man den General noch nie gesehen, wütend, erregt, hilflos.
„Ja, Frau Wendell, sagen sie es. Sagen sie es mir ins Gesicht! Ich weiß, ich weiß, ich weiß, ich bin

schuld. Es ist alles meine Schuld. Ich hätte auf sie hören müssen!"
„Herr Walters, hinterher ist man immer schlauer. Ich mache ihnen keine Vorwürfe. Ich bin genauso schuldig wie sie. Ich hätte sie ja davon abhalten können, vielleicht sogar müssen. Das bringt uns aber in dieser schwierigen Situation jetzt nicht weiter. Jetzt sind wir richtig gefordert. Wir müssen unsere Gedanken und alle Energie für richtige Entscheidungen investieren und nach vorne blicken!"
Die Unterredung wurde schroff unterbrochen. Ein Soldat kam auf den General zugestürmt und rief nur laut:
„Sie kommen, sie kommen! Sie lassen sich nicht aufhalten!"
„Wer kommt?"
„Die Bürger kommen. Sie sind alle da und wollen in ihre Häuser zurück. Wir können sie nicht aufhalten!"
So als ob der General die Worte zu Frau Wendell nicht gesagt hätte, stand er auf, beruhigte den Soldaten und zeigte sich als ein Mann, der alles im Griff hat. Unbeachtet der Gefahren, die jetzt an jeder Ecke lauerten, ging er mit ihm zu den

herbeigelaufenen Bürgern, die vor der Absperrung angehalten hatten.
„Bürger von Folkstone, sie möchten in ihre Häuser zurück. Wir haben eine große Gefahr in der ganzen Stadt, eine tödliche Gefahr. Wenn sie zu ihren Häusern zurückgehen, setzten sie ihr Leben aufs Spiel! Wenn etwas passiert können auch wir ihnen nicht helfen! Wir heben jetzt die Absperrung auf, raten ihnen aber, diese Stadt so schnell wie möglich zu verlassen. Wer hierbleibt könnte sterben!"
Der General hatte seinen Satz kaum beendet, als die Bürger die Absperrungen einfach ignorierten, über sie hinwegstiegen und zu ihren Häusern zurückgingen.
Nur das Grundstück der beiden Schwestern an der Hauptstraße, das geschwärzt durch verbranntes Gras einen schrecklichen Anblick bot, war wohl sicher. Hier waren die gefährlichen Bänder entwichen. Auch auf den asphaltierten und betonierten Wegen und Flächen hatten sich die Bänder nicht niedergelassen. Sie waren in den weichen Erdboden von Wiesen und Beeten auf vielen Grundstücken eingedrungen und blieben verschwunden. Sie waren unsichtbar. Die Bürger

wussten aber nicht, dass jetzt nicht nur das abgesperrte Gebiet betroffen war, sondern sich die gefährliche Zone auf das ganze Stadtgebiet ausgedehnt hatte. Auch Felder und Wiesen vor der Ortschaft waren Gefahrenpunkte.

Das Militär ließ die Bürger in die Wohnungen zurückkehren, unterließ es aber nicht, auf die lauernden Gefahren hinzuweisen. Zwei Jeeps fuhren in den Straßen auf und ab und informierten die Einwohner mit Lautsprecherdurchsagen.

„Betreten sie bitte keine Freiflächen! Bleiben sie auf befestigten Wegen!“

Der Bürgermeister von Folkstone wurde über den misslungenen Versuch, die Bänder mit Feuer zu bekämpfen informiert und zu einem dringlichen Gespräch zur militärischen Einsatzleitung gebeten. Es bedurfte nur eines kurzen Wortwechsels, bevor sich das Team zu der notwendigen Maßnahme entschloss. Die bestehende Lebensgefahr für alle Einwohner ließ keine andere Wahl. Der Bürgermeister erfuhr die Mitteilung zuerst. Der gesamte Ort musste evakuiert werden.

Niemand konnte vorhersehen, wann die bestehende Gefahr beseitigt werden kann. Es war noch nicht einmal geklärt, auf welche Weise man bei dieser neuen Ausgangslage der Gefahr begegnen konnte. Es gab keinen Plan. Das Einsatzkommando wusste nur, dass alle Bürger einer lauernden Lebensbedrohung ausgesetzt oder sogar ausgeliefert waren. Eine Evakuierung war notwendig, aber auch gefährlich. Bis auf einige kleine Stellen, die im Beobachtungsfeld lagen, kannte man die Gefahrenpunkte nicht. Man wusste auch nicht, ob die todbringenden Bänder ausschließlich im Boden saßen oder ob sie sich einige noch in der Luft bewegten.

Mit Hilfe des Militärs und der bereitstehenden Fahrzeuge organisierte der Bürgermeister eine Evakuierung seiner Gemeinde. Evakuierungspläne für Notfälle lagen im Bürgermeisteramt griffbereit. Diese Pläne gingen aber von anderen Anlässen und Gefährdungen aus. Nur die Art und Weise, wie die Bevölkerung aufgefordert werden sollte, war brauchbar.

Die Gefahr war sehr groß und akut. Schnelles Handeln war angesagt. Gleich nachdem der Bürgermeister informiert war, bekamen die Soldaten in ihren Lautsprecherfahrzeugen Anweisungen für neue Durchsagen. Alle

Einwohner von Folkstone wurden aufgefordert, ihre Häuser und Wohnungen zu räumen und mit Fahrzeugen die Stadt zu verlassen. In weiteren Hinweisen hieß es, dass sich die Bürger auf einen mehrtägigen Aufenthalt außerhalb der Ortschaft einstellen müssen und deshalb Dokumente, Geld und notwendige Kleidung mitnehmen sollten. Für alle Bürger ohne eigene Fahrzeuge stünde das Militär bereit. Alle Gebäude müssten bis zum Nachmittag geräumt sein.

Für einen Teil der Bürger aus Folkstone kam der Evakuierungsbefehl nicht überraschend, waren sie doch schon am Vortag aus ihren Häusern geholt worden. Den größeren Teil der Einwohnerschaft traf die Anordnung jedoch völlig unvorbereitet. Einige zweifelten den Sinn der Maßnahme an, andere befolgten ihn umgehend und packten ihre Koffer und wieder andere glaubten, nicht an die Aufforderung gebunden zu sein. Mehrere Bürger liefen auf die Straße, suchten das Gespräch mit den Soldaten im Lautsprecherwagen, manche rannten sogar die Straße hinauf zum Kommandoteam, um ihren Unmut über diese Anordnung mitzuteilen.

Auf den Straßen wurde es voller. Fahrzeuge wurden vorgefahren und mit Koffern beladen. Familien mit Kindern fuhren mit ihren vollgepackten Autos aus der Stadt hinaus. An den Kreuzungen kam es zu Staus. Soldaten regelten den Verkehrsfluss. Einige Bürger jedoch weigerten sich, ihr Haus zu verlassen, ja sie lachten die Soldaten aus, verhöhnten sie. Es gäbe keine Bedrohung. Es sei alles nur Einbildung und die ganze Maßnahme sei eine verfluchte Übung des Militärs, wofür sie nun ihre Köpfe hinhalten sollten.
Joe Yokoma stellte sich zusammen mit seiner Frau und seinen beiden Kindern demonstrativ auf die Wiese vor seinem Haus, um zu verdeutlichen, dass alles nur Hysterie sei. Es gäbe in Wirklichkeit keine Gefahr. Zwei Soldaten liefen auf sie zu, wollten sie zur Einsicht in die notwendige Maßnahme bewegen und lösten in diesem Moment die Katastrophe aus. Einer der beiden Soldaten musste mit einem Schuh auf ein Band getreten sein. Blitzartig schnellten mehrere Bänder aus dem Boden heraus. Es geschah das, was alle verhindern wollten. Sekundenschnell mussten weitere sechs Menschen ihr Leben lassen.

Einige Bürger hatten den Vorfall aus der Ferne beobachten können. Schnell waren die Neuigkeiten verbreitet. Man informierte sich gegenseitig. Die Lautsprecherwagen gaben den Vorfall als Warnung für alle ebenfalls bekannt.
Die Stadt leerte sich. Am späten Nachmittag war die Kleinstadt Folkstone evakuiert. Angst wirkte als Beschleuniger.
Die Häuser waren leer, das Problem war geblieben. Es war größer, es war schlimmer und es war unüberschaubar geworden.
Das Einsatzteam verließ den gefährlichen Ort und verlegte seinen Stützpunkt zurück nach Silvercreak.

27

In den Abendnachrichten war es Thema Nummer eins. Die Evakuierung von Folkstone war mit

einem Schlag landesweit bekannt und erregte die Bürger.
Nicht die Evakuierung selbst und die damit verbundenen logistischen Schwierigkeiten interessierten die Bürger, nein es waren die in den Meldungen versteckten Anspielungen und undeutlichen Erklärungen, die den Nachrichten aus der Region um Folkstone einen geheimnisvollen Hintergrund gaben. Neugier wurde geweckt, die aber von keinem Reporter gestillt werden konnte. Presse und Fernsehen hatten nur die Berichte gesendet. Interviews mit Bürgern vor Ort lieferten haarsträubende Geschichten, die zuerst ungläubig belächelt wurden, dann aber ihren Wahrheitscharakter erhielten, als Fotos der getöteten Kinder und ältere Aufnahmen der getöteten Wildtiere auftauchten und verbreitet wurden. Die Folgen der Gefahr waren unübersehbar deutlich.
Es war eine Situation entstanden, die nicht mehr in bestimmte Bahnen gelenkt werden konnte. Einerseits wollte das Einsatzkommando vor Ort unter den Bürgern keine Hysterie entstehen lassen, andererseits aber fachten die Berichte in den Medien immer wieder neue Feuer an. Die

Bürger fühlten sich falsch informiert, glaubten den Berichten nicht, hielten die Beschreibungen der Vorgänge für übertrieben oder gelogen. Als Folgeerscheinung setzte eine kleine Völkerwanderung in Richtung Folkstone ein.
Alle Wege und Straßen wurden vom Militär gesperrt.
Noch am Abend traf ein Helikopter mit fünf Personen aus dem Ministerium für innere Sicherheit und Gefahrenabwendung in Silvercreak ein. Der Gruppe gehörten zwei Politiker, ein höherer Beamte und zwei Fachleute auf dem Gebiet der Gefahrenabwendung an. Auf höchster Ebene wollte man die Situation einschätzen und fachgerecht beraten können.
Unter großen Sicherheitsvorkehrungen setzten sich General Walters, die Wissenschaftler und Einsatzleiter des Militärs in einer nicht öffentlichen Sitzung mit den Personen des Ministeriums zusammen, zeigte ihnen das vorhandene Fotomaterial und die Filmaufnahmen, um die bestehende Gefahr zu verdeutlichen. Herr Walters erzählte von den Versuchen im Labor und den vergeblichen Bemühungen den Bändern mit Flammenwerfern zu begegnen. Schließlich legte er

den Politikern eine vollständige Liste aller Opfer vor und überreichte ihnen die Landkarte mit den eingezeichneten Gefahrenpunkten.
Die Politiker beurteilten die Situation sehr sachlich, stellten noch einige ergänzende Fragen zur Klärung des genauen Sachverhalts und gaben danach ihre detaillierten Anweisungen auf der Basis eines bestehenden Notfallplans für Gefährdungslagen in Wohngebieten.
Die Politiker machten keine Personen des Einsatzkommandos für mögliches Fehlverhalten verantwortlich, bedankten sich sogar für die bisher geleisteten gefährlichen Einsatzarbeiten und betonten, dass die nun folgenden Anweisungen des Ministeriums strikt zu befolgen seien. Missachtung der Anweisung führe zu Höchststrafen.
Im Gegenzug könne man aber auf alle erdenklichen Hilfen seitens des Ministeriums bauen, seien sie personeller, technischer oder finanzieller Art. In einem Nebensatz fügte der Ministerialbeamte noch an, dass die Anweisungen sofort und auf schnellstem Wege auszuführen seien.

Im ersten Punkt der Anweisungen war zu lesen, dass der Schutz der Bevölkerung höchste Priorität besitze und alle Maßnahmen sich dieser unterzuordnen haben.
Die Politiker überreichten den Maßnahmenplan sowohl an General Daniel Walters, als auch an den Bürgermeister von Folkstone.
General Walters leitete weiter das Einsatzkommando und ging noch während der Sitzung auf die neuen Anordnungen ein.
„Meine Damen und Herren, sie haben es soeben vernommen. Unsere Maßnahmen dulden keine Verzögerung. Ich möchte deshalb sofort damit beginnen, den ausgehändigten Maßnahmenkatalog mit ihnen durchzusprechen um die Reihenfolge für unser Team festzulegen. Ich werde ihnen jetzt die einzelnen Punkte vorlesen und sie sagen mir bitte nach jedem Punkt, ob wir diesen problemlos sofort umsetzen können, falls nicht, müssen wir nach Lösungen suchen."
Die anwesenden Politiker verabschiedeten sich aus der Runde, ließen aber den mitgereisten Ministerialbeamten zurück, damit eine

Kontaktperson für schnelles Handeln und zum übermitteln von Meldungen bereitstehe.
Herr Walters las aus dem Notfallplan für lebensbedrohende Gefahrenlagen vor:
„Hier steht: Die nachfolgenden sieben Punkte sind bei allen Gefahrenlagen anzuwenden. Ausführungen werden in den Anlagen zum Notfallplan in den spezifischen Gefahrenkategorien erläutert.
1. Bei bestehender Lebensgefahr sind alle Wohngebiete zu evakuieren, die im Gefahrenbereich liegen."
Niemand meldete sich zu Wort. Herr Walters las den zweiten Punkt vor:
„2. Evakuierte Bereiche dürfen nur zur Durchführung von Maßnahmen von autorisierten Fachkräften betreten werden. Dies ist zu überwachen."
Es sagte auch zu dieser Anordnung keiner der Anwesenden eine Bemerkung.
„3. Die Art der Bedrohung ist zu spezifizieren und notwendige Bekämpfungsmittel sind bereitzustellen und einzusetzen."
„Halt, Halt! Das geht nicht. Das können wir nicht!"
„Herr Norman, was möchten sie einwenden?"

„Herr General, sie wissen doch, dass wir nichts wissen. Wir haben die Bänder zwar gesehen, aber wir wissen doch nicht was es ist. Wir haben darüber keine Kenntnisse. Wir können nicht sagen, welche Gefahr von den Bändern ausgeht. Wir wissen nur, dass sie bisher Tiere und Menschen getötet haben, wir wissen aber immer noch nicht, warum sie das getan haben und ob sie es wieder tun werden. Wir wissen auch nicht, wie viele dieser Bänder überhaupt existieren, an welchen Orten sie sich befinden und wir wissen auch nicht, ob sie sich vermehren oder ihren Aktionsradius vergrößern."
„Gut, Herr Norman. Damit haben sie ja auch schon beschrieben, was unser Einsatzkommando sofort in Erfahrung bringen muss, bevor wir irgendwelche Maßnahmen ergreifen können."
„Wir sind hier aber überfordert. Unser Team kann diese Arbeit nicht leisten."
„Doch, das können wir!"
„Herr Dr. Nasmon, erzählen sie uns etwas über ihre Möglichkeiten im technischen Bereich, bitte!"
„Die Abteilung Militärtechnik hat alles zur Verfügung, was in Bezug auf technische Ausrüstung in unserem Land existiert. Es gibt nur

einige Geräte und Vorrichtungen, die wir nicht vor Ort haben, die aber in dringenden Fällen innerhalb von vierundzwanzig Stunden herangeschafft werden könnten. Wir müssen nur wissen, welche Geräte wir benötigen."

„Das können uns vielleicht die Wissenschaftler sagen. Herr Loud, was meinen Sie?"

„Ja, ich denke, dass wir zuerst diese Bänder einfangen müssen. Dazu gäbe es technische Möglichkeiten. Wir müssen aber auch geologische Dinge berücksichtigen, ebenso biologische und chemische. Das sollten wir vorher klären."

„Dann bitte ich sie, im Anschluss an unsere Sitzung zusammen mit den Wissenschaftlern und Herrn Dr. Jack Nasmon zu überlegen, welche Einsatzmittel noch bereitgestellt werden müssen. Der Minister hat Hilfe zugesagt."

„Wir werden es ihnen mitteilen, Herr General."

„Gut, dann lese ich jetzt weiter in den Anweisungen des Notfallplans. 4. Bestehende Gefahren sind einzudämmen. Ein Ausbreiten der Bedrohung ist zu verhindern."

„Dann sagen sie das ´mal den Bändern. Wie wollen sie die denn festhalten? Sie haben doch gesehen, dass sie nicht zu halten sind!"

„Herr Loud, unsere Militärtechnik wird sie einfangen müssen, ohne Wenn und Aber! Besprechen sie das mit Herrn Dr. Jack Nasmon!“

„Wir werden das ja sehen! Lesen sie einfach weiter!“

„5. Gefahren und Bedrohungen jeglicher Art müssen beseitigt werden. Diese Aufgabe ist erfüllt, wenn für die Bevölkerung keine Lebensgefahr mehr besteht.

6. Es ist auf Nachhaltigkeit zu achten. Die Gefahr darf nicht erneut entstehen und längerfristig nicht wieder entstehen können.

7. Bereinigte Gefahrenzonen dürfen nach einer situationsbedingten Wartezeit wieder besiedelt werden.“

Allen war bewusst, dass sehr schnell gehandelt werden muss. Die Todesfälle beunruhigten die Bevölkerung. Es wurden Lösungen erwartet. Man vertraute dem Militär. Man vertraute den Fachleuten. Aber es fehlten die Erfolgsmeldungen. Evakuierte Bürger wollten wissen, wann sie wieder in ihre Wohnungen zurückziehen können. Auch die Nichtbetroffenen wollten endlich die Wahrheit über die Gefahrenlage erfahren. Sie wollten wissen, was sie da bedroht, wo es herkommt und wie man sich davor schützen kann. Eltern waren besorgt um ihre Kinder, die sie nicht mehr im Freien spielen lassen konnten. Man forderte Aufklärung.

Die Dinglichkeitssitzung hatte nur Anweisungen und Forderungen vorgebracht. Für Lösungen sollten die Anwesenden Militärs mit Hilfe der Erkenntnisse aus Wissenschaftler und Technik sorgen. Die analytischen Gespräche im Anschluss an die Sitzung brachten erfolgsversprechende Lösungsansätze. Noch am Abend stand ein neuer Plan fest. Man war sich darüber einig, welche Maßnahmen zuerst erfolgen müssen, hatte sich über Ziele geeinigt und die zur Durchführung der geplanten Aktionen erforderlichen Hilfen festgestellt.
Als ersten Punkt, der für das Einsatzkommando als unverzichtbar galt, hatte die Diskussionsrunde das Einfangen eines Bandes deklariert. Nur auf diese Weise könne man mehr Erkenntnisse über diese unbekannte Spezies erlangen. Lange wurde diskutiert, ob nicht allein die Beobachtung dieser

Bänder schon zu brauchbaren Resultaten führen könne. Der Zeitdruck erzwang gezieltes Handeln.
Dr. Jack Nasmon war sich sicher, mit zwei Methoden gefahrlos eines der Bänder einzufangen zu können. Die eine Methode solle angeblich mit einer Vakuumpumpe die im Boden steckenden Bänder herausziehen können, mit der anderen Methode käme das bereits erprobte Feuer zum Einsatz. In diesem Fall müsse man nur große Fangvorrichtungen, zum Beispiel große Glasbehälter, haben. Diese sollten aus dem Boden herausschießende Bänder auffangen. Man beschloss, die Technik für diese Variante einzusetzen, sprach sich aber dafür aus, den Flammenwerfer nur auf einem kleinen Areal einzusetzen. Man ging davon aus, dass die Anzahl der Bänder, die aus dem Boden herausschießen, damit kleingehalten werden könne. Dr. Nasmon forderte aus dem Militärdepot einen Transporter mit der benötigten Technik und dem erforderlichen Bedienungspersonal an.
General Walters forderte den Ministerialbeamten auf, umgehend einen Ersatz für Jack Randolfs zu finden, da ohne einen Laborchef keine

Untersuchungen am Objekt durchgeführt werden können.

28

Gegen Mittag des nächsten Tages trafen zwei Gerätetrucks und zwei Begleitfahrzeuge aus dem Militärdepot ein. Man erwartete noch die Ankunft eines Labortechnikers, der mit einem Helikopter ankommen sollte. Am späten Nachmittag traf auch er ein.

Der neue Einsatz verlangte präzise Vorbereitungen. Diesmal sollte niemand gefährdet werden. Frau Zachner musste für alle geplanten Arbeiten die erforderlichen Schutzmaßnahmen bestimmen und Oliver Norman überwachte den Ablauf des Einsatzes.

Die technischen Vorbereitungen waren abgeschlossen, als Herr Dr. Stephen Bradley, der neue Laborchef mit seiner Assistentin Frau Susan Brooks eintrafen. Ohne große Zeitverluste begaben sich die beiden in das Laborfahrzeug, machten sich ausreichend mit der vorhandenen

Einrichtung vertraut, legten sich sofort die notwendigen Untersuchungswerkzeuge und Hilfsmittel bereit und gaben nach nur einer halben Stunde das Signal, für den Einsatz gerüstet zu sein. Auf dem Grundstück Hauptstraße Nummer drei hatte Kris Miller schon seit den Mittagsstunden zwei Bänder beobachtet, die wie am Tag zuvor bleistiftlang aus dem Boden herausragten und sich in der leichten Luftströmung bewegten. Kris hatte vorausschauend diese Bänder ausgesucht, weil ihm der Ort günstig erschien. Mitten auf einer Wiese, keine behindernden Bäume im Umfeld und einen leichten Zugang von der Hauptstraße aus war dies ein idealer Einsatzort für die Militärtechnik.

Dr. Jack Nasmon hatte mit den eingetroffenen Technikern den bevorstehenden Einsatz detailliert besprochen. Die Geräte entsprachen genau seinen Vorstellungen und schienen besonders in Bezug auf Bruchfestigkeit die erforderliche Stabilität zu besitzen. Der Vorgang musste sehr präzise ausgeführt werden, denn dafür gab es voraussichtlich nur einen einzigen Versuch.

Das neue Personal war über die bestehende Gefahr sehr genau informiert. Das verfügbare

Bildmaterial und die kleinen Filmsequenzen hatten sie sich sehr genau angesehen. Frau Zachner bestand darauf, alles aus einer geschützten Position heraus zu steuern und den sicheren Abstand zu wahren. Erst wenn ein Band in dem sicheren Glasbehälter eingefangen und ein Entweichen daraus nicht möglich wäre, dürfe sich eine Person nähern.
Auf der Uhr liefen die Zeiger immer weiter in Richtung Abenddämmerung. Scheinwerfer wollte man nicht einsetzen, da nach Meinung der Einsatzkräfte nur bei Tageslicht die Bänder am sichersten beobachtet werden konnten. Mit Hebewerkzeugen und ferngelenkten Greifarmen wurde eine große Glasröhre in Position gefahren. Es war wohl die dickste Röhre, die im Land existiert. Sie hatte die Länge eines Einfamilienhauses und einen Durchmesser, der aufrechtes Gehen einer großen Person in der Röhre ermöglichte. Auf ein Ende der Glasröhre war eine Metallplatte aufgeschraubt, die nach außen mehrere Ösen zur Befestigung von Drahtseilen hatte. Mit Hilfe dieser Seile und einem Kran wurde die Röhre in eine Senkrechte Position gehoben und langsam mit der offenen Seite über

die Bodenstelle manövriert, an der sich die beobachteten Bänder befanden. Langsam, Zentimeter für Zentimeter ließ man die Röhre absinken. Einerseits wollte man die im Boden steckenden Bänder nicht berühren oder gar vorzeitig aus dem Boden entweichen lassen, andererseits musste der Abstand zur Erde so gering wie möglich werden, um sicher zu sein, dass die herausspritzenden Bänder dann auch in die Rohröffnung hineinfliegen und nicht daran vorbei. Ein zweites Fahrzeug hielt mit einem Greifarm eine passgenaue Verschlussplatte bereit, die nach dem Austreten der Bänder aus dem Boden unter die große Röhre geschoben werden sollte, um dann die Röhre darauf abzusetzen. Dieser Vorgang musste sehr zügig ausgeführt werden. Die gefangenen Bänder sollten schließlich nicht wieder nach unten entweichen können. Sicher war man sich nicht, aber Herr Dr. Jack Nasmon war davon überzeugt, wenn nach dem Ausschießen der Bänder die Röhre abgesenkt und dabei gleichzeitig wieder Feuer am Boden eine Rückkehr der Bänder nicht erlaubt, könne man den Erfolg kaum noch verhindern.

Alle Geräte waren in Position gebracht. Die Techniker hatten die notwendigen Hangriffe mehrfach durchdacht und einige Male probeweise fiktiv ausgeführt. Geschützt in den gesicherten Trucks bedienten sie die Fernsteuerungen.
Ein kleiner Flammenwerfer schoss sein Feuer auf die Bodenfläche. Die Bandstücke, die gerade noch aus dem Boden herausgeschaut hatten, waren abgetaucht. Punkt eins des Vorhabens verlief so, wie man vermutet hatte. Auch Punkt zwei ging in Erfüllung. Nach kurzer Wartezeit schossen Bänder aus dem Boden. Es waren nicht nur zwei Bänder, die man zuvor beobachtet hatte, sondern vier Bänder. Davon schossen drei in die gläserne Röhre, ein viertes, das etwas abseits im Boden gesteckt hatte, verfehlte die Öffnung und flog an der Röhre vorbei und verschwand über das Dach des nahestehenden Wohnhauses. Die drei gefangenen Bänder schossen an den Metalldeckel der Röhre und versuchten dort durchzudringen. Kratzen, Schleifgeräusche und Funkenschlag liefen parallel mit dem Absenken der Röhre auf die untergeschobene Bodenplatte. Drei Bänder waren gefangen.

General Walters hatte die Aktion durch das Panzerglasfenster des Labors verfolgt. Sichtlich erleichtert nahm er den Erfolg der Aktion zu Kenntnis. Seine Befürchtungen, die Bänder würden an der Röhre vorbeisausen, trafen nicht zu. Ein Band war zwar entwichen, aber das war vorerst weniger dramatisch, denn der Ort war evakuiert und es existierten ja noch viele andere Bänder im Boden an unbekannten Stellen.
Die Techniker verschraubten die Bodenplatte mit der Glasröhre. Die Bänder schwebten im Glasbehälter auf und ab und blieben nach einer Weile an der Glaswand hängen. Wie angeklebt verharrten sie in Ruhe, ideal zum genauen Betrachten. In voller Länge hatte sie noch niemand zuvor genau betrachtet.
Dr. Stephen Bradley, der die von den Bändern ausgehende Gefahr noch nicht richtig einschätzen konnte, traute sich zuerst aus seinem Beobachtungsfahrzeug heraus, nahm eine große Lupe zur Hand, bat seine Assistentin, einen Strahler mitzunehmen und lief hinüber zu der senkrecht stehenden Glasröhre.
Die Bänder hafteten weiter von innen an der Glaswand. Die gesamte Länge des einen Bandes

begutachtete er mit seinem Vergrößerungsglas. Susan Brooks strahlte das Band an. Silbig glänzend hing es bewegungslos in der Glasröhre. Dr. Stephen Bradley inspizierte es von unten bis oben und führte die Lupe dicht an die Glaswand heran. Auch das zweite, etwas kürzere Band beleuchtete er und suchte mit seiner Lupe nach Besonderheiten. Er fand keine. Mit Kopfschütteln ging er zurück zu seinem Labor, wo die anderen des Teams auf seinen Bericht warteten.

„Es tut mir leid, meine Damen und Herren, aber ich kann ihnen nicht viel sagen."

„Was haben sie denn sehen können?"

„Nun, es sind metallähnliche flache Bänder, fingerbreit, silbrig glänzend, so wie sie diese mir zuvor auch beschrieben hatten."

„Haben sie denn die Kanten genau betrachtet?"

„Ja, die Lupe hat zwar nur eine geringe Vergrößerungsleistung, aber die von ihnen geschilderten Sägeblattkanten konnte ich erkennen, nicht aber, dass es zwei Schichten sind. Dafür reicht wohl die Lupe nicht aus."

„Sind die Bänder denn auf der gesamten Länge gleich oder gibt es da Verdickungen an manchen Stellen?"

„Frau Wendell, wenn sie einen Kopf oder etwas Derartiges erwartet haben, muss ich sie enttäuschen. Das Band ist auf der ganzen Länge gleichmäßig strukturiert. Mir fiel nur auf, dass bei allen Bändern die Enden wie abgerissen aussahen, also nicht abgerundet, sondern scheinbar willkürlich abgebrochen mit kleinen Ecken und Rissen."

„Würden sie die Bänder denn zu den Lebewesen einstufen?"

„Also, wenn ich ehrlich bin, müsste ich sagen, sie sehen nicht viel anders aus, als Geschenkbänder. Da ich aber die Bänder in Aktion gesehen habe, kann diese Annahme nicht stimmen."

„Aber was haben wir da gefangen? Was ist das?"

„Frau Wendell, ich habe so etwas noch nie in meinem langen Berufsleben gesehen. Ich würde es vorläufig einmal als unbekannte Spezies bezeichnen."

„Wie sollen wir jetzt damit umgehen?"

„Ich weiß, dass unser Ministerium schnelle Lösungen haben möchte. Ich weiß auch, dass wir unter einem gewissen Zeitdruck stehen, denn die evakuierten Menschen wollen ja wieder in ihre Häuser zurück. Solange wir aber nicht wissen, wie

man diesen Bändern die Gefährlichkeit nimmt, können wir keine Entwarnung geben."
„Aber was wollen sie jetzt ganz konkret unternehmen?"
„Herr General, ich werde zwei Dinge in Erfahrung bringen müssen. Zum einen muss ich herausfinden, wie man sich davor schützen kann und zum anderen muss ich untersuchen, wie sie sich vermehren. Ich kann mit meiner Arbeit nur die Grundlagen erforschen. Die erforderlichen Maßnahmen müssen sie dann durchführen."
„Schön, Herr Dr. Bradley, wann beginnen sie mit ihrer Untersuchung und wann können wir mit Ergebnissen rechnen?"
„Ich werde jetzt sofort mit den Technikern beraten, wie wir eines der Bänder für Untersuchungen aus dem Glasbehälter herausholen können. Wenn das geschehen ist, werde ich am Objekt verschiedene Versuche durchführen, um herauszufinden, worauf es reagiert und in welcher Weise es reagiert. Diese Ergebnisse werden vermutlich schnell vorliegen, vielleicht schon morgen."

29

Noch am selben Abend besprach Herr Dr. Stephen Bradley mit den Technikern sein Vorhaben. Er erklärte, welche Versuche er gerne mit den gefangenen Bändern durchführen wolle und ließ sich dabei die Möglichkeiten erklären, wie mit Hilfe der Technik seine Vorstellungen verwirklicht werden kann.

Die große transparente Glasröhre bot für die ersten Versuche ideale Verhältnisse zum Beobachten. Große Scheinwerfer beleuchteten die eingefangenen Bänder. In der Nacht mussten mehrere Soldaten den unbekannten Feind bewachen und im Falle einer Auffälligkeit sofort Alarm schlagen.

Die Nacht blieb ruhig. Noch am nächsten Morgen hingen die Bänder an der Glasröhrenwand und hatten sich nicht von der Stelle bewegt. Nichts deutete auf eine Veränderung hin.

Unter strengsten Sicherheitsvorkehrungen übernahm die Technikabteilung des Militärs die von Dr. Stephen Bradley gewünschten Veränderungen am Glasgefängnis der Bänder. Eine umfangreiche Liste mit notwendigen Versuchen hatte er zusammen mit Frau Charlotte Wendell erstellt. Zielorientiert wollten sie vorgehen und hatten drei Prämissen gesetzt. Zuerst sollte mit den Versuchen ermittelt werden, was den Bändern schadet und mit welchen Mitteln sie aus den Wohngebieten ferngehalten werden können. In einem zweiten Abschnitt standen Erkenntnisse über die neue Spezies und an letzter Stelle die Beseitigung der Gefahr, auch wenn dies nur mit der Ausrottung dieser neuen Spezies zu verwirklichen gewesen wäre.

Während sich die Wissenschaftler um die Durchführung ihrer Versuche bemühten, wurden von General Walters mehrere Erkundungstrupps in gesicherten Fahrzeugen zu einem Sondereinsatz eingeteilt. Abschnittweise und intensiv sollten alle Grundstücke des Ortes und alle Felder bis zum Waldrand abgesucht werden. So, wie es bei den drei gefangenen Bändern zu sehen war, hätte auch an anderen Stellen ein Teilstück dieser Bänder aus dem Erdboden herausschauen können. Diese Plätze sollten

gefunden, als Gefahrenstelle markiert und abgesperrt werden.
Die Suchaktionen erwiesen sich als schwierig. Zum einen konnten die Soldaten die kleinen Bandenden im Boden zwischen Gras, Blattpflanzen, Büschen und Hecken nur schwer erkennen, zum anderen war die Gefahr groß und alle Trupps mussten äußerst vorsichtig agieren und ferngesteuerte Roboter und Drohnen zum Suchen einsetzen. Ein Betreten ungesicherter Flächen war den Soldaten nicht gestattet.
Gegen Mittag lagen bereits zwei Meldungen dieser Sichtungstrupps vor. Auf zwei Grundstücken im Ort hatte man Bänder gesichtet und den Bereich sofort gekennzeichnet und abgesperrt.
Dr. Bradley hatte am frühen Morgen seine Versuchsreihen begonnen. Über eine Arbeitsschleuse, die von der Technik an den Glasbehälter angebaut worden war und über ein Sicherheitsventil konnten die ersten Versuche starten.
Die Effektivität einer Maßnahme musste Dr. Bradley sowohl an den Kosten festmachen, als auch an der Überlegung, ob eine erfolgreiche

Maßnahme an allen Orten mit einfachen Mitteln durchführbar wäre. Die gefährlichen Bänder waren im gesamten Bezirk verteilt, könnten sich auch auf weitere Bereiche ausbreiten und mussten auf einfache und sichere Weise an unterschiedlichen Plätzen bekämpft oder unschädlich gemacht werden können.

In den Vordergrund seiner ersten Versuche hatte Dr. Bradley die einfache Frage gestellt: Welche Maßnahme kann einfach, preiswert und von jedem Bürger ausgeführt werden? Ihm war bewusst, dass die Gefahr durch die Bänder überall in den Wohngebieten auftreten kann. Er wusste auch, dass besonders Kinder und unvorsichtige Menschen der Gefahr besonders ausgesetzt waren.

Alle Helfer am Einsatzort wollten eine schnelle Lösung herbeiführen. Niemand hatte Zweifel am Erfolg des Einsatzes. Alle vertrauten den Fähigkeiten der anwesenden Spezialisten.

In einem der gesicherten Trucks hatte General Daniel Walters sein Informationsbüro der Planung und Einsatzleitung eingerichtet. Oliver Norman, die Wissenschaftler und Techniker befanden sich ebenfalls in diesem Truck. Gemeinsam sprachen

sie immer wieder die unterschiedlichen Verfahrensmöglichkeiten durch, suchten den besten Weg aus der Gefahrenlage und erhielten zwischendurch immer wieder neue Berichte von den Suchtrupps sowie von Dr. Bradley und seinen Versuchsergebnissen.
Am Nachmittag rief der Bürgermeister an. Er wollte vom General wissen, wann denn seine Bürger wieder in ihre Häuser zurückdürfen. Außerdem hätte ihm die Presse bohrende Fragen gestellt, die er nicht hinreichend beantworten konnte. Er habe aufgrund der drängenden Fragen eine Pressekonferenz angesetzt und alle für den morgen nach Silvercreak in den Bürgersaal eingeladen. Die Wissenschaftler und Militärs mögen doch bitte auch erscheinen, da diese doch die besten Informationen hätten. Um größeren Ärger zu vermeiden sagte der General sein Erscheinen zu. Auch die anderen Anwesenden in seinem Truck nickten zustimmend.
Bis zum Abend hatten die Suchtrupps bereits acht Grundstücke in Folkstone markiert, die mit den gefährlichen Bändern konterminiert waren. Auch die beiden Suchtrupps außerhalb des Ortes hatten

vor dem Waldrand die gefährlichen Bänder an mehreren Stellen gesehen.
Dann kam endlich Dr. Stephen Bradley in den Truck, um seine neuesten Erkenntnisse mitzuteilen. Er berichtete über seine durchgeführten Versuche.
„Ich sage euch jetzt, worauf wir aufbauen müssen und welche Details wir jetzt kennen. Wir wissen erstens, dass die Bänder keine Hitze vertragen. Genau gesagt, sie vertragen keine Flammen, brennen aber nicht. Heißes, kochendes Wasser macht ihnen hingegen nichts aus. In den Versuchen mit verschiedenen Gasen habe ich keine Reaktionen erkennen können. Die Bänder sind gegen alle uns in ausreichender Menge zur Verfügung stehenden Gase immun. Mit Gas können wir sie nicht bekämpfen oder vertreiben. Meine dritte wichtige Erkenntnis habe ich mit Flüssigkeitsversuchen gewonnen. Flüssigkeiten jeglicher Art habe ich in Tests angewendet, Öle, Säuren, Salzlösungen. Diese Flüssigkeiten, reines Wasser aber ausgenommen, versuchen die Bänder zu meiden. Man könnte sie damit vertreiben, würde aber gleichzeitig die betreffenden Bodenflächen für lange Zeit

unbrauchbar machen. Wir können ja kein Benzin oder Öl auf und in die Böden einbringen. Allerdings würde man die Bänder nur vertreiben und nicht töten. Das Problem würde dann an einem anderen Ort neu auftauchen. Sie sind säureresistent. Ich habe verschiedene Säuren getestet. Keine, auch nicht in extremer Sättigung, hat ihnen geschadet. Sie sind ihnen nur aus dem Weg gegangen oder besser gesagt, geflogen und haben alle Tropfen abgeschüttelt. Sie scheinen auch diesen Lotuseffekt zu besitzen. Es bleibt nichts an den Bändern haften. Also habe ich mich der nächsten Versuchsreihe zugewandt und die Bänder mit verschiedenen Frequenzen beschallt. Auch das hat nur bei einigen Frequenzen ein leichtes Zittern verursacht, aber die Bänder nicht bewegen können. Es blieben die mechanischen Versuche übrig. Diese hat Herr Kris Miller gefilmt du fotografiert. Bei diesen Versuchen habe ich zwei Erkenntnisse gewonnen. Man kann die Bänder zerstören und in Stücke reißen. Wenn man sie einklemmt, zerreißen sie sich sogar selbst in zwei oder mehr Teile. Aber das ist, gelinde gesagt, eine Katastrophe. Denn auch die Teilstücke leben weiter. Unser Detektor hat eindeutig eine

Metalllegierung angezeigt. Es müssen mehrere Metalle in den Bändern stecken, wenn sie nicht sogar aus einer noch unbekannten Substanz bestehen. Jetzt sind draußen im Glasbehälter bestimmt schon zehn oder mehr Bänder. Ich habe auch den Eindruck, dass die zerrissenen Bänder versuchen, wieder ihre ursprüngliche Länge zu erhalten. Sie regenerieren sich schnell und wachsen. Das müsste man jedoch über Nacht beobachten. Berührungen lassen sie nicht zu. Das ist vermutlich auch der Grund, warum einige Menschen und auch Tiere sterben mussten. Ich denke auch, das ist die wichtigste Erkenntnis von heute. Ich habe Versuche mit verschiedenen Materialien durchgeführt. Weiche Dinge werden blitzartig eingeschnürt und zerrissen oder zerschnitten. Das geschieht auch noch mit Zweigen und dünnen Ästen. Dickere Balken schaffen sie nicht, schneiden sie aber tief ein. Metalle, Glas und Stein können sie auch nicht durchtrennen, versuchen es aber. Sie hinterlassen an den getesteten Gegenständen Kratzspuren. Ich habe auch die Zeit registriert. Die Angriffe der Bänder auf meine Materialien dauerten zwischen vier und elf Sekunden. Es geht immer ganz schnell und danach machen sie nichts mehr und verhalten sich so, als wäre nichts geschehen. Entweder ist dann das störende Stück vernichtet oder sie lassen es links liegen. Für heute habe ich meine Versuche abgeschlossen. Meine Erkenntnisse von heute lauten also: Mit Feuer kann man sie vertreiben und man sollte sie niemals berühren. Hinter Glas, Metall und Stein ist man vor ihnen sicher."

„Herr Dr. Bradley, ich danke für ihren Bericht. Haben sie denn noch weitere Versuche geplant?"

„Herr General, meine Versuchsreihen sind jetzt abgeschlossen. Ich muss mir morgen nur noch einmal die Bänder genau ansehen, um Veränderungen feststellen zu können."

„Was werden sie danach mit den gefangenen Bändern tun? Wo sollen sie bleiben? Wie werden sie vernichtet oder entsorgt?"

„Verbrennen kann man sie nicht, jedenfalls nicht mit offenen Flammen, wie im Versuch. Vielleicht wäre es mit einem Schweißbrenner möglich. Das könnte ich morgen noch testen. Ich gebe aber jetzt schon zu bedenken, dass selbst kleine Bruchteile der Bänder wieder zu größeren heranwachsen. Wenn jedoch auch ein Verglühen

nicht möglich wird, wäre nur die sichere Verwahrung in Glas- oder Metallbehältern möglich. Einmauern wäre auch eine Möglichkeit."
„Na, dann wollen wir hoffen, dass sie mit dem Schweißbrenner erfolgreich sind!"
Dr. Bradleys Erkenntnisse gaben den Anwesenden eine unlösbare Aufgabe. Wie sollten mit diesen Erkenntnissen die im Stadtgebiet verteilten gefährlichen Bänder gefangen, vertrieben oder unschädlich gemacht werden? Eine zweite Frage schloss sich sogleich an. Wie sollte man die Bürger in der Zukunft vor diesen Bändern schützen können? Wie können sich die Menschen selbst davor schützen?

30

Am Morgen lief Dr. Stephen Bradley zur Glasröhre, um seine Bänder zu begutachten. Die eingeteilten Soldaten der Nachtwache hatten die schleichenden Veränderungen während der Nachtstunden nicht bemerkt. Sie waren so langsam und unmerklich verlaufen, dass man schon sehr nahe an den Glasbehälter hätte herantreten müssen, um die Veränderungen wirklich erkennen zu können. Aus den Bandstücken, die beim Zerreißen während der Versuche entstanden waren, sind über Nacht längere, fast auf Originalgröße angewachsene Bänder geworden. Die Anzahl von drei gefährlichen Bändern war in nur einem Tag nun auf zehn angewachsen. Dr. Bradley hatte neue unerfreuliche Erkenntnisse. Die Bänder können sich durch Teilen vermehren. Ein Zerschneiden oder Zerreißen der Bänder erhöht ihre Anzahl und vergrößert die bestehende Gefahr. Mechanisches Zerstören ist somit riskant und damit auch keine Lösungsmöglichkeit.

Gesenkten Hauptes ging Dr. Bradley zurück zum Truck und überbrachte die wenig erfreulichen Erkenntnisse. General Walters hatte gerade sein Frühstück eingenommen, als Dr. Bradley sich mit seinem Handy bei ihm meldete. Die Situation war unverändert. Man wusste etwas mehr, hatte aber keine Lösungen. Nein, man hatte nicht einmal Lösungsansätze. Alle Versuche verliefen in einer Sackgasse. Im Wissen um die Pressekonferenz zur

Mittagszeit hatte General Walters nur eine Frage am Handy: „Wie wollen sie diese ausweglose Situation den Bürgern erklären?“
Nur wenige Minuten später war auch der General am Einsatzort. Alle Einsatzkräfte hatten eine kurze Nacht hinter sich. Das große Problem drückte. Jeder suchte nach Lösungswegen. Es gab noch keine.
„Ich muss ihnen die Lage nicht erklären. Wir brauchen eine Lösung!“
„Herr General, ich möchte sie nicht beunruhigen, aber wir wissen über diese Bänder noch viel zu wenig.“
„Dr. Bradley, ich denke, sie haben alle wichtigen Versuche schon durchgeführt, oder nicht?“
„Das ist nur zum Teil richtig, Herr General. Die Versuche habe ich mit den gefangenen Bändern in einer großen Glasröhre durchgeführt. Erkenntnisse über das Verhalten dieser Spezies im Boden liegen nicht vor. Ich weiß auch noch nicht, ob sie sich in Gruppen anders verhalten, als einzelne Bänder. Wir wissen auch nicht, wie tief sie im Boden sitzen und wie viele sich dort befinden. Und schließlich weiß keiner von uns, wo sie überhaupt herkommen.“

„Herr Dr. Bradley, sie müssen mir die Lage nicht erklären und auch nicht den anderen hier. Wir wissen alle, in welcher schwierigen Situation wir stecken. Aber wir sollten uns alle gut überlegen, was wir in der Pressekonferenz mitteilen. Sie verlangen dort Antworten."
„Es hat doch keinen Sinn, darüber nachzudenken, welche Informationen wir zurückhalten sollen. Die Menschen müssen aufgeklärt werden, auch wenn die Fakten sehr belasten."
„Herr Dr. Bradley, dann sagen sie doch bitte der Bevölkerung, dass sie nicht in ihre Häuser zurückkehren können!"
„Das müssen sie schon selbst tun. Ich habe ja die Autorität dazu nicht."
„Ich möchte jetzt alle Anwesenden bitten, die Möglichkeiten auszuloten, die wir noch zur Verfügung haben um dann einen praktikablen Vorschlag zu erarbeiten. Wir müssen die Bürger schützen, egal wie schwierig oder teuer es sein mag."
General Daniel Walters erteilte den Auftrag, bis zu einer Frühstückspause gegen zehn Uhr die verschiedenen Lösungsansätze zu diskutieren und eine durchführbare Strategie zu entwickeln. Es

müsse gehandelt werden, auch wenn nur sehr kleine Schritte zu einer Lösung führen. Dann verabschiedete sich der General, verließ die ratlose Gruppe, ging zu seinem Fahrzeug und fuhr nach Silvercreak, um an der Vorbereitung zur Pressekonferenz mitzuwirken.

Oliver Norman versuchte zu koordinieren und die beginnende Diskussion zu lenken.

„Leute, damit wir zu einem Ergebnis kommen können, sage ich euch, welche Lösungsvarianten möglich sind. Wenn nichts geschieht, wird sich die Anzahl der Bänder schnell vergrößern und die Gefahr wird steigen. Das wäre der schlimmste Fall. Bei einer zweiten Variante würden wir die Anzahl der Bänder möglichst klein halten und deren Ausbreitung verhindern. In einem dritten Fall können wir die sichtbaren Bänder fangen oder vertreiben und die Wohngebiete sicher machen. Im besten Fall würde es uns gelingen, die gefährlichen Bänder für immer zu vernichten oder die davon ausgehende Gefahr beseitigen."

„Schön, Oliver, dann wäre ich erst einmal dafür, mit der leichtesten Variante zu starten."

„Aber was heißt denn leichte Variante? Hier ist nichts leicht!"

„Wenn wir etwas falsch machen, vergrößern wir die Gefahr. Im ungünstigsten Fall gerät sie sogar außer Kontrolle!"
„Frau Wendell, sie haben natürlich Recht. Wenn wir aber nichts tun, können die Bürger nicht mehr zurückkehren in ihre Wohnungen."
„Das ist mir sehr wohl bewusst!"
„Ich habe einen Vorschlag!"
„Ja, Herr Dr. Bradley, welchen denn bitte?"
„Wir werden in der Pressekonferenz alle gewonnenen Erkenntnisse schildern und den Menschen dann die wirklich sicheren Maßnahmen anbieten."
„Aber was sind denn sichere Maßnahmen?"
„Sie haben es doch schon von mir gehört. Mit Feuer kann man die Bänder vertreiben. In Glasröhren kann man sie einfangen. Mit Metallplatten, Stein oder Beton kann man sich schützen."
„Das können sie doch den Bürgern nicht ernsthaft sagen. Die werden uns zum Teufel jagen."
„Wir haben doch Bildmaterial und alle Bürger haben schon von den Opfern gehört. Wer sich keiner Gefahr aussetzen will, muss den Ort Folkstone wohl für immer verlassen. Wir können

den Menschen beim Umziehen helfen. Das wird eine teure Angelegenheit für die Regierung. Aber nach meiner Auffassung ist das die sicherste Lösung."

„Ja, die sicherste Lösung für die Bürger ist es, jedenfalls in dieser Region."

„Mehr können wir für die Menschen hier doch nicht tun. Wir sagen ihnen, dass sie die Bänder nicht berühren dürfen, dass sie ihr Grundstück mit Stein- oder Metallplatten versiegeln können. Schnell werden sie erkennen, dass man in einer solchen Stadt nicht mehr wohnen möchte."

„Wenn ich richtig darüber nachdenke, wird dieser Vorschlag der einzig praktikable bleiben. Die finanzielle Seite müssen die Bürger mit den Politikern aushandeln."

„Wir müssen aber den Bewohnern von Folkstone auch mitteilen, dass wir weiter nach Lösungen suchen. Wir geben nicht auf. Außerdem erwarten sie das von der Regierung und auch vom Militär."

31

Gegen Mittag liefen viele Bürger aus Silvercreak und einige Bewohner der evakuierten Häuser aus Folkstone zum Bürgerhaus. Es hatte sich herumgesprochen, dass der Bürgermeister zu einer Pressekonferenz geladen hatte. Einige Reporter der Tageszeitungen und der regionalen Radio- und Fernsehsender warteten neben ihren Übertragungswagen auf dem Parkplatz vor dem Bürgerhaus und interviewten ankommende Menschen.
Die evakuierten Bürger waren nicht nur verärgert, sondern hielten die Anordnung für übertrieben. Das Militär sei an allem schuld und würde das Problem verschleppen. Die Bürger seien nicht richtig informiert und es gabe keinen Plan für die Zukunft. Das Wort Unfähigkeit war nicht zu überhören.

Als der Bürgermeister eintraf musste die Polizei alle Kräfte mobilisieren, um ihm sicheres Geleit in den Saal zu geben.
Im Raum waren alle Stühle besetzt. Nach den Erzählungen und Schilderungen der Bürger zu den tödlichen Vorfällen wollten alle Anwesenden endlich eine Aufklärung. Sie erwarteten ein Konzept gegen die bestehende Gefahr. Sie erwarteten eine schnelle Lösung. Sie verlangten Sicherheit für ihre Wohnungen und Häuser. Sie verlangten Schutz für ihre Kinder.
Noch bevor der Bürgermeister die Pressekonferenz eröffnet hatte, schrien die Bürger ihre Fragen wild, aufgebracht und wütend durch den Raum. Mehrere Minuten dauerte es, bis die Konferenz eröffnet wurde, alle Gesprächspartner begrüßt und vorgestellt waren. Dann begann der Bürgermeister in einem bewusst sehr leisen Ton zur versammelten Bürgerschar zu sprechen.
„Liebe Bürger von Folkstone und Silvercreak, werte Vertreter der Presse und der Medien, da ich von vielen Seiten zu einer Erklärung aufgefordert wurde. Ich möchte mich davor nicht drücken."
„Das wäre ja auch das Letzte!"

„Nein, es hat andere Gründe, warum sie nicht ausreichend informiert sind. Diese Gründe können ihnen die Leute vom Einsatzkommando wesentlich besser erklären. Ich gebe deshalb das Mikrofon gleich weiter an Herrn General Daniel Walters. Bitte, Herr General!"
„Danke, Herr Bürgermeister! Bürger von Folkstone und Silvercreak, werte Pressevertreter, ich kann sehr gut nachvollziehen, warum sie aufgebracht und erbost sind. Was ich ihnen aber sogleich mitteilen muss, damit sie die Situation begreifen, ist unsere ganz außergewöhnliche Situation. Liebe Bürger, wir sind mit unseren Militär- und Sicherheitseinrichtungen hier, weil uns ein Gegner bedroht, der bereits Todesopfer gefordert hat. Wir sind zu ihrem Schutz hier. Unser Gegner, vielleicht sollte ich besser Feind sagen, ist neu. Sie kennen ihn nicht und das Militär kennt ihn ebenso wenig. Es ist das erste Mal, dass wir mit einer solchen Bedrohung konfrontiert werden. Die Bedrohung ist schlimm, sie ist heftig und unberechenbar. Vergleichen sie die Gefahr mit einer großen Seuche, vor der man fliehen muss, vor der sich alle schützen müssen, wenn man nicht sterben möchte."

„Wir sehen aber nicht, dass sie dagegen etwas Sinnvolles unternehmen!“

„Beruhigen sie sich bitte!“

„Sie jagen uns aus unseren Häusern und wir sollen uns beruhigen! Klären sie uns doch endlich auf und reden sie nicht um den heißen Brei herum! Was ist das denn für eine Bedrohung?“

„Genaueres können die Wissenschaftler vom Einsatzkommando geben. Ich gebe deshalb das Mikrofon an Herrn Dr. Stephen Bradley vom Labor.“

„Danke Herr General Walters! Liebe Leute, ich bin kein großer Redner, aber ich weiß sehr genau, was ich ihnen jetzt sage. Wir haben hier in dieser Region die schlimmste Bedrohung, die es jemals gegeben hat. Ihr Leben und auch unser Leben sind bedroht. Wir besitzen kein Mittel, um die Gefahr zu beseitigen. Die Gefahr ist da und sie breitet sich aus. Wenn wir sie nicht in den Griff kriegen, werden sie auf längere Zeit nicht in Ihre Häuser zurückkehren können. Schlimmer noch! Es könnte sogar sein, dass sich unser neuer Feind weiter ausbreitet und auch Silvercreak und weitere Ortschaften der Region evakuiert werden müssen.“

„Das kann ja nicht ihr Ernst sein!“
„Sehr wohl mein Herr! Das ist mein voller Ernst!“
„Dann erklären sie uns doch die Gefahr! Niemand hier im Saal versteht das!“
„Da gibt es nicht viel zu verstehen! Die Gefahr lauert im Boden, greift Menschen an, tötet jeden, der mit ihr in Berührung kommt und kann von uns nicht bekämpft werden.“
„Das gibt es doch nicht! Das Militär kann alles bekämpfen!“
„Nein, mein Herr! Es wäre schön, wenn wir das könnten, aber in diesem Fall sind wir machtlos, jedenfalls bis zu dieser Stunde.“
„Wir wollen aber zurück in unsere Häuser!“
„Ich kann ihnen nicht versprechen, dass dies bald wieder möglich wird!“
„Dann wenden sie doch Gewalt an! Sie sind doch mit dem Militär hier.“
„Mein Herr, sie verstehen die Situation nicht. Ich erkläre ihnen und auch den Vertretern der Medien jetzt noch einmal ganz genau, womit wir es hier zu tun haben. Ich bitte sie auch, drüber ausführlich zu berichten, damit unsere Bürger diese große Gefahr nicht unterschätzen. Hören sie mir bitte jetzt genau zu und befolgen sie meine

anschließenden Ratschläge. Die Gefahr steckt im Boden. Sie ist unscheinbar und nur bei sehr genauem Hinsehen zu erkennen. Man muss wissen, wie sie aussieht. Man muss auch wissen, wie gefährlich sie ist und was sie dem Menschen antut. Alle die sich mit dieser neuen Bedrohung beschäftigt haben sind ratlos, haben etwas Vergleichbares noch nie gesehen. Es ist unbekannt und unerforscht. Wir haben aber Versuche gestartet, die uns einige Erkenntnisse gebracht haben. Die tödlichen Angriffe werden von Bändern ausgeübt, die versteckt im Erdreich stecken. Diese Bänder können wohl bis zu drei Metern Länge anwachsen, können blitzartig aus ihrem Versteck im Boden herausschießen und innerhalb weniger Sekunden Menschen und Tiere töten. Wenn man nicht mit der Lupe hinschaut, sehen sie aus wie silbrige, metallisch glänzende Bänder zum Einpacken von Geburtstagsgeschenken. Sobald eine Person ein Band berührt, wird es wild, bewegt sich so extrem schnell, dass es für das menschliche Auge nicht mehr sichtbar ist und zerschneidet alles, was sich in seiner Nähe befindet. Es kann dabei Mensch und Tier zerstückeln, zerfetzen, zerkleinern. Ein

Mensch überlebt diese Angriffe nicht. Wir wollten mit Tests herausfinden, wie sich Menschen davor schützen können und wie man die Gefahr bekämpfen kann. Die Ergebnisse sind nicht erfreulich. Bürger können sich nur davor schützen, wenn sie den Bändern aus dem Weg gehen."

„Ja, dann vertreiben sie die Bänder doch und jagen sie sie zur Hölle!"

„Ich verstehe ihre Wut. Wir haben auch Möglichkeiten sie zu vertreiben."

„Dann tun sie es doch!"

„Wenn es so einfach wäre, hätten wir schon damit begonnen. Ich sage ihnen, warum das nicht möglich ist. Wenn wir diese gefährlichen Bänder vertreiben, können sie anschließend ihre Grundstücke nicht mehr nutzen. Es ist nicht sinnvoll, die Bänder zu vertreiben, damit die Häuser und Grundstücke wieder betreten werden können, diese aber völlig zerstört sind, sodass dort kein Bürger mehr wohnen oder leben möchte. Damit wäre das Ziel der ganzen Aktion nicht erreicht. Wir wollen ja nicht nur die Bänder vertreiben oder vernichten, wir wollen in erster Linie ihnen wieder ein sicheres Leben auf ihren Grundstücken gewährleisten. Wir können den

Bändern im Moment nur mit Feuer begegnen. Das heißt, wir müssten alles niederbrennen, um sie zu vertreiben. Dann wären die Bänder zwar nicht mehr auf ihrem Grundstück, aber sie könnten danach nur in ein verkohltes oder abgebranntes Haus zurückkehren. Das möchten sie bestimmt nicht. Eine zweite Gefahr, die wir nicht ausschließen können, ist die Rückkehr der Bänder nach der Vertreibung. Außerdem besteht die Möglichkeit, dass die Bänder so tief im Boden sitzen können, dass selbst Feuer sie nicht gänzlich entfernen kann. Es bleibt ein Restrisiko. Natürlich haben wir auch mit Chemikalien getestet. Aber ein verseuchter Boden ist ebenfalls unbewohnbar. Davon abgesehen sind die Bänder nahezu gegen alle Mittel resistent. Selbst Zerstörung bewirkt Gegenteiliges. Kleine Bandstücke wachsen über Nacht wieder auf ihre volle gefährliche Länge. Die Gefahr wird damit nur vervielfacht."

„Aber es muss doch irgendetwas geben?"

„Glauben sie mir, diese Bänder sind unverwüstlich. Man kann sie auch nicht töten. Vielleicht sind es keine Lebewesen. Steine und Metallstangen kann man auch nicht töten. Aber sie können sich vor den Bändern schützen. Das ist wenigstens ein Teilerfolg unserer Tests. Diese Bänder können Metall, Stein und Glas nicht zerstören, jedenfalls nicht schnell. Wenn sie sich also auf befestigten Wegen und Straßen bewegen, können sie vor den Bändern sicher sein. Allerdings schweben sie manchmal durch die Luft. Berühren dürfen sie sie auf keinen Fall. Das wäre ihr Todesurteil. Zum weiteren Verfahren gibt Herr Walters ihnen jetzt wichtige Ratschläge."

„Bürger von Folkstone, sie werden gebeten, ihre Häuser, Wohnungen und Grundstücke vorerst nicht mehr zu betreten. Wir richten aber nach Absprache mit unserem Einsatzleiter Herrn Norman für jeden evakuierten Bürger die Möglichkeit ein, zu einer bestimmten Zeit über Sicherheitswege zu ihrem Haus zu gelangen, um dort private oder benötigte Dinge abzuholen. Termine sprechen sie bitte mit Herrn Norman ab. Er steht ihnen gleich nach der Konferenz zur Verfügung. Wenn sie nun noch weitere Fragen haben, dann bitt jetzt. Vielleicht zuerst die Presse."

„Ja, ich bin Pete Tanner von der „Landpost" und möchte gerne wissen, was mit den Grundstücken

rund um Folkstone passiert. Dort sollen doch auch die Bänder gesehen worden sein."
„Das ist eine gute Frage. Die Antwort ist jedoch weniger gut. Die Bänder bedrohen natürlich überall dort, wo sie im Boden stecken. Das Militär hat alle Bereiche abgesperrt um bedrohte Gebiete nicht betreten zu können. Jegliche landwirtschaftliche Nutzung ist dort vorerst nicht mehr möglich. Tiere sollten vorerst auf anderen Flächen untergebracht werden oder in den Stallungen verbleiben."
„Ich heiße Tina Lowell und arbeite für die Silvercreak News. Sie haben vorhin angedeutet, dass die gefährlichen Bänder auch in Silvercreak auftauchen können. Müsste dann Silvercreak auch evakuiert werden?"
„Frau Lowell, ich kann die Zukunft nicht vorhersehen, aber in der Vergangenheit hat man in Silvercreak auch schon Erfahrungen mit den Bändern gemacht. Möglicherweise sind sie schon hier. Sobald sie gesichtet werden, muss der Bürgermeister wohl diese Entscheidung treffen. Er ist schließlich für die Sicherheit seiner Bürger verantwortlich."
„Und wer käme für die Kosten auf?"

„Versicherungen übernehmen in der Regel diese Kosten nicht, da es sich hier um eine sogenannte höhere Gewalt handelt, die bei Versicherungen immer ausgeschlossen wird. Die Bürger müssten dann vom Land eine Entschädigung erhalten. Antragsformulare erhalten sie beim Bürgermeister."

„Herr Walters, ich wohne hier in Silvercreak und mache mir jetzt große Sorgen. Besteht denn die Aussicht, dass sie die gefährlichen Bänder beseitigen oder vertreiben können? Oder müssen wir uns besser sofort auf die Evakuierung einstellen?"

„Die Lage ist äußerst prekär! Wir haben zwar Möglichkeiten, die gefährlichen Bänder zu vertreiben, aber was ist dann? Sind sie für immer verschwunden? Kommen sie vielleicht wieder zurück? Im schlimmsten Fall vertreiben wir sie in benachbarte Gemeinden und Ortschaften und hätten damit mehr Probleme als zuvor. Wir könnten sie vertreiben, aber wir dürfen dabei niemals andere Bürger in die gleiche Gefahr bringen."

„Sie wollen uns also sagen, dass wir hier unsere Koffer packen sollen!"

„Tun sie es, bevor sie keine Zeit mehr dafür haben!"
„Das ist doch eine Sauerei! Was fällt ihnen denn ein! In welchem Land leben wir denn?"
„Ich mache da bestimmt auch nicht mit! Ich bleibe hier, egal was da kommen mag!"
„Ich bleibe auch! Herr Bürgermeister, sprechen sie doch einmal ein Machtwort! So geht das doch nicht!"
„Liebe Bürger, wenn das Ministerium die Evakuierung anordnet, müssen wir sie durchführen. Es geschieht doch zu ihrem Schutz. Herr General, ist denn die Lage wirklich so verfahren?"
„Bürger von Folkstone und Silvercreak, noch gibt es eine kleine Chance. Wir werden in den nächsten Tagen alle Grundstücke der beiden Ortschaften genau untersuchen. Das machen wir auch mit den Feldern und den Waldgebieten. Es ist nicht ganz einfach und wird einige Tage dauern, weil die Flächen sehr genau betrachtet werden müssen. Nur so können wir aber die Gefahr wirklich genau bemessen und örtlich eingrenzen. In dieser Zeit können sie noch in Silvercreak verbleiben, müssen sich aber immer

der lauernden Gefahr bewusst sein und niemals mit einem der Bänder in Berührung kommen. Es wäre ihr Todesurteil! Während das Militär die gesamte Region Quadratmeter für Quadratmeter begehen und besichtigen wird, arbeiten unsere Wissenschaftler intensiv weiter und suchen nach Bekämpfungsmöglichkeiten. Im Sinne von uns allen hoffe ich, dass wir sehr schnell eine Lösung finden können. Weitere Fragen bitte!"

„Ich habe eine wichtige Frage. Ich bin Mutter von drei Kindern, die gerne draußen spielen. Muss ich ihnen das Spielen im Freien jetzt verbieten?"

„Gute Frau, ich antworte ihnen mit einer Gegenfrage. Wie stark lieben sie ihre Kinder?"

„Aber ich kann die Kinder doch nicht anbinden oder einsperren!"

„Der einzig sichere Weg wäre eine freiwillige Evakuierung ihrer Familie für den Zeitraum unserer Gefahrenbekämpfung. Einen anderen Vorschlag kann ich ihnen nicht geben."

„Was ist denn überhaupt mit unseren Kindern? Dürfen sie denn zur Schule gehen? Sind die Schulwege und Plätze sicher?"

„Das ist eine sehr gute Frage. Ich kann nach unserem heutigen Kenntnisstand keinem Bürger empfehlen, sich im Freien aufzuhalten, also auch nicht den Kindern. Für das Schließen der Schule ist aber der Bürgermeister zuständig. Er muss das anordnen, was ich ihm auch dringend empfehle. Vielleicht sagen sie ein Wort dazu, Herr Bürgermeister!"

„Ich denke, dass alle Eltern um ihre Kinder besorgt sind. Der Schutz unserer Kleinen hat immer Vorrang. Deshalb verkündige ich von dieser Stelle aus, dass unsere Schulen und auch die Kindertagesstätten bis zur Beseitigung der bestehenden Gefahr geschlossen bleiben. Die Aufhebung dieser Anordnung erfahren sie über die Presse und durch einen großen Aushang am Bürgermeisteramt und den Schulen."

„Ich danke ihnen, Herr Bürgermeister, für diese Weitsicht."

„Ich habe auch noch eine Frage. Ich bin Frau Green und möchte wissen, was ich tun soll, wenn mir ein Band begegnet oder ich eines entdecke."

„Das ist sehr wichtig. Alle, die ein Band sichten, sollten sich davon entfernen und es keinesfalls berühren. Anschließend informieren sie bitte sofort unsere Einsatzkräfte oder den Bürgermeister."

„Ich hätte auch noch eine Frage. Ich bin Jeff Mannis von NatureTV und möchte wissen, woher diese Bänder zu uns in die Region gekommen sind und ob es sich dabei um Lebewesen handelt.“

Herr Mannis, die Frage ist berechtigt, aber keiner hier in dieser Runde kann sie beantworten. Wenn wir es wüssten, wären wir bestimmt schon einen großen Schritt weiter. Weil sich die Bänder selbständig bewegen, nehmen wir an, dass es Lebewesen sind. Woher sie kommen ist nicht bekannt. Wir wissen nur, dass schon seit längerer Zeit immer wieder einmal tote Tiere gesehen wurden, die vermutlich Opfer dieser Bänder wurden. Aus anderen Regionen des Landes sind derartige Vorfälle aber nicht bekannt.“

„Glauben sie denn, dass es eine neue, unbekannte Spezies ist?“

„Davon gehen wir im Moment aus. Die von uns gefangenen Bänder, es sind jetzt zehn Exemplare, werden in dem Sicherheitsbehälter der Wissenschaft für weitere Forschungen übergeben.“

„Ware es denn möglich, für NatureTV aktuelle Filmaufnahmen zu erhalten?“

„Sie können nach der Konferenz gerne mit unseren Leuten vom Einsatzteam mitfahren. Herr Dr. Stephen Bradley kann ihnen auch noch mehr über seine Versuche berichten. Wir möchten, dass unsere Bevölkerung umgreifend über die Gefahrenlage informiert wird."
„Danke! Ich nehme ihr Angebot gerne an und warte auf sie draußen auf dem Parkplatz."
Mehr als eine Stunde noch wollten die anwesenden Bürger Auskünfte vom Einsatzkommando und den Wissenschaftlern über die gefährlichen Bänder erhalten. Die meisten Antworten konnten jedoch den Wissensdurst der Anwesenden nicht stillen. Zu viel blieb unerklärt, zu viel blieb schemenhaft. Mit unguten Gefühlen verließen die Bürger den Saal der Pressekonferenz, diskutierten noch lange auf ihrem Heimweg und tauschten ihre Meinungen aus.
Herr Jeff Mannis wartete zusammen mit einem Kameramann auf dem Parkplatz. Er lief auf die beiden zu meinte, mit seiner Hand zum Himmel zeigend: „Wir sollten uns beeilen, es wird bestimmt bald regnen."

32

Schon während der Pressekonferenz hatten mehrere Soldaten mit der Besichtigung der Grundstücke begonnen. Zweiundzwanzig Einheiten mit jeweils vier Personen waren eingeteilt, alle Grundstücke der Gemeinde Folkstone zu besichtigen um Gefahrenstellen zu finden. Einige der Trupps arbeiteten mit Drohnen, andere mit kleinen fahrbaren Robotern und einige auch nur mit Greifarmfahrzeugen, die einer Mähmaschine gleich, eine Stange über die Bodenflächen zog. Alle Trupps hatten das Ziel, Bänder aufzuspüren.

General Daniel Walters war mit Herrn Jeff Mannis und seinem Kameramann von Silvercreak nach Folkstone gefahren und steuerte dort direkt den Einsatzort an der großen Glasröhre an. Da sich der Himmel bereits zugezogen hatte und dunkle Wolken den bevorstehenden Regen ankündigten, beeilten sich die beiden Fernsehleute, um noch

Bildmaterial von den Bändern in der Glasröhre zu bekommen. Großaufnahmen, Detailaufnahmen und vergrößerte Ausschnitte kommentierte Jeff Mannis auf sein mitlaufendes Aufzeichnungsgerät. Noch rechtzeitig konnten sie die Arbeit im Freien beenden. Als es dann zu regnen begann, begaben sie sich in den Labortruck von Herrn Dr. Stephen Bradley, der sich anbot, dem Fernsehen noch ein exklusives Interview zu geben, um auch alle wichtigen Erkenntnisse dem Fernsehzuschauer mitzuteilen.

Es begann zu regnen. Ein Gewitter zog auf. Es war weiter nicht verwunderlich, dass die Soldaten der Einsatztrupps ihre Arbeiten unterbrachen, als der Regen heftiger wurde. Blitze waren zu sehen. Heftige Donnerschläge bekundeten das Zentrum des Gewitters direkt über dem Ort.

Die ersten der zurückkehrenden Soldaten sprangen aus ihrem Fahrzeug und hasteten ins Trockene. Der Grund dafür lag jedoch nicht am Regen. Sie kamen in den Truck gestürmt, hechelten nach Luft und dann brach es aus ihnen heraus.

„Die Katastrophe, die Katastrophe. Die Bänder sind frei. Sie fliegen überall hin! Wir haben sie alle gesehen. Es sind viele, sehr viele."
„Ja, ich habe sie auch gesehen. Wir alle haben sie gesehen. Sie schossen aus dem Boden heraus."
„Wie Geschosse aus dem Boden. Und ganz viele!"
„Jetzt aber mal langsam und etwas geordneter meine Herrn! Es redet bitte nur einer! Was haben sie gesehen?"
„Herr General, wir haben gesehen, dass ein Blitz in den Boden auf der Waldwiese einschlug. Direkt danach kamen sie aus dem Boden. Die Bänder schossen regelrecht in die Höhe. Weit über die Bäume hinaus. Sie kamen aus verschiedenen Löchern und Stellen im Wiesenboden. Es waren bestimmt ein Dutzend Stellen auf der Wiese und überall kamen viele Bänder heraus, vielleicht immer so zehn bis zwanzig Stück. Jedenfalls viele. Der Wind hat sie dann in der Höhe Richtung Wald und dann über die Bäume Richtung Silvercreak getrieben. Das haben wir aber nicht verfolgen können, weil die Waldbäume die Sicht verstellten. Der Wind ist heftig, sie sehen es ja selbst. Die Bänder könnten sehr weit geflogen sein und auch sehr weit verteilt. Es gibt eine Katastrophe."

„Und der ganze Trupp hat es gesehen und kann es bestätigen?“
„Ja!“
„Ja!“
„Ich auch!“
„Dann müssen es ja mehr als hundert Bänder gewesen sein, wenn ihre Aussage stimmt!“
„Hundert waren es bestimmt. Es waren lange und kurze, ganz gemischt. Die längsten waren vielleicht drei Meter und kürzere einen halben Meter lang.“
„Und sie sind ganz sicher, dass sie über den Wald Richtung Silvercreak geflogen sind?“
„Sie sind mit dem Wind geflogen. Der weht in Richtung Silvercreak.“
„Ich werde sofort den Bürgermeister anrufen.“
In diesem Moment stürmte ein weiterer Suchtrupp herein.
„Ein Blitz ist eingeschlagen! Er hat die Bänder aus dem Boden getrieben!“
„Langsam, langsam, wir wissen schon Bescheid!“
„Wie denn? Es war doch gerade erst vor zwei Minuten!“
„Wo ist der Blitz eingeschlagen?“
„Hauptstraße sechsundzwanzig!“

„Aha, ein anderer Blitzeinschlag. Berichten sie! Was haben sie beobachtet?“

„Wir waren auf Grundstück vierundzwanzig, als der Blitz zwei Parzellen weiter einschlug. Er muss die Bänder auf dem Boden getroffen haben, die wie kleine Blitzableiter aus dem Boden herausschauten. Dann ging alles sehr schnell. Sehr viele Bänder kamen aus dem Boden heraus. Es waren zwei Stellen auf diesem Rasen. Eine lag direkt an der Straße, die andere vielleicht zehn Meter davon entfernt, schon nahe am Haus. Jeweils ein ganzes Bündel dieser Bänder trat aus dem Boden und flog in die Luft. Sie wurden vom Wind über das Haus getrieben. Dann haben wir sie nicht mehr gesehen.“

„Wie viele waren es ihrer Meinung nach?“

„Zusammen waren es bestimmt zwanzig oder sogar mehr.“

„Danke für die schnelle Meldung! Beide Trupps begeben sich bitte jetzt sofort in ihre gesicherten Fahrzeuge und warten dort auf weitere Anweisungen. Unternehmen sie jetzt nichts mehr. Zuerst müssen wir das Ende des Gewitters abwarten und danach die Situation neu bewerten.“

„Wir warten auf ihre Anweisungen!“
Die Soldaten gingen hinaus zu ihren Fahrzeugen und General Walters ergriff den Hörer seines Telefons. Er erreichte den aufgeregten Bürgermeister aus Silvercreak. Dieser hatte bereits wenige Augenblicke zuvor die Mitteilung eines Bürgers erhalten, der zwei Bänder auf seinem Grundstück gesichtet hatte. Sie seinen angeflogen und auf seiner Wiese gelandet.
Der General berichtete von der großen Zahl der verwehten gefährlichen Bänder, die vom Wind auf Silvercreak zugeweht werden und bat um erhöhte Aufmerksamkeit.
Die eingeschlagenen Blitze hatten die Lage extrem verschärft. Unzählige Bänder waren weit über die Region in alle Richtungen geflogen und an neuen unbekannten Stellen niedergegangen. Die Soldaten hatten von zwei beobachteten Blitzeinschlägen berichtet, aber das Gewitter brachte noch eine große Anzahl anderer Blitze, die nicht direkt beobachtet wurden und von den Einschlagorten keine Berichte vorlagen. Was bei den zwei Einschlägen beobachtet wurde konnte bei allen anderen ebenso ausgelöst worden sein.

Viele der beobachteten und vielleicht noch andere Bänder mussten nun in der Gemeinde Silvercreak vermutet werden. Dies war einerseits eine Tragödie, andererseits hatte der Gewitterregen die Bürger in ihren Häusern verweilen lassen, wo sie von der heranfliegenden Gefahr nicht bedroht waren, jedenfalls vorläufig nicht. Das Wetter würde sich bestimmt ändern. Der Regen würde aufhören. Die Menschen würden wieder ihre Häuser und Wohnungen verlassen und ins Freie treten. Sie würden in ihr Verderben laufen, wenn nicht unverzüglich sichernde Maßnahmen getroffen werden.
General Walters ordnete darum sofort an, über Lautsprecher der Bevölkerung in Silvercreak die neue Gefahrenlage mitzuteilen und das Verweilen in ihren Wohnungen anzuordnen. Einige Soldaten fuhren sofort in ihren Fahrzeugen hinüber zum Nachbarort und verkündeten über Lautsprecher die Anordnung des Generals.
Man war auf der einen Seite froh, dass noch kein weiterer Mensch den Bändern zum Opfer gefallen war, wusste aber nicht, wie man mit der erweiterten Gefahrenlage umgehen sollte. Man wusste nicht, in welchem Radius sich die

vertriebenen Bänder nun neue Aufenthaltsplätze gesucht hatten. Man wusste nur, dass deren Zahl so groß war, dass nicht alle Flächen in der Region begutachtet werden können. Mit den wenigen Soldaten des Einsatzkommandos konnte diese Aufgabe nicht mehr durchgeführt werden. Aber nicht nur die Suche nach den verstreuten Bändern machte Sorge, sondern das allgemeine Umgehen mit jedem einzelnen Band. Noch hatte kein Wissenschaftler eine hinreichend gute Methode gefunden, einzelne Bänder zu vernichten.

Eile war geboten. General Walters unterrichtete sofort das Sicherheitsministerium und forderte eine große Zahl an Soldaten und Sicherheitsfahrzeugen zur Region an, außerdem weitere Laborfahrzeuge mit Ausrüstung und Labortechniker sowie alle kurzfristig verfügbaren Kleinroboter. Die gesamte Region musste neu auf den Verbleib der gefährlichen Bänder überprüft werden, Quadratmeter für Quadratmeter. Alle Bänder mussten eingefangen oder vernichtet, zuerst jedoch mussten sie aufgespürt oder gefunden werden. Eine fast unlösbare Aufgabe lag vor den Füßen des Einsatzkommandos.

Oliver Norman, der die Einsatztrupps zusammenstellte und die Organisation für das Aufspüren der Bänder übernommen hatte, sah sich überfordert. Er kannte die Eigenheiten des Geländes nicht, wusste nicht, welche Geräte an welchen Stellen eingesetzt werden mussten und hatte nicht genügend Personal, alle betroffenen Flächen intensiv absuchen zu können. Mit den angeforderten Soldaten war erst am kommenden Tag zu rechnen. So entschloss er sich, die Arbeit in Silvercreak zu beginnen, da sich hier Bürger aufhielten, deren Schutz zuerst gewährleistet werden sollte.
Eine Evakuierung stand bevor. Soldaten überprüften die Straßen und Wege, fanden dort glücklicher Weise keine gefährlichen Bänder und konnten damit die Räumung der Wohnungen und Häuser veranlassen. Alle Zufahrtswege zu den Hauseingängen wurden inspiziert. Die Bewohner sollten sicher zu den Militärtransportern gehen können. Haus für Haus, Wohnung für Wohnung wurde geräumt. Die Bürger wehrten sich nicht und waren überzeugt, bald wieder zurückkehren zu können. Sie vertrauten dem helfenden Militär.

Nicht nur die Bürger mussten andere, sichere Orte aufsuchen, sondern auch alle Personen des Einsatzkommandos. Der Standort der Trucks war nicht mehr sicher genug. General Walters ordnete an, die Trucks in die gegen Windrichtung nächstgelegene Gemeinde umzusetzen.
Vier Meilen entfernt lag Lemmings. Ein kleiner Ort mit nur acht Wohnhäusern und zwei Bauernhöfen mit Stallungen. Alle Einsatzfahrzeuge und die Labortrucks wurden kurzfristig nach Lemmings verlegt. Der große Dorfplatz bot genügend Fläche und ein erforderlicher Wasseranschluss war ebenfalls gegeben. Nur die gefangenen Bänder in der großen Glasröhre blieben vorerst in Folkstone, weil man Sicherheitsbedenken für den Transportweg sah.
Das Gewitter hatte sich verzogen. Der Regen setzte aus. Ein Blick zum Himmel sagte aber, dass dieses unheilbringende Wetter nur eine kurze Pause eingelegt hatte. Die Wettervorhersagen in den Medien verhießen ebenfalls nichts Gutes für die kommenden Tage. So lange der Wind nicht drehte, konnte das Einsatzkommando in Lemmings beruhigt arbeiten.

Die ständigen Veränderungen der Gefährdungslage erforderten immer wieder neue Pläne, neue Anweisungen, neue Vorgehensweisen. Die unkontrolliert in die Region verwehten Bänder führten zu neuen Gefahrenstellen, die von den Einsatztrupps gefunden werden mussten, um Bürger davor warnen zu können. Es war noch kein Mittel gefunden, das diese Gefahr wirkungsvoll eindämmen konnte. Selbst größere Militäreinheiten und angelieferte Technik in wirklich erstaunlichem Umfang, konnten nichts bewirken. Es war nicht möglich, Personen und Technik einzusetzen, da man nicht wusste, wie man gegen diese neuartige Gefahr vorzugehen hatte. Sicherlich hatte man inzwischen verschiedene Erkenntnisse gewonnen, die aber die lauernde Gefahr in der Situation nur verdeutlichen, nicht aber zu einer wirkungsvollen Bekämpfung beitragen konnten. Das Einsatzkommando hatte mit den verschiedenen Untersuchungen und Tests nur herausgefunden, was man bei dem Umgang mit den gefährlichen Bändern nicht tun sollte. Was aber sollte man tun? Im Moment war die erste Regel nur das

Meiden und Fernbleiben von den Bändern. Es war das Bekunden von Hilflosigkeit.

33

Die schlechte Wetterlage hielt an. Kräftige Regenschauer wechselten sich mit kleinen örtlichen Gewittern ab. In Lemmings trafen bereits zwei Stunden nach der mit großer Dringlichkeit bestellten Verstärkung die ersten Militärfahrzeuge ein. Oliver Norman ließ die Fahrzeuge auf einem großen freien Feld Aufstellung beziehen. Immer wieder trafen neue Fahrzeuge ein. In aller Eile hatte das Militär ein Großzelt errichtet, in dem alle Ankommenden begrüßt und sofort über die Gefahrenlage und die notwendigen, bevorstehenden Arbeiten informiert wurden. Geländepläne mit eingezeichneten Einsatzbereichen für mehr als zweihundert Suchtrupps standen auf großen

Staffeleien bereit. Jede ankommende Einheit erhielt sofort eine Geländekarte mit Anweisungen und Arbeitsaufträgen für die gefährliche Suche nach den Bändern.
Im hinteren Bereich des Zeltes stand Herr Dr. Stephen Bradley und erklärte in viertelstündigem Abstand den Neueingetroffenen die Gefahrenlage, zeigte kleine Filmsequenzen zur Verdeutlichung und berichtete von den gewonnenen Erkenntnissen aus seinen Testreihen.
Der Nachmittag ging vorüber und auch während der Nacht waren Blitze zu sehen. Die gefährliche Lage bestand weiterhin, ja sie erfuhr durch den kräftigen Regen und die Blitzeinschläge in der Region noch eine Steigerung. Diese war nicht sichtbar, aber die Erfahrungen mit den Bändern ließen dies in den Köpfen der Anwesenden aufblühen. Die Dunkelheit der Nachtstunden fügte zusätzlich einen Schuss an Ungewissheit hinzu. Niemand konnte mit Gewissheit sagen, wo sich die gefährlichen Bänder niedergelassen hatten. Niemand konnte voraussagen, ob diese Gefahr in der Region verblieben war oder ob sie sich vielleicht noch weiter mit dem Wind auf andere

Landstriche oder sogar Ortschaften ausgebreitet hatte.
Bei allen Befürchtungen, die von den Personen des Einsatzkommandos immer wieder geäußert wurden, ragte jedoch eine große Unbekannte heraus. Niemand hatte bisher in Erfahrung bringen können, ob die aus dem Boden herausgesprungenen und vom Wind verwehten Bänder ihren Standort vollzählig verlassen hatten. Herr Dr. Stephen Bradley vermutete, dass im Boden bestimmt einige der Bänder zurückgeblieben sind oder dass sich in der Erde noch kleinere abgerissene Stücke befinden, die sich, wie sein Versuch gezeigt hatte, sehr schnell wieder wachsen können. Die Gefahr wäre in diesem Fall nicht verschwunden.
General Walters und die Wissenschaftler gingen jedenfalls vom schlimmsten Fall aus. Würden Teile der Bänder im Boden verblieben sein, so würden sich ganz neue Aufgaben stellen. Wie kann das Militär die Bänder im Boden aufspüren? Wie tief sitzen die Bänder im Boden? Wie können sie dort herausgenommen und unschädlich gemacht werden?

Auch wenn sie noch nicht wussten, ob Bänder im Boden verblieben waren, so war aber bekannt, dass schon kleinste Stücke innerhalb weniger Stunden wieder wachsen werden. Man musste also nur wenige Stunden warten und an den betreffenden Stellen erneut nach diesen Bändern fahnden.

Keiner sprach über die Folgen einer solchen Situation. Es war nicht nötig. Alle wussten, was dies bedeuten würde.

Erst in den frühen Morgenstunden hörte es auf zu regnen. Nebel stand in den Wiesen und Feldern und erschwerte die Sicht auf den Boden. Erst nachdem die Sonne ihre Wirkung entfaltete, verschwanden die Nebelschwaden und die ersten Suchtrupps wurden losgeschickt.

Die Wissenschaftler waren besonders gespannt, ob an den Stellen, aus denen Bänder herausgeschossen waren, erneut welche zu sehen wären. Die ersten Suchtrupps erhielten den Auftrag, die bereits bekannten Stellen anzufahren und dort nach Bändern zu suchen.

Auch Frau Wendell und Dr. Bradley setzten sich in ihr Fahrzeug und fuhren zurück nach Folkstone, um die gefangenen Bänder in der Glasröhre zu begutachten. Als sie eintrafen bemerkten sie keine Veränderung. Auch den Soldaten, die während der ganzen Nacht die Röhre bewacht und beobachtet hatten, waren keine Veränderungen aufgefallen. Die gefangenen Bänder lagen bewegungslos in der Röhre, als können sie keinem einen Schaden zufügen.

Charlotte Wendell und Dr. Stephen Bradley standen vor der großen Glasröhre und sahen sich die leblosen Bänder an. Die Ruhe war trügerisch.

„Stephen, ich glaube, wir müssen noch mehr über diese Bänder wissen. Ich möchte gerne wissen, wie lange sie leben können und wann sie sterben, wenn sie überhaupt sterben."

„Charlotte, mir gehen da auch so einige Fragen durch meinen Schädel, die ich vor den anderen noch nicht laut gesagt habe. Du hast doch auch die Aufzeichnungen von Jack Randolfs, Gott hab ihn selig, gelesen. Er hatte mit Wasser einiges ausprobiert. Ich glaube ja, dass die Bänder auf Feuchtigkeit reagieren. Hier in der Glasröhre ist es trocken, aber daneben, auf dem Rasen ist der Gewitterregen tief eingedrungen. Wenn es dort noch kleine Bandstücke gab, sind sie vielleicht gewachsen."

„Du magst Recht haben. Jack Randolfs hatte Wasser auf ein Bandstück gegeben und dies ist sofort gewachsen und gefährlich geworden."
„Die Suchtrupps müssen die Rasenfläche genau untersuchen. Wer weiß denn schon, wie tief diese Bänder in der Erde stecken? Wenn dort noch einige im Boden sind, dann Gnade uns Gott!"
„Na. Stephen, male mal den Teufel nicht gleich an die Wand! Wir werden schon eine Lösung für unser Problem finden!"
„Charlotte, wenn dort noch Bänder im Verborgenen stecken, können wir sie niemals alle beseitigen. Es kann sein, dass wir die Bänder hier an diesem Ort beseitigen, vertreiben oder fangen können, aber sie sind doch jetzt schon in der ganzen Region verteilt. Wir werden sie nie alle finden können, wenn sie tief im Boden stecken."
„Das Militär hat doch Metalldetektoren. Damit können sie doch alle auffinden."
„Bestimmt nicht alle, Charlotte. Diese Geräte spüren nur Metalle bis zu einer geringen Tiefe auf. Ich denke, was tiefer als einen halben Meter in der Erde sitzt, werden sie nicht finden."
„Das wäre schlimm. Es ist ja schon schwierig genug, diese riesige betroffene Fläche

abzusuchen. Das dauert doch Wochen, vielleicht Monate."

„Wenn sie denn alle auffinden können, wäre das gut. Aber, was ist los, wenn es wieder ein Gewitter gibt? Was ist los, wenn der Wind die Bänder in andere Richtungen verweht? Was ist los, wenn wir keine Geräte zum Fangen dieser Bänder besitzen? Oder glaubst du vielleicht, dass wir solche Glasglocken wie diese hier, in beliebiger Stückzahl vorrätig haben? Soweit ich informiert bin hat das Militär vier solcher Röhren. Zwei sind im Hauptlager deponiert, wovon eine jetzt hier steht und zwei weitere befinden sich im Militärdepot Süd. Allein um jetzt die verstreuten Bänder einzufangen, benötigen wir mehr als fünfzig solcher Röhren!"

„Stephen, das können wir vergessen! Wir haben diese Röhren nicht und wir kennen auch die Plätze nicht, an denen die gefährlichen Bänder im Boden stecken."

„Was muss den deiner Meinung nach jetzt geschehen, Charlotte?"

„Es gibt nur eine Möglichkeit. Wir müssen innerhalb kürzester Zeit eine praktikable Lösung finden. Ich meine damit eine Zeitspanne von höchstens zwei Tagen. Wenn sich die Bänder nämlich noch weiter im Land verteilen, sehe ich keine Chance mehr, sie zu bekämpfen. Jedenfalls keine Chance, bei der die Bevölkerung schadlos bleibt."

„Schön, Charlotte, ich sehe das genauso."

„Und? Was willst du jetzt machen?"

„Ich werde jetzt mit den gefangenen Bändern hier weitere Tests durchführen. Es muss doch etwas geben, womit man sie unschädlich machen kann. Man muss sie ja nicht vernichten, wenn man etwas findet, das ihre gefährlichen Aktionen verhindert. Sie müssten langsamer werden oder zahm oder sich selbst vernichten."

„Träume du mal weiter! Ich glaube nur, dass wir hier eine neue Spezies vor uns haben, die uns überlegen ist. Es ist eine Spezies, die der Mensch mit seinen Mitteln nicht besiegen wird!"

„Dann solltest du schon mal deine Koffer packen, Charlotte. Es hilft dann nämlich nur noch die schnelle Flucht!"

„Und wohin sollte ich fliehen?"

„Ja, ja! Ich weiß schon... Es gibt keinen Ort, wo man vor den Bändern sicher wäre, so lange wir kein wirksames Mittel finden."

„Stephen, ich sage dir jetzt was los ist. Wir sind überfordert. Wir sind total überfordert und wollen es vor der Bevölkerung nicht laut sagen!“
„Ja, so ist es. Die Leute erwarten von uns eine Lösung. Sie denken, dass sie morgen oder übermorgen wieder in ihre Wohnungen zurückkehren dürfen. Das kann doch niemand verantworten.“
„Aber auch wenn sie nicht in die Wohnungen und Häuser zurückkehren können, so wollen sie doch alle ihre Habseligkeiten retten. Sie wollen auf jeden Fall noch einmal zurückkehren und ihre wichtigen Dinge aus den Häusern retten und abholen.“
„Das Militär wird sie nicht durchlassen.“
„Dann müssen die Soldaten die Häuser ausräumen.“
„Wie soll das denn gehen? Letztlich sind die Soldaten ja auch gefährdet.“
„Wir müssen uns auf den General und seine Strategen verlassen. Zusammen mit den Politikern werden sie uns schon erklären, wie weiter vorgegangen wird.“
„Warten wir´s ab.“

In der Zwischenzeit war ein Suchtrupp eingetroffen, der das Grundstück an der Glasröhre untersuchen sollte. Ihm gefolgt fuhren General Walters und Oliver Norman an das Grundstück heran. Die Untersuchung dieses Grundstücks sollte Sicherheit

darüber geben, dass nach dem Flämmen der Fläche keine Gefahr mehr im Boden zurückgeblieben war. Der Suchtrupp war mit einem kleinen ferngesteuerten Roboter unterwegs. Vor dem Grund stück wurde er ausgeladen und in betriebsbereiten Zustand versetzt. Dann stiegen die Soldaten wieder in ihr gesichertes Fahrzeug und steuerten das kleine Gerät auf die Grundstücksfläche. Der General schaute sich die Aktion mit seinem Feldstecher an. Er wollte mögliche Angriffe detailgenau miterleben. Der Roboter fuhr das gesamte Grundstück ab, berührte mit seinen breiten Rädern nahezu alle Stellen des Bodens, in dem die Bänder noch wenige Stunden zuvor gesteckt hatten. Es geschah nichts. Kein gefährliches Band war zu sehen. Sie mussten verschwunden sein oder im Boden still verweilen.

Gerade als Herr Walters seinen Feldstecher zur Seite gelegt hatte und den Rückzug des Trupps anordnen wollte, geschah es.
Als ob das kleine ferngesteuerte Fahrzeug die Bänder aus ihrem Schlaf gerissen habe, sprossen plötzlich auf der befahrenen Fläche langsam kleine Bandstreifen aus dem Boden. Wie schnell wachsende Gräser kamen sie aus der feuchten Erde. Da wo zuvor zwanzig Bänder aus dem Boden geschossen waren, wuchsen nun unzählbar viele. Mehrere hundert kleine Bandsprossen drängten sich dicht an dicht aus dem Boden und bildeten eine den Eindruck einer silbrigen Wiese. Sie waren noch klein, schmal und ragten nur wenige Zentimeter aus dem Erdreich hervor. Noch schienen sie ungefährlich zu sein.
Oliver Norman und General Walters schauten sich verwundert in die Augen und dann direkt wieder zum Grundstück. Sie wollten es nicht glauben. Aber es war Realität.
„Herr General, wir müssen herausfinden, ob sie eine Gefahr für uns sind. Diese kleinen Sprösslinge sehen so ungefährlich aus!“

„Ja, Oliver. Die Soldaten sollen den Roboter noch einmal darüber rollen lassen, dann werden wir es sehen.“

General Walters wies die Soldaten an, das kleine ferngesteuerte Fahrzeug nochmals über das Grundstück fahren zu lassen.

Schon bei der Berührung der ersten Sprösslinge was alles klar. Die Gefahr war nicht verschwunden. Viele schmale und kurze Bänder, die meisten weniger als einen halben Meter lang, sprangen aus dem Boden hervor, griffen das kleine Fahrzeug an, konnten es aber wegen seines Metallgehäuses nicht stark beschädigen. Der Lack war mit Kratzspuren überzogen und die Vollgummireifen hatten einige Schnitte ertragen müssen. Die Bänder stoppten den Angriff nach wenigen Sekunden und verschwanden wieder im Erdboden. Die Soldaten steuerten das Gerät sofort wieder zurück auf den angrenzenden Plattenweg. Nur wenige Zentimeter ragten die silbrigen Bandspitzen immer noch aus der Erde heraus, harmlos im Sonnenlicht glitzernd, als ob nichts geschehen wäre.

34

Alle hatten sich dagegen gesträubt, diesen beängstigenden Fall auch nur ansatzweise in Erwägung zu ziehen. Jetzt waren sie damit konfrontiert, das Einsatzkommando, die Wissenschaftler, die Bürger der Region und die verantwortlichen Politiker.
General Daniel Walters und sein Team waren sich sofort einig in der Bewertung der Lage. Man wusste, dass dies eine Katastrophe ist. Niemand nahm das Wort in den Mund. Man versuchte die Situation so zu beschreiben, dass wenigstens noch der Hauch einer Lösung im Raum schwebte. Diese gab es aber nicht. Die Situation war ausweglos. Das gesamte Team war handlungsunfähig, nicht weil man nicht wollte, sondern weil man nicht konnte. Alles hatte man versucht und unter Lebensgefahr getestet. Nichts brachte Lösungsansätze. Auch die Hoffnung, die Bänder wenigstens vertreiben zu können, erwies sich als falsch. Mehr noch, das Vertreiben führte zu einer

Verschärfung der Gefahrenlage. Man konnte zwar punktuell einige Bänder einfangen, aber bei weitem nicht alle. Die Technik in dem notwendigen Umfang dafür gab es nicht.
Oliver Norman befahl seinen Einsatztrupps die sofortige Rückkehr zum Standort in Lemmings. General Walters führte ein dringliches Telefonat mit den politischen Entscheidungskräften. In der entfernten Hauptstadt war man sich der wirklichen Gefahr nicht bewusst. Erst die mehrfache Betonung des Wortes Katastrophe und dem Hinweis auf fehlende Bekämpfungsmittel und Strategien ließ den Minister seine aktuellen dienstlichen Verpflichtungen vergessen. Er stieg sofort in seine Limousine, fuhr zum Flugplatz und ließ sich mit dem Helikopter direkt zum Einsatzgebiet fliegen.
Nur eine Stunde war vergangen. Der Helikopter des Ministers war zusammen mit vier Fachleuten des Sicherheitsministeriums auf dem Feld bei Lemmings gelandet. General Daniel Walters begrüßte die Gruppe und führte sie in das Besprechungszelt.
Die führenden Kräfte des Einsatzkommandos waren versammelt. Aufgeregt diskutierten sie

miteinander über die verbleibenden Möglichkeiten. Sowohl ihre Kenntnisse vom Sachverhalt, als auch die bereitstehende Technik konnte ihnen keinen Ausweg versprechen. Hoffnungsvoll warteten sie auf die eingeflogenen Fachkräfte.

Es stellte sich aber sehr schnell heraus, dass auch diese völlig hilflos der Gefahrenlage ausgeliefert waren. Mehrfach hatte man in der Vergangenheit Notfallszenarien erfolgreich überstanden, aber die neue Gefahrensituation war nicht vergleichbar mit Vogelgrippeviren oder Hühnerpest. Hier hatte man einen Feind, der unbesiegbar schien.

Die Biologin Charlotte Wendell brachte dann auch den Vergleich vor, dass es in der Natur viele große und sehr weit verbreitete Gefahren gäbe, die von keinem Menschen jemals bekämpft wurden. Sie erwähnte Giftschlangen, gefährliche Insekten, giftige Meerestiere, die es über den gesamten Globus verteilt gäbe, aber durch nichts und niemanden bekämpft würden. Der Mensch hätte einen Weg gefunden, mit diesen Kreaturen zusammen auf unserer Erde zu leben. In ähnlicher Weise müsse man die neue Situation begreifen. Diese gefährlichen Bänder könnten zwar in

einzelnen Fällen gefangen und vielleicht auch unschädlich gemacht werden, niemals aber alle existierenden Bänder in der Region oder auf der Erde. Es wäre ja auch niemand in der Lage, alle Ameisen der Erde zu besiegen oder zu vernichten. Die Durchführung einer solchen Aktion wäre nicht möglich. Selbst der Versuch würde nur dem Menschen schaden und ihn vernichten.
Der Denkansatz war neu. Leben mit den gefahrlichen Bändern, war das überhaupt möglich?
Der Innenminister hatte mit seinen Begleitern zu einem Gespräch in großer Runde platzgenommen und wartete auf einen genauen Lagebericht des Generals. Mit Hilfe des vorliegenden Bildmaterials und der Beschreibung aller Vorfälle der vergangenen Tage erfuhren die Politiker von der wirklich akuten Gefahrenlage. Die gesamte Region war betroffen. Kein Quadratmeter der Umgebung war sicher. Die gefährlichen Bänder steckten überall im Erdreich. Teilweise waren sie sichtbar, oft jedoch blieben sie verborgen und verheimlichten die Gefahr an den betreffenden Stellen.

Der Minister hatte sich den Bericht wortlos angehört, sich das Bildmaterial angesehen und brach dann sein Schweigen.
„Herr General, werte Leute vom Einsatzteam, sie haben mich in eine schwierige Lage gebracht. Wir hatten zwar in den vergangenen Tagen immer wieder ihre Meldungen in unseren politischen Sitzungen vorliegen und besprochen, aber dabei war immer nur die Problemlösung eine Frage der Zeit. Jetzt, hier, heute und in diesem Moment muss ich jedoch konstatieren, dass sie keine Lösung haben und auch keine in der Zukunft sehen. Wir Politiker können diese Lösungen nicht erarbeiten. Wir sind nur diejenigen, die auf ihrer Arbeit aufbauen und die erforderlichen Regularien schaffen. Für den Zeitraum, in welchem keine Problemlösung existiert, muss ich die folgenden Anordnungen treffen, die sie bitte sofort mit dem anwesenden Militär umsetzen müssen. Zuerst ordne ich an, dass die Flächen der Gemeinden Folkstone und Silvercreak evakuiert bleiben müssen. Zweitens ordne ich an, dass die an diese Gemeinden angrenzenden Flächen unter ständiger Beobachtung bleiben müssen, auch wenn wir dazu wesentlich mehr Personen

benötigen. Drittens bestimme ich jetzt, dass jegliche Versuche mit den Bändern zu unterlassen sind, damit es dadurch zu keiner weiteren Ausbreitung kommen kann. Diese drei Anweisungen treten ab sofort in Kraft. Vorausschauend muss ich weitere Anweisungen geben. Alle betroffenen Bürger – und dazu zähle ich auch die Menschen aus den angrenzenden Gemeinden – müssen mit Flugblättern sofort über die Gefahr aufgeklärt werden und Verhaltensregeln erhalten. Weiterhin sind sie verpflichtet, sofort eine weitere Ausbreitung der Gefahr auf andere Gemeinden mitzuteilen. Sollte dies in den nächsten Tagen geschehen, so sind auch diese betroffenen Ortschaften sofort zu evakuieren. Die Wissenschaftler hier vor Ort beschäftigen sich ab sofort nur noch mit einer Frage. Wie können die Bürger neben diesen Bändern gefahrlos leben? Ich erwarte bis morgen Abend eine vorläufige Antwort, die sie bei neuen Erkenntnissen jederzeit anpassen können. Ich erwarte außerdem, dass intensiv darüber nachgedacht wird, wie man eine Ausbreitung auf weitere Gebiete verhindern kann. Sollte man da keine Lösung finden, so bleibt nur das

Zusammenleben der Menschen mit diesen gefährlichen Bändern als einzige Möglichkeit übrig. So, jetzt haben sie das Wort. Vielleicht kann einer der Wissenschaftler noch Ratschläge zum allgemeinen Verhalten geben. Wir müssen uns ja alle vor der Gefahr schützen können. Bitte Herr Dr. Bradley!"

„Ja, danke für das Wort. Ich möchte ganz kurz allen Anwesenden hier einen Rat erteilen. Meine Tests mit den Bändern haben eindeutig gezeigt, dass jede Berührung mit ihnen zum Tode führt. Nur wer sich in einem sicheren Raum befindet oder in einem Fahrzeug sitzt ist geschützt. Beim Laufen im Freien darf man nur befestigte Wege und Straßen betreten. Die Bänder, das haben die Versuche auch gezeigt, greifen nicht von alleine an, wenn sie nicht zuvor berührt wurden. Gartenarbeit oder spielen auf der Wiese ist nicht ratsam. Auch das Vieh darf nicht auf die Felder. Ich glaube, Frau Wendell möchte ihnen auch noch etwas sagen. Bitte!"

„Ich möchte alle darauf hinweisen, dass sie bitte nicht mit Feuer gegen die Bänder vorgehen. Das wird ihnen selbst zwar nicht schaden, aber die Bänder verteilen sich dann willkürlich in der

Gegend auf anderen Grundstücken und gefährden andere Bürger, wofür sie dann die Verantwortung tragen. Und einen weiteren Hinweis möchte ich zum Thema Wetter geben. Es wird laut Wetteramt in den nächsten Tagen immer wieder Gewitter geben. Wir sollten hoffen, dass die Blitze nicht in den von Bändern besetzten Böden einschlagen. Sie wissen ja, was das bedeutet!“
„Danke Frau Wendell. Herr Minister, sie möchten noch etwas ergänzen?“
„Ja, eine Sache liegt mir noch am Herzen. Die Bürger werden sie bestimmt fragen, wer die entstehenden Kosten trägt. Mein Ministerium hat für Notlagen immer Hilfsgelder in einem gewissen Rahmen zur Verfügung. Diese finanziellen Hilfen sollen aber nur den Bürgern gegeben werden, die durch die Gefahrenlage wirklich geschädigt wurden. Die Bürgermeisterämter besitzen Antragsformulare. So, meine Damen und Herren, ich werde jetzt zurückfliegen und eine Sondersitzung für das Parlament ansetzen lassen. Unsere Gefahrenlage könnt das ganze Land betreffen. Wir müssen gerüstet sein. Ich danke Ihnen!“

35

Der Minister hatte es angeordnet und Oliver Norman instruierte seine zurückgekommenen Einsatztrupps sofort für ihre neue Aufgabe. Alle Trupps wurden an die Gemeindegrenzen zum Beobachten und registrieren eventueller Übergriffe der Bänder auf die angrenzenden Flächen eingeteilt. Da man zuerst einen Übertritt auf die Gemeinde vermutete, auf die der Wind stand, begaben sich die Einsatzfahrzeuge alle in Richtung Ost. Ein Konvoi fuhr langsam über die Landstraße durch Folkstone und Silvercreak und stellte sich entlang einer Straße auf, die den Grenzverlauf zur nächsten Gemeinde bildete. Im Abstand von fünfzig Metern postierten sich die Fahrzeuge auf der befestigten Straße und beobachteten die Felder in Richtung Silvercreak.
Die Bürger aus Redfield hatten aus der Ferne die postierten Militärfahrzeuge gesehen und konnten sich den Grund für deren Aufstellung in einer

mehrere Kilometer langen Kette entlang der Ortsgrenze nicht ausmalen. Es dauerte nicht sehr lange, bis die ersten Neugierigen herankamen und nach dem Grund fragten. Die Soldaten waren da jedoch wenig feinfühlig und erzählten mit beunruhigenden Worten von den Vorfällen der letzten Tage in den Nachbargemeinden.
Immer wieder kamen auch mehrere der bereits evakuierten Menschen aus Folkstone und Silvercreak zu der Absperrlinie an den Gemeindegrenzen. Die erhofften positiven Neuigkeiten blieben aus.
Die schlechte Wetterlage und wenig Aussicht auf Besserung ließen jede Hoffnung schrumpfen. In der Leitstelle des Einsatzkommandos verfolgten Trevor Seal und Dr. Jack Nasmon die genauen Wetterprognosen am Bildschirm. Die vergrößerten Kartenausschnitte zeigten ein aufziehendes Gewitter, das bereits in wenigen Minuten das Einsatzgebiet erreichen könnte. Der Wind frischte auf. Er trieb die Wolken über Folkstone und Silvercreak, in die gleiche Richtung wie am Vortag. Alle schauten ratlos zum Himmel. Die ersten Regentropfen klatschten auf die Militärfahrzeuge und stimmten einen

Trommelwirbel an. Donnerschläge kamen immer näher. Jetzt hatte das Zentrum des Gewitters Folkstone erreicht. Die Blitze waren deutlich zu sehen. Immer näher rückte die Gewitterfront auf Silvercreak zu. Jetzt schlugen die Blitze auch ganz in der Nähe der Beobachtungsfahrzeuge ein. Vor dem Regen in den Autos schutzsuchend, saßen die Beobachter mit Feldstechern und ließen die Flächen rund um Silvercreak nicht mehr aus den Augen. Mehrere Blitze schlugen in dem Gebiet der Gemeinde in den Boden. Die genauen Einschlagplätze waren nicht immer genau zu sehen. Es standen Bäume und Hecken im Weg. Auch Häuser und Stallungen versperrten die Sicht. Heftige Windböen wirbelten Unrat und Laub auf. Der Wind trug alles auf die Ortsgrenze zu. Die Soldaten in ihren Fahrzeugen sahen die aufgewirbelten Teile in der Luft. Wie eine schmutzige Wolke flog eine breite Front unaufhaltsam auf sie zu. Erst als die Staubwolke nur noch wenige Meter entfernt war, sahen sie die mitgerissenen Bänder. Es waren viele dünne Bänder, die in luftiger Höhe über den Konvoi hinwegsausten. Sie ließen sich flatternd im Wind treiben, erreichten die Felder vor Redfield auf breiter Front. Die Beobachter konnten nur vermuten, wohin es die Bänder tragen werde. Sie flogen in unterschiedlichen Höhen und viele der Beobachter in den Fahrzeugen des langen Konvois, der sich auf einer Länge von über zehn Kilometern an der Gemeindegrenze postiert hatte, konnten von den flatternden Silberstreifen berichten. Sie notierten fleißig die Flugrichtung, verfolgten alle Bänder mit ihren Feldstechern bis sie auf dem Boden niedergingen oder aus dem Beobachtungsbereich verschwanden.

Es müssen tausende gewesen sein. In Schwärmen flogen sie über die Felder. Die tief fliegenden gingen schon bald auf den Wiesen und Feldern nieder, die höher fliegenden trieben auf den Wald und die Ortschaft zu. Einige wurden gesichtet, die sich in den Baumwipfeln verfingen und dort sofort ihr bösartiges Spiel präsentierten. Viele aber flogen so hoch über das Land, dass sie selbst über die Ortschaft Redfield hinausgetragen wurden und in unbeobachteten Teilen der Region landeten.

Die Beobachter in ihren gesicherten Fahrzeugen mussten die Gefahr nicht fürchten. Die todbringenden Bänder flogen weit über ihnen hinweg. Nur bei einigen Bäumen in der Ferne sah man Blätter und Zeige abfallen.

In der Einsatzzentrale liefen die Telefone heiß. Die Blitze des vorbeiziehenden Gewitters hatten an vielen Stellen die Bänder freigesetzt. Auf breiter Front beobachteten die Soldaten in den Fahrzeugen an der Ortsgrenze das Überfliegen der gefährlichen Bänder und meldeten die betreffenden Stellen. Oliver Norman registrierte alle Durchsagen seiner Beobachtungstrupps und zeichnete die angegebenen Plätze sofort auf einer großen Landkarte ein.

Der Wind ließ nicht nach. Das Gewitter war weitergezogen, aber die Bänder in den großen Höhen waren nicht zu kontrollieren. Es waren zu viele und die dünnen Fäden waren selbst mit einem guten Feldstecher nur schwer zu erkennen. Den Beobachtungen war eine natürliche Grenze gesetzt: Wald und Hügel am Horizont.

Die Ellenbogen auf der Tischplatte und den Kopf zwischen seine Hände geklemmt saß General Daniel Walters allein am Tisch. Er sah, wie Oliver Norman mit roten Stecknadeln ununterbrochen Markierungspunkte auf der großen Einsatzkarte anbrachte. Waren es zuvor nur die Gemeinden Folkstone und Silvercreak, so hatte das Ausschwärmen der Bänder nach dem Gewitter nun auch die Ortschaften Redfield, Arlington, Masch, Klondisse und Gregoria getroffen. Der starke, unberechenbare Wind konnte zudem noch weitere Gebiete mit Bändern beliefert haben. Die Situation war unübersichtlich geworden. Dem General waren die Folgen sehr bewusst. Es gab keine Alternative. Er gab die veränderte Lage umgehend dem Ministerium zur Kenntnis, telefonierte mit den Bürgermeistern der betroffenen Gemeinden und schrieb einen Text auf, den mehrere Einsatzfahrzeuge über Lautsprecher in den gefährdeten Gemeinden sofort verkünden mussten.

„Achtung, Achtung! Hier spricht das Militär! Sie befinden sich in höchster Gefahr! Verschießen sie ihre Fenster und bleiben sie in ihren Wohnungen! Treten sie nicht ins Freie! Achtung! Achtung! Befolgen sie unbedingt die Hinweise! Schalten sie ihr Radio und Fernsehgerät ein! Achtung! Achtung!“

Mehrere Fahrzeuge wurden in die Nachbargemeinden geschickt, um die Anweisung durchzusagen. Gleichzeitig wurden die Bürgermeister über die Aktion informiert und als unausweichlicher Schritt telefonierte General Walters auch mit den Radio- und Fernsehsendern. Eine unkalkulierbare und nicht aufzuhaltende Katastrophe nahm ihren Lauf. Schnell suchte General Walters verschiedene Fotos, die Kris Miller in den letzten Tagen von den gefährlichen Bändern gemacht hatte, bat den Techniker auch noch um eine Kopie der Filmaufzeichnungen, packte alles in seinen Aktenkoffer, rief nach Dr. Bradley, der ihn begleiten sollte, gab den anderen Anwesenden noch den Hinweis, die Radio und Fernsehgeräte einzuschalten und eilte dann zu seinem Wagen. Als auch Dr. Stephen Bradley eingestiegen war, fuhr er Richtung Bezirkshauptstadt davon.

Nach nur wenigen Minuten im Auto kam bereits eine Eilmeldung im Verkehrsfunk. Kein Verkehrsteilnehmer solle aus seinem Wagen steigen und die Region um Silvercreak in einem Umkreis von fünfzig Kilometern meiden. Ferner solle man sich in geschlossenen Räumen aufhalten, es bestehe die höchste Gefahrenstufe. In einem Zusatz hieß es, man möge den Sender

weiterhören. Weitere Hinweise kämen auch im Fernsehen.
Nach einer halben Stunde traf der General in Begleitung des Wissenschaftlers beim Sender des Regionalfernsehens ein. Das Studio war auf solche besonderen Fälle vorbereitet. Kamera, Mikrofon und Beleuchtung waren für schnelle Interviews immer einsatzbereit. Noch bevor ein Moderator mit dem Interview begann, trafen beim Sender die ersten Informationen über die militärischen Durchsagen in den Ortschaften um Silvercreak ein. Dies hatte sich in Presse, Rundfunk und Fernsehen sofort herumgesprochen. Es war nicht mehr notwendig, dass General Walters alle Details erklären musste. Man wusste, dass ein sehr wichtiger Moment bevorstand. Die Leute vom Sender unterbrachen auf der Stelle ihr Programm für eine Sondersendung aus wichtigem Anlass. Die Techniker benötigten nur wenige Minuten, um die Filmaufzeichnungen über den mitgebrachten Stick kurz zu sichten und für das Senden zu formatieren. Der Moderator erteilte dem General das Wort. Er berichtete sachlich von der großen Gefahrenlage und Dr. Bradley berichtete von einigen seiner Versuche, bevor er zu der

Beschreibung der neuen Gefahrenlage nach dem Gewitter überging. Er schilderte die Gefahr sehr eindringlich und ließ dann die kleinen Filmausschnitte zeigen, die er gleichzeitig kommentierte. Er beendete seinen kurzen Vortrag im Fernsehen mit den Worten: „Bleiben sie um Gottes Willen in ihren Räumen!“

36

Plötzlich hatte sich die Welt geändert. Nicht die Menschen, das Einsatzkommando, die Politiker, die Firmenbosse oder sonstige Machthaber und auch nicht das Militär konnte bestimmen, was zu geschehen habe. Es gab nur noch ein bestimmendes Element: Bänder.

Nach den Radiohinweisen und der Sendung im Fernsehen gab es plötzlich ein neues Lebensgefühl: Das Gefühl der Angst, das Gefühl der Hilflosigkeit, das Gefühl der Ungewissheit.

Gab es bis zu diesem Zeitpunkt immer eine Lösung für alles und konnte man darauf hoffen, dass mit mehr oder weniger Aufwand, Kosten und Zeit selbst schlimmste Bedrohungen bekämpft werden und mögliche Verluste und Opfer in einem erträglichen Rahmen gehalten werden können, so hatte man das erste Mal eine unlösbare Aufgabe vorliegen. Es gab einen unbesiegbaren Feind. Es gab einen Feind, der das Leben und Handeln der Menschen bestimmt. Der Mensch musste so leben und agieren, wie es die gefährlichen Bänder zulassen. Nicht der Mensch konnte bestimmen, was mit den Bändern geschehen soll. Es war eine Umkehrung der Normalität.

Schwierige Situationen hatte es im Verlauf der Menschheitsgeschichte immer wieder einmal gegeben. Es gab große Katastrophen, wie zum Beispiel die großen Seuchen. Die Pest im Mittelalter raffte große Teile der Bevölkerung hin. Auch andere Krankheitserreger bescherten viele Menschenopfer. Es wurden aber durch Wissenschaftler immer wieder Gegenmittel gefunden und somit dem Fortbestand der Menschheit ein großer Dienst erwiesen.

Die neue Gefahrenlage war aber keine Krankheit, die man hätte mit Medikamenten besiegen können. Viele Dinge gibt es auf unserer Erde, die nicht besiegbar sind, die der Menschheit aber auch nicht gefährlich werden, weil man diese Gefahren kennt und meidet. Wir gehen Giftschlangen aus dem Weg, wir baden nicht unter Haifischen und wir springen auch nicht in Vulkanschlote. Die neue Gefahr hat ein anderes Gesicht. Sie breitet sich aus, besetzt Gebiete, die sich der Mensch für sein Leben reserviert hat und kann nicht vertrieben werden. Sie vertreibt den Menschen.

In umgekehrter Weise denkt niemand großartig über ein solches Vorgehen nach. Wir vertreiben fortwährend andere Kreaturen. Wir vertreiben Fliegen, Spinnen und Mäuse. Wir möchten sie nicht in unserer Wohnwelt haben und vernichten oder vertreiben sie. Es ist für uns selbstverständlich, dass nur wir allein darüber befinden dürfen, wer oder was sich in unserer Nähe aufhalten darf oder nicht. Einen Platz den wir als unser Eigentum beanspruchen, geben wir nicht freiwillig auf. In umgekehrter Weise tun dies Tiere auch nur ungern und werden, falls sie uns nicht weichen, getötet.

es vergingen nur wenige Minuten und der Fernsehsender hatte ein großes Problem.

Verängstigte Bürger wollten wissen, wie groß denn die Gefahr wirklich sei, ob sie auch in dieser oder jener Ortschaft angekommen sei, wie man sich davor schützen könne und wie man es sinnvoll den Kindern beibringen könne. Auch nach Schutzkleidung wurde gefragt und Bekämpfungsmitteln. Der Fragenkatalog wurde immer umfangreicher, sodass der Sender nach nur einer Stunde erneut eine Sondersendung ausstrahlen musste. Auch einige Rundfunkanstalten fragten nach Informationen, weil aufgeregte Bürger mit unzählbar vielen Fragen aufwarteten.

Dr. Stephen Bradley erklärte sich bereit, im Fernsehen Anweisungen und Verhaltensrichtlinien für die Bürger bekanntzugeben. Er setzte sich noch einmal mit dem Moderator in das kleine Aufnahmestudio und erzählte den Zuschauern in aller Deutlichkeit, was sie tun können und was sie unbedingt vermeiden müssen, wenn sie, den Bändern nicht zum Opfer fallen wollen.

Alles hatte er den Menschen mitgeteilt. Er sagte mehrfach, dass sie keinesfalls eines der silbrigen Bänder berühren dürfen, er sagte ihnen, dass sie genau auf den Boden sehen müssen, um nicht zufällig auf ein solches Band zu treten, er sagte ihnen auch, dass sie nur auf befestigten Gehwegen laufen sollen und dass ihre Kinder nicht mehr auf Rasenflächen spielen dürfen. Anschließend zeigte er noch einmal die tragischen Bilder von den Opfern der letzten Tage.

Die betroffenen Bürger der Region hatte alles verstanden und auch sehr interessiert den einzelnen Sendungen im Fernsehen und im Radio zugehört, wollten aber die einzelnen Maßnahmen nicht befolgen. Es wäre doch unmöglich, dass man sein eigenes Grundstück nicht mehr nutzen könne und solche Anweisungen seien doch übertrieben. Sogar Beschimpfungen mussten die Sender hinnehmen. Eine Frechheit wäre es, den Menschen etwas Derartiges zuzumuten und ob man nichts Besseres zum Senden hätte.

Dr. Bradley blieb noch im Sendehaus, während General Walters wieder zurück zum Einsatzort fuhr.

Man beleuchtete die Gefahrenlage von verschiedenen Seiten, um die auftretenden Probleme zu erkennen. Alles wurde durchdacht. Zwei grundlegende Möglichkeiten hatten die Moderatoren mit Dr. Bradley ausdiskutiert. Die

Bürger können in ihren Häusern bleiben oder können ihre Häuser verlassen und vorübergehend an einen gesicherten Ort umziehen.
Beide Möglichkeiten zeigten große Probleme auf, über die man zuvor auf keiner Seite nachgedacht hatte. Würde man in seinem Haus oder seiner Wohnung verbleiben wollen, hätte man ständig die lauernde Gefahr vor der Haustüre und würde sich nicht mehr ins Freie wagen. Außerdem wären alle Freiflächen, Wiesen, Felder und Beete nicht mehr sicher und deshalb auch nicht begehbar oder nutzbar. Jemand der in seinem Haus bleibt würde sich sehr unwohl und beängstigt fühlen und könnte bestimmte Dinge, die zuvor seinen Tagesablauf bestimmt hatten, nicht mehr ausführen. Auch Nachbarn und Freunde wären vielleicht nicht mehr da oder nur schwer erreichbar. Ein Aufenthalt im Dunkeln wäre fast unmöglich, denn die gefährlichen Bänder wären nur noch schwer wahrzunehmen.
Bürger, die ihre Wohnung verlassen wollen, haben auch ein Problem. Sie müssen sich neuen Wohnraum besorgen, können oder wollen nicht alles aus ihrer Wohnung mitnehmen, wissen nicht, wie weit sie sich von der Gefahr entfernen

müssen. Sie wissen auch nicht, ob sie Gefahr in kürzester Zeit an einem anderen Ort einholen und sie erneut vor das Problem stellen wird.

Beim Durchdenken aller Szenarien kamen auch die Fragen nach dem Tagesablauf der Bürger unter die Lupe. Wie verhält es sich mit dem Arbeitsplatz? Was ist los, wenn zu viele Menschen nicht mehr ihren Arbeitsplatz aufsuchen oder aufsuchen können? Wie ist es mit den Kindern und dem Schulbesuch? Haben die Geschäfte und Läden noch geöffnet?

Am Ende dachte man aber über eine andere Frage nach: Wie lange soll es denn dauern? Ist es eine Situation die bald wieder zur Normalität zurückfindet oder wird es eine Situation sein, die sich nicht mehr zurückschrauben lässt.

Hoffen und Bangen pendelte zwischen den Meinungen. Eines war jedoch allen bewusst. Sollten die Bänder nicht besiegt, vertrieben oder vernichtet werden können und sich weiter ausbreiten, wie es zuletzt geschehen ist, so wird sich ein globales Problem entwickeln. Irgendwann werden die Bänder überall auf dem Erdball anzutreffen sein. Es ist eine Frage der Zeit. Es ist eine Frage des Windes. Es ist eine Frage der

Vermehrung. Sollte dies der Fall sein, würde sich natürlich ein Wohnortwechsel nicht auszahlen.
Eine vom Ministerium angedachte Evakuierung der betroffenen Gebiete erschien plötzlich sehr fragwürdig. Gäbe es keine Möglichkeit, die gefährlichen Bänder zu beseitigen, könnte auch kein dauerhaft sicherer Ort für die evakuierten Bürger gefunden werden. Die Gefahr würde sie einholen. Findet man aber eine Lösung, so wäre ein Verbleib am Ort mit vorsichtigem Verhalten und Abwarten sinnvoller.

37

„Teufelszeug! Teufelszeug! Das ist das Ende der Welt! Wir sind alle verloren! Teufelszeug! Teufelszeug!“
Zwei Damen mittleren Alters liefen durch die Straßen von Redfield und brüllten lauthals ihre Parolen. Die eine Dame hielt dabei ein goldenes Kruzifix in die Höhe, während die zweite Dame sich fortwährend bekreuzigte! Vor jedem Haus

blieben sie stehen, riefen ihre Parolen und warteten, bis sich die Bewohner in den Fenstern zeigten. Dann brüllten sie wieder und wieder ihre Parole, hielten dabei das Kruzifix in die Höhe und liefen zum nächsten Wohnhaus weiter.

An einem der Häuser öffnete ein Bürger das Fenster und schrie ihnen entgegen, dass sie die ersten sein werden, den der Teufel hole, wenn sie nicht von der Straße verschwänden.

Ein Soldatentrupp, der in den Straßen patrouillierte und die Bürger vor den Gefahren warnen und schützen sollte, bemerkte die beiden Damen, fuhr zu ihnen hin und bedrängte sie, in ihr Fahrzeug einzusteigen, um der bestehenden Gefahr nicht zum Opfer zu fallen. Wenig begeistert von diesem Ansinnen, liefen sie davon. Die Soldaten kamen nicht mehr dazu, sie vom Betreten einer Wiese abzubringen. Es geschah wieder sekundenschnell. Mehrere Bänder, die kaum sichtbar im Rasen versteckt waren, sprangen bei der ersten Berührung eines Fußes aus dem Erdreich, wickelten sich sofort um ein Bein, schnitten es mehrfach ein, sprangen und fetzten wild durch die Luft, schnitten die beiden Damen tief durch ihre Kleidung, trennten ihre

Gliedmaßen und Köpfe ab und ließen nach nur zehn Sekunden mehrere blutüberströmte menschliche Fleischbrocken auf der Wiese zurück. Ein Eingreifen der Soldaten war wegen der Blitzaktion nicht möglich und wäre den Männern wohl auch zum Verhängnis geworden. Eine Familie stand hinter den Fenstern des Hauses, das am Rande der Wiese stand und hatte den Vorgang mit angesehen.

Weder die Soldaten, noch die Beobachter im Haus sahen sich bereit, die leblosen Körper von der Wiese zu holen. Man hatte Angst. Schnell wäre man auch zum Opfer geworden.

Ein angeforderter Roboter musste die beiden Leichen einsammeln und direkt in Metallsärge legen. Im Verlauf des Tages fuhren die Lautsprecherwagen in den Ortschaften mehrfach durch die Straßen, informierten die Bürger über die tödliche Gefahr und wiesen auf die neuen Opfer hin. Gleichzeitig suchten sie die Wege und Vorgärten nach den gefährlichen Bändern ab, markierten die Fundstellen und stellten kleine Warnschilder in ausreichendem Abstand daneben. Es war gefährlich und wenig erfolgversprechend. In den betroffenen Ortschaften wurden bis zum

Abend mehr als vierhundert Stellen gefunden, an denen Bänder gelandet waren. Gefährlich waren aber jene Plätze, die den Augen der Soldaten entgangen waren. Der Wind hatte die Bänder an unzählige Stellen befördert. Manche Bänder waren noch sichtbar, viele aber hatten sich wieder im Boden versteckt. An den Pflanzen sah man immer wieder abgetrennte Zweige, zerschnittene Äste, abgefallene Blätter und Blüten. Auch an einigen Häusern waren deutliche Kratzspuren zu sehen. Es war nicht ausgeschlossen, dass einige der gefährlichen Bänder auch in Gebäude hineingeweht wurden. Alle betroffenen Gemeinden waren nicht mehr bewohnbar. Aber wohin sollten die Menschen so schnell evakuiert werden? Jeder hätte eine große Zahl an Kisten und Koffern mitnehmen wollen aber kein Unternehmen fuhr diese Ortschaften an. Sie waren ganz allein auf sich gestellt. Nur mit Eigeninitiative war ein Entkommen möglich. Diejenigen, die alle Hinweise in den Wind schlugen und die bestehende Gefahr nicht erkannten, ignorierten oder einfach nicht wahrhaben wollten, blieben in ihren Häusern und Wohnungen. Die anderen, die gerne sofort einen

sicheren Ort aufsuchen wollten, konnten es nicht. Die Gefahr außerhalb ihrer vier schützenden Wände war so groß, dass es den Tod hätte bedeuten können.
Trotz der Gefahr versuchten es aber einige Bürger. Nicht alle waren vorsichtig genug. Nicht alle hatten Glück. Trotz der Warnungen, der Hinweisschilder und Absperrungen traf es mehrere Familien. Tragödien spielten sich ab. Die gefährlichen Bänder griffen immer alle Menschen in der unmittelbaren Umgebung an. So wurde ein Vater mit zwei Kindern zerfleischt und die Mutter musste aus mehreren Metern Entfernung den Tod ihrer Liebsten mit ansehen. In einer anderen Ortschaft wurde ein Farmer mit seiner Viehherde getötet. Von seinen achtzehn Rindern überlebten nur zwei Tiere, die im Abseits standen. Eine ältere Dame, die wegen ihrer Taubheit die ganze Aufregung nicht mitbekommen hatte, wurde in ihrem Garten ein Opfer der Bänder. Auch zwei Jugendliche, die in den Bändern keine Gefahr vermuteten liefen in ihren Tod.
In den Bürgermeisterämtern liefen die Telefonleitungen heiß. Die Menschen benötigten Hilfe oder wollten nur wissen, wie sie sich vor den

wilden Bändern schützen können. Auch die Radiosender und das Regionalfernsehen brachten immer wieder die Warnhinweise und erklärten die richtigen Verhaltensweisen.
Aus dem Sicherheitsministerium kam nur die Anfrage, ob die Evakuierung der Bürger erfolgt sei. Niemand hatte vermutet, dass dies nicht möglich war. Kein Transportunternehmen wollte diese Aufgabe ausführen. Die anwesenden Militärfahrzeuge hatten Sicherheitsaufträge zu erfüllen. Eine größere Zahl an Transportern war angefordert, wurde aber erst für den nächsten Morgen angekündigt. Somit kamen ein Abend und eine Nacht des beängstigten Abwartens.
An diesem Abend waren alle Fernsehgeräte in den Wohnungen eingeschaltet. Man hoffte überall auf positive Meldungen. Man hoffte, dass das Militär einen Weg gefunden habe, die Bänder zu entfernen oder unschädlich zu machen. Mit einem Hinweis, wie man sich gefahrlos im Freien bewegen könne, wäre man auch zufrieden gewesen. Das Fernsehen verbreitete eine Horrornachricht nach der anderen. Immer unwohler wurde den Menschen. Sie waren dem neuen Feind machtlos ausgeliefert.

Am späten Abend kam die schlimmste Meldung. Der Wetterbericht sagte weitere Gewitter vorher. Mit kräftigen Windböen sei zu rechnen. Selbst im überregionalen Fernsehen sprach man von der besonderen Gefahrenlage, die sich am nächsten Tage wohl auf weitere Landstriche ausdehnen werde. Die gezeigte Landkarte schockte die Bürger vieler Orte. Nicht nur Dörfer waren bedroht. Bei ungünstigen Winden würde auch die Bezirkshauptstadt Besuch von den Bändern bekommen, hieß es.
In einer anschließenden Sondersendung versuchte man den Zuschauern das Ausbreitungsverhalten der Bänder zu erklären. In Windrichtung würden sie sich ausbreiten und über viele Kilometer durch die Luft fliegen. Alles sei von der Windrichtung und der Windgeschwindigkeit abhängig. Je heftiger der Wind blase, umso länger blieben die Bänder in der Luft, bevor sie wieder zu Boden sinken. Bei den angekündigten Windstärken könnten Bänder durchaus mehrere hundert Kilometer weit getragen werden und damit unzählige Ortschaften bedrohen oder gefährden. Alle Bürger des Landes mögen doch ihre Augen aufhalten, immer nach solchen Bändern in ihrer

Umgebung schauen und möglichst doch in ihren sicheren Wohnungen bleiben. Kinder sollten nicht zur Schule geschickt werden, bevor für ihren Ort nicht eine Entwarnung gegeben wurde.
Immer mehr Fachleute kamen zu Wort. Ein Herr vom Wetteramt erklärte die Windrichtungen und Strömungen, mit denen die dünnen silbrigen Bänder transportiert werden. Er erklärte, von wo sie starten, über welche Hügel und Täler sie fliegen werden und an welchen Orten die Wahrscheinlichkeit besonders groß sein werde, dass dort mit der gelandeten Gefahr zu rechnen sei.
Andere Theoretiker betrachteten das Problem weitsichtiger, denn die Menschen würden ja auch gerne wissen wollen, wie es in Zukunft weitergehe. Was ist mit morgen, übermorgen und in der nächsten Woche? Werden sich die Bänder über das ganze Land verteilen? Werden sie bald den ganzen Kontinent erobert haben oder sogar zu einem globalen Problem werden?
In der Diskussion war man sich einig. Wenn nur das Wetter die Ausbreitung der Gefahr bestimme, so würde es in absehbarer Zeit keinen Flecken auf dem Erdball geben, der nicht von den Bändern

besetzt wäre. Selbst im Hochgebirge und den Inseln der Weltmeere, vielleicht sogar im Wasser der Ozeane und an den vereisten Flächen von Nord- und Südpol.
Aber niemand konnte wissen, ob nur das Wetter die Verbreitung der Bänder bestimmt. Es war bekannt, dass sich die Bänder auch eigenständig bewegen können. Zumindest hatte man beobachtet, dass sie aus ihren Verstecken im Erdreich herausschnellen können. Man hatte gesehen, dass sie blitzschnell über Lebewesen herfallen können und gezielt ihre tödlichen Schnitte ansetzen.
Ein Biologe vermutete, dass es eine neue Spezies sei, die auf unserem Globus noch nicht ihren Lebensraum gefunden habe. Man müsse abwarten, welche Gebiete von den Bändern okkupiert werden. Erst danach könne der Mensch entscheiden, ob er sich an den gleichen Orten aufhalten oder ihnen lieber aus dem Weg gehen möchte. Unter Umständen bliebe den Menschen dann nur eine unwirtliche Gegend zum Leben übrig, vielleicht in der Wüste, im Hochgebirge oder der Arktis. Die Möglichkeit, die Bänder mit

herkömmlichen Mitteln zu bekämpfen sahen die Wissenschaftler nicht.
Nur ein Physiker gab zu bedenken, dass noch nicht alle Methoden erprobt seien, die man im Kampf gegen diese Spezies einsetzen könnte.
Natürlich gab es Mittel im Kampf gegen die Bänder. Aber diese waren untauglich, da sie letztendlich auch dem Menschen schaden würden. Vielleicht, so mutmaßte man, könne der Gefahr mit Atombomben begegnet werden, vielleicht mit Starkstrom.
Auch diejenigen, die Schutzmaßnahmen verstärken wollten, sahen sich bald in einer verzweifelten Lage, denn wie sollten sich Bürger mit Glaswänden oder Metallplatten, vielleicht sogar Mauern schützen wollen, ohne dabei ihr bewegliches Leben einzuschränken. Wie würden sich Bürger im Freien aufhalten oder fortbewegen können, ohne der Gefahr ausgesetzt zu sein?
In viele Richtungen wurde diskutiert und gedacht. Ein möglicher Lösungsweg war nicht dabei. Trotzdem mussten die Menschen sich in der Zukunft mit dem Problem auseinandersetzen. Sie waren gezwungen, mit den gefährlichen Bändern gemeinsam auf unserer Erde zu leben. Trotz der

großen Gefahren müsste man weiterhin Landwirtschaft und Viehzucht betreiben, müsste man für die Ernährung der Menschheit sorgen, auch wenn damit größte Gefahren verbunden wären. In einer solchen Situation würden sehr viele Menschen sterben müssen. Einige würden von den Bändern ermordet, die größte Zahl würde jedoch verhungern. Aber auch die Überlebenden hätten keine lebenswerte Zukunft. Die Diskussion endete mit einer grausamen These. Der Mensch würde seinen Lebensraum verlieren.

Noch waren es nur Diskussionen im Fernsehen, aber bereits am nächsten Morgen waren die größten Befürchtungen Realität geworden. Aus allen Bereichen des Landes kamen Berichte über ermordete und zerfleischte Menschen und Tiere.

Der Innenminister rief den nationalen Notstand aus. Schulen wurden geschlossen, der Aufenthalt im Freien wurde zu einem Lotteriespiel.

38

General Daniel Walters und sein Team befand sich weiterhin in dem kleinen Ort Lemmings. Noch standen die Einsatzkräfte und die Soldaten mit ihren Fahrzeugen und technischen Geräten in dieser Region des Landes, wohin die Bänder noch nicht vom Wind verweht wurden. Dies änderte sich.
Nein, der Wind drehte nicht. Die Wetterlage hatte sich kaum verändert. Regenwolken und kleinere Gewitter zogen über das Land hinweg. Immer wieder leuchteten Blitze auf und Soldaten beobachteten die Wiesen und Felder, um die herausspringenden Bänder frühzeitig zu erkennen.
Die Beobachtungsfahrzeuge im langen Konvoi entlang der Ortsgrenze von Redfield hatten längst ihre Standorte verlassen. Die Gefahr, die von den Bändern ausging, war jetzt über weite Flächen des Landes verteilt und besser zu erkennen, wenn die Beobachtungstrupps ihre Fahrzeuge auf erhöhten Plätzen in der Landschaft postierten. Auf kleinen Hügeln und Anhöhen hielten sie Wache. Sie sahen die Gewitterwolken über die Felder ziehen. Sie beobachteten die kräftigen Windböen. Sie versuchten mit ihren Feldstechern im

aufgewirbelten Laub und Staub mitgerissene Bänder zu erblicken, obwohl ihnen bereits bewusst war, dass alle Beobachtungen keine Verbesserung der Situation bringen können. Jede Sichtung verdeutlichte nur die bestehende Gefahr. Bei dem Einsatzkommando am Ortsrand von Lemmings trafen die Meldungen ein. Ständig erreichten neue Telefondurchsagen den General und seine Mitarbeiter im Kommandotruck.

Auf die Ausbreitung der Bänder in Windrichtung war man vorbereitet. Der Wetterdienst hatte genau Angaben zur Windrichtung und zur Windstärke gegeben. Unter Berücksichtigung einer gewissen Streubreite konnten die Fachkräfte die Landstriche benennen, die in den kommenden Stunden mit dem neuen Feind auskommen müssen. Landkarten der Region wurden mit jeder Meldung ergänzt und zur Information der Bürger im Fernsehen gezeigt. Die Gefahrenfläche vergrößerte sich ständig. Besorgt schauten sich die Bürger die Entwicklung auf den Bildschirmen zu Hause an und hofften, dass sie von der Gefahr verschont würden.

Dann traf eine Meldung eines Beobachtungspostens ein, mit der General Walters niemals gerechnet hatte.
„Meldung von Posten 106! Bänder nach Blitzeinschlag gesichtet! Bänder bewegen sich in der Luft gegen die Windrichtung. Ich wiederhole: Die Bänder fliegen gegen die Windrichtung. Sie fliegen jetzt auf Silvercreak zu! Hier spricht Posten 106. Wichtige Meldung! Die Bänder fliegen gegen die Windrichtung! Es sind viele, vielleicht hundert. Sie fliegen langsam, aber genau auf Silvercreak zu."
General Walters legte das Sprechgerät zur Seite und rief den anderen an ihren Arbeitstischen zu:
„Sie kommen auf uns zu! Sie fliegen gegen den Wind! Jetzt sind wir am Ende! Wir sind alle verloren!"
„Langsam, langsam, langsam! Was heißt hier gegen den Wind? Wer sagt das?"
„Oliver, das war der Posten 106! Sie haben gesehen, wie die Bänder plötzlich gegen die Windrichtung geflogen sind. Auf Silvercreak zu."
In diesem Moment traf eine neue Meldung ein:
„Hier spricht Posten 81! ... Posten 81! Bänder gesichtet! Sie fliegen in Haushöhe aber gegen die

Windrichtung! Sie fliegen wirklich gegen die Windrichtung! Die Fluggeschwindigkeit ist langsam, aber es sind bestimmt über hundert Bänder! Sie sind jetzt an unserem Beobachtungsposten vorbeigeflogen."

„Hallo, hallo! Hier meldet sich Posten 22! Wir haben fliegende Bänder gesehen. Sie Fliegen direkt auf Silvercreak zu. Es sind viele. Sie fliegen alle gegen den Wind!"

„Hier ist Posten 4! Hier ist Posten 4! Wir stehen in Silvercreak am Denkmal im Stadtpark. Hier sind Bänder gelandet. Es waren vielleicht fünf bis zehn Stück, die jetzt in dem Rasen vom Stadtpark stecken. Andere Bänder sind weitergeflogen. Sie scheinen gezielt landen zu können. Die anderen Bänder sind weitergeflogen in Richtung Folkstone!"

„Hallo, Hallo! Hier ist noch einmal Beobachtungsposten 106! Es fliegen noch mehr Bänder durch die Luft. Sie sind vielleicht hundert Meter hoch und fliegen wieder in Richtung Silvercreak. Es sind aber mehr als vorhin, sehr viel mehr. Man kann sie nicht mehr zahlen, tausende. Bestimmt tausende!"

Immer mehr Beobachtungstrupps meldeten fliegende Bänder. Viele flogen gegen die Windrichtung. Andere ließen sich von den Windböen treiben und wieder andere flogen quer zur Windrichtung. Einige Posten meldeten gelandete Bänder, die sofort im Erdboden verschwanden.
Alle Berechnungen des Wetteramtes hatten ihren Sinn verloren. Die im Fernsehen gezeigten Karten der Region waren schlagartig wertlos. Die gefährlichen Bänder waren unberechenbar geworden.
Dann meldete sich ein Soldat des ersten Beobachtungspostens.
„Posten 1 meldet fliegende Bänder! Hallo, Hallo! Hier versammeln sich fliegende Bänder! Es werden immer mehr! Sie fliegen um die große Glasröhre. Es sind so viele, dass man die Röhre nicht mehr sieht. Sie fliegen blitzschnell ganz dicht um die Röhre herum. Oh Gott! ... Oh Gott! Die Röhre zerbricht. Jetzt sind die gefangenen Bänder frei. Alle fliegen davon. Tausende Bänder fliegen hier durch die Luft. Sie fliegen in alle Richtungen. Oh Gott! Oh Gott! Sie kommen auch zu unserem Fahrzeug. Oh Gott, sie greifen uns an! Jetzt

kommen sie durch die Gummidichtungen der Scheibe. Walters konnte sich sehr gut vorstellen, was gerade geschehen war. Noch bevor er einen anderen Posten bitten konnte, um nachzuforschen, kam erneut ein Hilferuf.
„Sie sind bei uns! Hier ist Posten 3! Die Bänder fliegen um unser Fahrzeug! Sie wollen uns angreifen. Sie wollen eindringen. Um Himmels Willen, die schaffen das auch. Die zerstören die Dichtungsgumm....“

Oliver Norman und General Walters informierten sofort alle Einsatztrupps an ihren Beobachtungsposten und befahlen den sofortigen Rückzug.
Kurze Zeit später trafen die Fahrzeuge auf dem Feld bei Lemmings ein. Mehrere Posten hatte die Bänder gesehen. Sie hatten beobachten können, dass auch Einsatzfahrzeuge angegriffen wurden. Die großen Befürchtungen wurden zur katastrophalen Realität.
Nach einer halben Stunde waren einige Posten immer noch nicht zurückgekehrt. Auch mehrfache Versuche, die fehlenden Einsatztrupps über Funk zu erreichen schlugen fehl.

Die Gefahr rückte näher. In wenigen Augenblicken würde sie auch die Felder vor der kleinen Ortschaft einnehmen. General Daniel Walters gab den Befehl, den Ort sofort aufzugeben und in die Heimatdepots zurückzufahren. Die Soldaten auf dem Feld ließen sich nicht zweimal bitten, sprangen umgehend in ihre Fahrzeuge und verließen den gefährlichen Ort.
Auch die noch arbeitenden Techniker und Wissenschaftler in ihren Labortrucks packten ihre Ausrüstung eilig zusammen, warfen die Motoren an und fuhren den Jeeps der Einsatztrupps hinterher.
Nur General Daniel Walters und Oliver Norman blieben noch zurück. Vierundzwanzig Einsatzfahrzeuge der Beobachtungstrupps waren noch nicht angekommen. Noch ein letztes Mal versuchten die beiden zurückgebliebenen die noch fehlenden Soldaten über Funk zu erreichen. Sie erhielten keine Rückmeldung.
Der Feind schien unbesiegbar zu sein.